2016
中国最佳
散文

主　编｜王　蒙

分卷主编｜王必胜

潘凯雄

辽宁人民出版社

ⓒ 王必胜　潘凯雄　2016

图书在版编目（CIP）数据

2016中国最佳散文 / 王必胜，潘凯雄主编. —沈
阳：辽宁人民出版社，2017.1（2020.6重印）
（太阳鸟文学年选 / 王蒙主编）
ISBN 978-7-205-08791-3

Ⅰ．①2… Ⅱ．①王… ②潘… Ⅲ．①散文集—中
国—当代 Ⅳ．①I267

中国版本图书馆CIP数据核字（2016）第274615号

出版发行：辽宁人民出版社
　　　　　地址：沈阳市和平区十一纬路25号　邮编：110003
　　　　　电话：024-23284321（邮　购）　024-23284324（发行部）
　　　　　传真：024-23284191（发行部）　024-23284304（办公室）
　　　　　http://www.lnpph.com.cn
印　　刷：龙口市新华林文化发展有限公司
幅面尺寸：170mm×240mm
印　　张：16
字　　数：246千字
出版时间：2017年1月第1版
印刷时间：2020年6月第3次印刷
责任编辑：艾明秋　赵维宁
装帧设计：丁末末
责任校对：金丹艳
书　　号：ISBN 978-7-205-08791-3
定　　价：33.00元

手机微信的启示

王必胜

我自忖也算个新生事物接受者，并不太落伍于时尚什么的，虽然使用手机是在1997年4月，那次在广州，朋友说那里便宜，就带回一个黑乎乎的"诺基亚"，第二天就在单位附近小店里选了号（那时全是1390字开头，众多小店也可上号），用上手机一晃近20年。近几年，手机功能一天一个样，这微信已成为时尚，起先于我不太有兴趣，有一搭无一搭的。最近手机升级用上微信，只是个潜水员，但觉得这劳什子可人，了解资讯，基本不用看电视，读报纸，听电台。掌上浏览，方寸之间，随时，随地，及时，即时，查资料，看新闻，知晓天下，搜寻古今，或者有点八卦、乌龙、黑幕什么，轻松愉悦，不亦乐乎。与人联系，快捷方便，偶尔看一下朋友圈，各路神仙的行迹什么，五花八门，各位亲们晒台上的自恋自嘲自炫，不一而足。择优点赞，或当看客，显山不露水，很是好玩。间或有好文章，读得脑胀眼酸，觉得有意思，拍照留存。于我们，这手机微信的出现，不只是一个信息源，也延伸了阅读空间，或者说，新的技术，带给我们的写作与阅读以很大变化，意义不凡。

说这些，是因这一年一度的散文年选。面对海量的散文作品，我们如何在手机时代的快阅读，分众化的阅读中，认知当下的散文以至文学呢？即是说，手机的流行，微信的横空出世，从以上角度看，对新闻已经是横刀夺爱了，而对文学，也有了不像新闻具有颠覆性的影响，但也影响强烈，至少对于散文，有不小的触动。微信的许多内容，也可作为散文看待，微信的情感表达和交流方式，可以让文学的阅读变得更便捷，更实用。

微信，是不是散文，也许仁智互见，各自有理。但是，微信的直接，简洁，直率，真切，以及流播之广之迅疾，是不争的事实。对于散文这样精练和短小的文体样式，它较为自然而快捷地融会，利用新技术传播，让文字插上翅膀，轻舞飞翔。在我看来，高雅的文学放下身段变得流行，无远弗届，成为人们实时交流的一个平台，这微信功莫大焉。微信中的或长或短文字，即兴而作，片断感受、零星述怀，或现场实录，或不乏自我的炫耀搞笑，随意地发散在朋友圈中，见事理，见性情，也见智识。由此想到，除了内容的随性、自由、轻松外，文字的精练和精粹，写作的自由放松，也是它有别于那些正襟危坐的文字的地方。

有人说，微信虽小，方寸中有乾坤，是散文世界里一方邮票、一则团扇。从时下散文阅读的角度看，手机微信，是一个潜在的散文世界。也许多年后，文学的文本变得如何，不得而知，但是，新的技术，对于文学的影响会是层出不穷，不可小视的。如今，面对发展变化了的阅读，文学摒弃那些高大上的文字，被人诟病的虚伪虚假的文字，多一些灵性、性情，接地气，有烟火味的东西，学一学微信，是有益也有意义的。尤其是与其天然亲近的散文。

2016年冬日 北京

百年震柳

◎梁　衡

地震能摧毁一座山，却不能折断一株柳。

约在百年前，1920年12月16日晚8时，宁夏海原县发生了一场中国近百年来最大的地震，震级8.5，裂度12，死二十八万人，震波绕地球两圈，余震三年不绝，史称"环球大地震"。这远远大于后来我国1976年的唐山大地震和2008年的汶川大地震。虽已过去近百年，海原大地震仍然是全球地震界说不完的话题。

1920年的中国，民国初立，军阀混战，天下大乱。贫穷落后的西北忽又遭此奇祸。是年秋，海原的小气候突然变好。田野丰收，谷物满仓，梨子硕大无比，直把枝条压得喘不过气来。而树上秋果未落，春花又开，灿若白雪。当人们正惊异于天降祥瑞之时，进到12月却怪象频频。群狼夜嚎，畜不归圈。平日里温顺服帖的家狗瞪眼、炸毛，疯狂地咬人。天边黑烟滚滚，地心雷声隐隐。深夜里山民静卧窑洞，望见远山红光罩顶，又闻炕下的土层深处，有如撕布裂木之声，令人毛骨悚然，惊为魔鬼作祟。

到16日晚8时，忽风暴大起，四野尘霾，大地开始颤动，如有巨怪在土下钻行。霎时山移、地裂、河断、城陷。黄土高原经这一抖，如骨牌倒地，土块横飞。老百姓惊呼："山走了！"有整座山滑行三四公里者，最大滑坡面积竟毗连三县，达两千平方公里。山一倒就瞬间塞河成湖，形成无数的大小"海子"。地震中心原有一大盐湖，为西北重要的产盐之地。湖底突然鼓起一道滚动的陡坎，如有人在湖下推行，竟滴水不漏地将整个湖面向北移了一公里，被称之为"滚湖"。至于道路断裂，田埂错位，村庄塌陷等，随处可见。所有的地标都被扭曲、翻腾得面目全非。

这些被破坏的还都是些非生命之物，而受灾最重的当属人，有生命的人。当地百姓一向生活苦寒，平日居住全靠依山挖洞为窑。这种既无梁木支撑，又无砖石为基的土窑，大地轻轻一抖就轰然垮塌，整村、整寨、一沟、一坡的人，瞬间就被深埋黄土之中，如意大利庞贝古城之灾。水灾之患，还可见尸；

火灾之患，还可寻骨；而地震之灾人影全无。所谓"死者伏尸于黄土之中，无骨可葬；生者蛉居于露天之下，无家可归"。震中的海原县有人口十二三万，粗略统计就死了七万余人。有一户人家正在为过世老人做周年祭，请来亲朋三十多人，全数被捂在土中。震后常有孑遗者指某处说："这里埋我全家。"整个震区在多少年后才大略统计得死亡人数约二十八万人。至今，这仍是全球史上死亡人数最多之天灾之一。当时的甘肃省长给大总统徐世昌的十万火急电报说："人心惶恐几如世界末日将至，所遗灾民，无衣、无食、无住，游离惨状目不忍见，耳不忍闻"。但北洋政府也只是以大总统的名义，捐一万大洋了事。

海原大地震实是因地球的印度洋板块与太平洋板块相互挤压所致，与近年来的汶川大地震同出一因。在这条地震带上有两个巨人一直在扛着膀子，艰难地较劲。这种相持，大约千年左右就会打破一次平衡，两身相错，大地轻轻一抖。有案可查，1982年国家地震局曾在当地开深槽验土，探得六千年来，在海原地区这两个板块就有六次因较劲失手而引发地震。第一、二次大约在五千年前，第三次在两千六百年前，第四次在一千九百多年前，第五次在一千年前，第六次即海原大地震，在一百年前。不要小看两个板块轻轻一擦，世界就几死几活，如同末日降临。

远的没有记载，就说百年前的这一次，大地瞬间裂开一条二百三十七公里长的大缝，横贯甘肃、陕西、宁夏。裂缝如闪电过野，利刃破竹，见山裂山，见水断水，将城池村庄一劈两半，庄禾田畴被撕为碎片。当这条闪电穿过海原县的一条山谷时，谷中正有一片旺盛的柳树，它照样噼噼啪啪，一路撕了下去。但是没有想到，这些柔枝弱柳，虽被摇得东倒西歪，断枝拔根，却没有气绝身死。狂震之后，有一棵虽被撕为两半，但又挺起身子，顽强地活了下来，至今仍屹立在空谷之中。

为了寻找这棵树，我从北京飞到银川，又坐汽车颠簸了四个多小时，终于在一个深山沟里找到了它。这条沟名为哨马营，一听这个名字，就知道是古代的屯兵之所。宋夏时，这里是两国的边界。明代时，因沟里有水，士兵在这里饮马，又栽了许多柳树供拴马藏兵。后几经更迭，这里成了一个小山庄，住着五户人家，过着被外界遗忘的桃源生活。直到1981年由中国、美国、加拿大、法国组成的联合考察队，沿着二百三十七公里长的地震裂缝徒步考察时才发现了它。我们从县城出发，车子在大山的肚子里翻上翻下，左拐右折，沿途几乎没有看到人家，偶有几座扶贫搬迁后留下的废院子，散落在梁峁沟坎之中。坡上大多是退耕后的林地，树苗很小还遮不住黄土。可想百年之前，这里更是怎样的荒凉寂寞。正当我心头一片落寞之时，身下的沟里闪出一团翠绿，车头一拐，驶入谷底。行到路尽之处，眼前的一棵大柳树挡住了去路。原来这条路就是专为它修的。

这就是那棵有名的震柳。它身高膀阔，站在那里足有一座小楼那么大。枝叶茂盛繁密，纵横交错，遮住了半道山沟。难怪我们在山顶上时就看见这里有一团绿云。沟的尽头依稀还有几棵古柳。脚下有一股清泉静静地淌过，浸润着这道沟。几头黄牛正低头吃草，看见来人，好奇地摆动尾巴，瞪大眼睛。这真是一个世外桃源。欲问百年事，深山访古柳。但我不知道这株柳，该称它是一棵还是两棵。它同根、同干，同样的树纹，头上还枝叶连理。但地震已经将它从下一撕为二，现在两半个树中间可穿行一人。而每一半，也都有合抱之粗了。人老看脸，树老看皮。经过百年岁月的煎熬，这树皮已如老人的皮肤，粗糙、多皱，青筋暴突。纹路之宽可容进一指，东奔西突，似去又回，一如黄土高原上的千沟万壑。这棵树已经有五百年，就是说地震之时它已是四百岁的高龄，而大难后至今又过了一百岁。

看过树皮，再看树干的开裂部分，真让你心惊肉跳。平常，一根木头的断开是用锯子来锯，无论横、竖、斜，从哪个方向切入，那剖面上的年轮图案都幻化无穷，美不胜收。以至于木纹装饰成了我们生活中不可或缺的风景，木纹之美也成了生命之美的象征。但是现在，面对树心我找不到一丝的年轮。如同五马分尸，地裂闪过，先是将树的老根嘎嘎嘣嘣地扯断，又从下往上扭裂、撕剥树皮，然后再将树心的木质部分撕肝裂肺，横扯竖揪，惨不忍睹。正如鲁迅所说，悲剧就是将人生有价值的东西撕裂给人看。你看，这一棵曾在明代拴过战马，清代为商旅送行，民国时相伴农夫耕作的德高望重的古柳，瞬间就被撕得纷纷扬扬，枝断叶残。天灾无情，世界末日。

但是这棵树并没有死。地震揪断了它的根，却拔不尽它的须；撕裂了它的躯干，却扯不断它的连理枝。灾难过后，它又慢慢地挺了过来。百年来，在这人迹罕至的桃源深处，阳光暖暖地抚慰着它的身子，细雨轻轻地冲洗着它的伤口，它自身分泌着汁液，小心地自疗自养，生骨长肉。百年的疤痕，早已演化成许多起伏不平的条、块、洞、沟、瘤，像一块凝固的岩石，为我们定格了一段难忘的岁月。我稍一闭目，还能听到雷鸣电闪，山摇地动。

柳树这个树种很怪。论性格，它是偏于柔弱一面的，枝条柔韧，婀娜多姿，多生水边。所以柳树常被人作了多情的象征。唐人有折柳相送的习俗，取其情如柳丝，依依不舍。贺知章把柳比作窈窕的美人："碧玉妆成一树高，万条垂下绿丝绦。不知细叶谁裁出，二月春风似剪刀。"但在关键时刻，这个弱女子却能以柔克刚，表现出特别的顽强。西北的气候寒冷干旱，是足够恶劣的了，它却能常年扎根于此。在北国的黄土地上，柳树是春天发芽最早，秋天落叶最迟的树，它尽力给大地最多的绿色。当年左宗棠进军西北，别的树不要，却单选中这弱柳与大军同行。"新栽杨柳三千里，引得春风度玉关。"柳树有一种特殊的本领，遇土即根，有水就长，干旱时就休息，苦熬着等待天雨，但绝不会轻生去死。它的根系特别发达，能在地下给自己铺造一个庞大的供水系统，远远地延伸开去，捕捉哪怕一丝丝的水汽。它木性软，常用来做案板，刀剁而不裂；枝性柔，立于行道旁，风吹而不折。它有极强的适应性，适于各种水土、气候，也能适应突如其来的灾难。美哉大柳，在人如女，至坚至柔；伟哉大柳，在地如水，无处不有。唯我大柳，大难不死，百代千秋。

我想，那海原大地震，震波绕地球三圈，移山填河，夺去二十八万人的生命，为什么单单留下这一株裂而不死的古柳？肯定是要对后人说点什么。地震最常见的遗址是倒塌的房屋，错裂的山体和沉默的堰塞湖。但那都是些无生命之物，只能苦着脸向人们展示过去的灾难。而这株灾后之柳却不同，它是一个活着的生命，以过来人的身份向我们宣示，战胜灾难唯有坚守。一百年了，它仍站在这里，敞开胸怀袒露着伤痕；又举起双臂，摇动青枝。它在说：活着多么美好，这个世界上没有什么能够扼杀生命。地球还照样转动。

我出了沟口翻上山头，再回望那株百年震柳，已看不清它那被裂为两半的树身，只见一团浓浓的绿云。一百年前，在这里地震撕裂了一棵树；一百年后，这棵树化作一团绿色的云，缝合了地缝，抚平了地球的伤口。我知道县里已经建了地震博物馆，有文字，有图片，但是最生动的，莫如就在这里建一座"震柳人文森林公园"，再种它一沟的新柳。震柳不倒，精神绵长，塞上江南，绿风浩荡。这不只是一幅风景的画图，更是一座活着的博物馆，一本历史教科书。

（原载《人民日报》2016年8月10日）

底层情话

◎从维熙

　　那是今年年初，我收到一个寄自江西农村的快递邮包。我十分惊愕，因为江西没有我的亲友，打开包裹一看，是一块腌肘子。查看快递单，寄件人叫吴成丰。就在同一天，我去值班室取报纸的时候，值班人员又递给我一个包裹，说是一个湖南女孩送来的，上楼找我见我不在，便把包裹放在这儿了。我打开一看，是两条湖南产的鱼干。

　　这两件意外的事儿，给我的生活增添了不少的快意。之所以如此，因为这是来自遥远南方的情意，赠物人都是年轻的打工族。给我送咸鱼干的女孩，是我们楼下餐馆的服务员，想必是她春节回乡探亲归来，给我带了家乡特产。平日，我常到这个小小餐馆独饮，随手带去的报纸和刊物，便顺手送给她。她是湖南岳阳地区的高中生，为谋生到北京来打工，生活之艰辛可想而知，我想，给她一些报刊能让她与文化相伴，聊以充实枯燥而单调的生活。城市生活五光十色，每天充满各种诱惑，对于一个来自农村的清纯女孩，好的书刊还可以成为防腐剂，让她在奋斗中不至于迷失方向。我想，她送来的家乡特产，可能是对我的一种答谢吧。

　　通过邮政快递送来猪肘子的打工者吴成丰在邮件附言中说，年底家里杀了一口肥猪，便邮来刚刚腌好的猪肘，让我尝尝鲜。我想，农村生活相当清苦，杀上一头猪过年，怕是他们一家人新春时节最大的享受了，我怎么能接受这沉甸甸的馈赠呢。但是东西已经邮来了，退回去，无疑会伤害他的心，不退回去，那猪肘子让我和妻子如何下咽？妻子想出了一个办法，按快递单上的地址给他家寄去200元钱，我俩忐忑不安的心，这才算安定了下来。但是令人意想不到的是，没过上几天，那200元钱又被寄了回来，吴成丰在汇款附言里写上了这样的话："老师，你们关心过我的冷暖，给过我精神上的火光，我家虽然很穷，但不能花你们的钱。"我和妻子都愣住了。

　　吴成丰是装修队里的一个油漆工，我和他的相识，缘起于去年冬天他为我粉刷书房。那是一个北风呼号的日子，室外温度已然降到了零下10度，妻子看见小吴只穿着一件单衫出入于楼内楼外搬运涂料，冻得直流清鼻涕，便把我的一件羊毛背心送给了他，让他立刻穿在身上。这个小吴当时挺惹我生气的，他说他不冷，死活不肯收下这件"雪中送炭"的暖身之物，直到我发了脾气，才把毛背心穿在了身上。也算是"不打不相识"，我觉得这个小青年的自尊心强得有点出格，内心深处似乎对社会有某种仇视。于是，我主动找他聊天，他对我倾吐的话，让我对打工族生活之艰辛，有了更为深刻的了解。原来，小吴为谋生，走遍了大半个中国，曾受过工头的蒙骗，遭遇过社会的白眼，在广州打工期间，还被人打断过肋骨。最最让我想象不到的是，他还是个文学迷——他给我带来了他写的两本厚厚的杂记，其中有古诗摘抄，有对当今诗词的针砭，有对为富不仁者的嘲讽，有对童年生活的回忆……如用文学的标尺去丈量，这些胡涂乱抹的文字还远在文学的门槛之外，但从中可以看出他是个有个性有理想的青年。

我与他聊写作，谈人生。有一天，我特意到民工们同住的屋子里去看望他，并给他带去一些稿纸和几本书籍。书籍中有我初涉文学时的感悟《文学的梦》，有刚出版不久的长篇小说《龟碑》。在《文学的梦》的扉页上，我特意把英国作家萨克雷在小说《名利场》中的经典之句送给了他："生活好比一面镜子／你对它哭／它也对你哭／你对它笑／它也对你笑。"我说："这几句人生格言曾给过我生活的勇气，现在我转赠给你。记得小吴读了这几句话后，立刻对我说："这对我太重要了，谢谢你，从老师！"

我的书房装修完毕时，已然接近年底。他回江西老家过年之后，便有了腌猪肘子"飞"到我家的事儿。我曾问过自己：那么多从农村进入城市的打工者，人人都有一本难念的经，你行善行得过来吗？不要说我一个文人，就是政府的民政部门，怕是都难以解决他们的问题。然而我的信条是，只要让我碰上了，就不能视而不见，要尽可能地给他们一些温暖。

我又想起十年前，家里进行过一次装修，九只来自湖北的"九头鸟"，一下子飞进了我的家。说起来可能会让人感到不解，我与他们有时同吃，有时晚上还挤在他们之中，与他们一块儿看电视直到更深。我这种十分随意的态度，反而让那些"九头鸟"有点不好意思了：

"您老不怕我们脏？很多涂料味道是很难闻的！"

"您老听湖北话是很费劲的，为什么还爱听？"

"您老是不是在体验生活，准备拿我们做模特？"

"我们走了许多城市，还没有见到过您老这样的人呐！"

当时正是夏末秋初，我让他们轮换着到我的住室里来洗澡，其中有人病了，妻子还尽她医生的天职，为他们打针，让他们服药。我记忆中最难忘的一天，是在那年的国庆节，我和这九只"九头鸟"一起喝酒，状若长者与晚辈共欢，还与他们一起拍照，后来我把洗印好的照片，分别送到他们每个人手中。感情交流到此还不算结束，我通过媒体将他们的照片发表在这群湖北娃的老家——黄冈地区的报纸上，让他们的家乡父老都能看到他们的娃儿在北京的生活情况。后来，当这几只"九头鸟"飞到别的城市打工，有的会给我来信，有的路过北京时会给我送来当地的土产，见面后我也一定会把他们留下来，在碰杯中享受与上层酒宴迥然不同的底层之乐。

仔细推敲起来，这似乎是一种精神上的本能，不仅与我出生在农村有关，更与我后来经历过的二十年的底层生活有着千丝万缕的关联。我经历过苦难，我知道苦难的沉重；我遭遇过社会的白眼，我知道白眼丰富的社会内涵。如果今天的我突然变成只会向上看天，而不会向下看地的"势利眼"，那就是精神的解体和灵魂的堕落！

和这些底层百姓的交往，让我时刻铭记，哪怕是看似最不光鲜、微不足道的一群人，也有着他们的喜怒哀乐，有着他们细腻美好的情感，他们的内心充满着爱，也需要他人的关怀，他们远比我们想象中更加可爱。但愿城市中的文化人都能"向下看"，更多地关注这些打工族的生存状态。

（原载《光明日报》2016年8月6日）

我有南海四千里

◎刘醒龙

天章南海，人文三沙！

在南海，为三沙纪念馆题写这八个字时，内心非常诧异！

迄今为止，母语中的海字，写过无数次，真正面对这与人类相生相伴的关键景物时，却没有写一个字。与自己相关的这个秘密，曾长久埋藏在心底，不仅不想对别人说，甚至都不想对自己说。我理解山，即使是青藏之地那神一样的雪山冰峰，第一眼看过去，便晓得那是用胸膛行走的高原！我见过海，在北戴河，在吴淞口，在鼓浪屿，在花莲，在高雄，在泉州，在香港，在澳门，在青岛，在三亚，在葫芦岛，在海参崴，在仁川，在芭堤雅，在赫瓦尔岛，在大突尼斯，在纽约和洛杉矶，面对海的形形色色以及形形色色的海，心中出现的总是欲说还休难以言表的空白！

这个夏天，到南海的永兴岛、石岛、鸭公岛、晋卿岛、甘泉岛、赵述岛，再到满天星斗的琛航岛，漫步在长长的防浪堤上，一种从未有过的东西，随着既流不尽，也淌不干的周身大汗弥漫开来。分明是在退潮的海水，丝毫没有失去固有的雄性，那种晚风与海涛合力发出的声响，固然惊心动魄，那些绵绵不绝，生生不息，任何时候都不会喘一口气的巨浪，才是对天下万物的勇猛！包括谁也摸不着的天空！包括谁也看不清的心性！包括大海以及巨浪本身！天底下的海，叫南海！心灵深处的海，叫南海！防浪堤是一把伸向海天的钥匙，终于开启了一个热爱大海的成年男人关于大海的全部情愫！

拥抱大海或让大海拥抱，这是梦想，更是胸怀。

7月4日正午，从只有零点零一平方公里的鸭公岛上，纵身跃入南海的那一刻，一朵开在海浪上的牡丹花，冷不防蹿入腹中。哪有海水能畅饮？只是咽下这牡丹花的那一刻，心情很爽快。这世上最清澈的海，这海里最美丽的蓝鱼儿，这鱼儿中最柔情蜜意的彩色亲近，这亲近中最不可言说的沉醉！因为高兴，就必须承认，这是自己喝过的最可口的海水！

可口的南海，总面积三百五十万平方公里，属于中国领海的有二百一十万平方公里。四千里长的中国南海，每一朵海浪都怀有千钧之力，每一股潮水的秉性都是万夫不当之勇。偏偏还有一处独一无二的任谁都会觉得可口的泉水井。橘红色的冲锋舟将一行人送上甘泉岛滩头，走几步就能从沙砾中踢出西沙血战时击爆过的机枪弹壳，看几眼就有老祖宗生命印记的陶瓷残片跃上眉梢。待到从老水井里打起一桶，呼呼啦啦喝个痛快时，那种渴望宛如想痛痛快快地饮下万顷南海。我是喝过了，喝过了还难解心中焦渴，便抱起那只桶，将整桶水浇在头上，那一刻真个是水往身上，心往天上。偌大的南海，上苍竟然只有这丁点的赐予，再多一点的淡水也不肯给。

曾经写过好水如天命，这一刻又明了，天命亦可成为好水。

多年前，偶然读过一段文字，说是在解放军兵种系列中，除了陆海空和二炮之外，还有"第五兵种"。身处南海才晓得，这兵种的最高统帅是一名下士，所率领的士兵只有屈指可数的四名。下士和他的队伍被称为雨水兵，其唯一使命就是在别人盼望风和日丽时，蓄意反其道而行之，盼望老天爷天天来一场暴风骤雨。风刮得越猛，雨下得越大，他们越是高兴。这些全世界独一无二的雨水兵自成立之日起，十五年间，用尽各种办法，在永兴岛上收集上苍赐予的雨水一百二十万吨。依照水库容积规定，装下这么些水，需要一座中型水库。在中国人的眼里，南海再大再深，每一滴海水都不是多余的。在南海的雨水兵心里，更是抒写成南海天空上的每一滴雨都不是多余的。

面对这样的甘泉，一个人的情感会因丰富到极致而将其当作天敌，怀恨的理由当然是抱怨其太少。南海的天敌是什么？那个风高浪急的暗夜，我们在前往永兴岛的"三沙一号"上熟睡时，有贼头贼脑的舰船正在我船航线附近游弋。对此恶行当可同等鄙视吗？

在赵述岛却有一种明目张胆的天敌。向南的岸线上，礁盘像是有半个海面大，下水才走两步，就捡到一只疑为天物的彩条球体贝壳。事实上那是海星钙化后极薄的外壳。赤着脚小心翼翼地蹚过海水中密密麻麻的海星，在天敌横行的海底，仍旧生长着一丛美丽如琥珀的珊瑚，偏西的太阳照着海水，被阳光透露的海水浸润着珊瑚，仿佛神话的珊瑚反过来用一身的灿烂，还南海以漫无边际的霞彩。

珊瑚灿烂，珊瑚的天敌海星也灿烂，同样从海水中捧出来的海星的天敌大法螺也一样的灿烂。美是丑映衬出来，爱是恨打造出来的，南海所有的灿烂无比，命中注定要由天敌激荡出非凡的审美格局。就像琛航岛上十八烈士大理石浮雕的壮丽，是与天敌的西沙之战所匹配。

此刻，南海星斗遥远。太过遥远的南海，反而不似任何时候都是遥不可及的别处。只需站在海边，哪怕是最不起眼的一颗星，都会是世上最深情的人正在家门口深情伫望远方。身处星星散落一样的小岛甚至是小小的小岛上，用这个世上最清纯海水洗过的目光，与同样用这海水洗过的星星相互凝视，譬如美济礁居委会的八十二岁老人与美济礁的相望，谁也不觉得对方渺茫，谁也不觉得对方垂老。用能看清三十米深海的目光，看什么东西都是美妙，看任何人事都是天职，看每一朵浪花都是神圣。所以，在最黑的夜，只要有一丝云缝，南海的星斗们也绝不会错过，即便那云缝只够容纳一颗星，那就用这颗星来闪耀整座南海。

真的不想再提那些热门的太平洋岛屿了！南海的海滩洁白如塞外瑞雪，又像故乡丰收的白棉花。这样的海滩只能是白云堆积起来的。即便是用脚踏了上去，再用胸膛扑了上去，也不愿相信，这是海水与海沙随心所欲的造物。除了天堂，无法想象还有哪里的比得了，这一片连一片，每一片都令人不忍涉足。一湾接一湾，每一湾都比另一湾美不胜收的海滩。哪怕是只有零点零一平方公里的鸭公岛，只要开始行走，就会沉醉于扑面而来的万般美妙，丝毫感觉不出自己的双腿正在围着只够隐藏一对，最多两对情侣隐私的小岛绕行。或许天堂建筑师的灵感，正出自对南海诸岛的复制。或许干脆放弃什么天堂，对于人的想象来说，还有什么东西能够超越南海的恩典呢？对人的情怀来说，还有什么比南海更能使人心性皈依呢？

还有那海水，这世界所有现成的话语，都不足以用来表现她的气韵与品质，唯有那渔民平平淡淡地说，做一条鱼，不用奢求做一条青花鱼，也不用奢望做一条红花鱼，能在这海水里做一条奇丑无比的石头鱼便是前世修行的福报。毫无疑问，南海就是一门宗教，唯有使自身回归普通与平凡，尽一切可能不出狂言，不打妄语，不起邪念，不生贪欲，才能保证自己不会在那海天之下羞愧得抬不起头来。没有如此宗教，哪怕变成一只丑陋的沙虫，也会无颜面钻进沙土之中。

神圣之于天下的意义，不必彻底理解，但不可以没有敬畏在心头飘扬。

　　一顶竹编帽就能倍感荫凉的恩情。
　　一棵椰子树就能消解生存的绝望。
　　礁石再小撑起的总是对大陆的理想。
　　水雾再轻实在是甘霖对酷旱的普降。

用不着太多，只要看见一只玳瑁在南海中翩跹的样子，就会明白幸福是为何物。只要看见一只手从南海中悠然伸起来，将一件物什放进水面漂着的容器里，就会懂得如何得幸收获。一道雷电与一只海鸥在南海上的意义是不同的，雷电是肆意暴虐，海鸥在抒发自由。一只小小舢板与一艘航空母舰在南海的地位是相同的。航空母舰再庞大，也由不得其耀武扬威。舢板虽小，尊严无上。

1992年发表的中篇小说《凤凰琴》，以及随后的长篇小说《天行者》，写了深山小学校，用笛子与二胡演奏国歌升起国旗。一直以来，此景象都是乡村教育的经典写照。曾是赵述岛上仅有的那对夫妻居民，对着大海一边唱着国歌，一边升起国旗。这样的画面没有成为南海的经典，夫妻俩作为升旗手，将自己锻造成一根钢制旗杆，十六点八级的超强台风"蝴蝶"也不能吹倒，才是神圣中的神圣。三沙的人，真个是出海如同出征，安家就是卫国。在中国的南海，被越南人非法关押一年的这位丈夫说，做渔民的，有时候就像一条鱼，海才是我们讨生计最好的去处。他说的其实是一种诗情：我在天涯我就是天涯！我在三沙我就是三沙！我在南海，我就是中国的南海！

用一把渔网向着最宽阔的海面，哪怕它是唯一一把渔网，南海的渔民也会美滋滋地撒下去，即便那海面视渔网为无物，也要用这渔网来打捞南海的历史与现实。

用一根钓线钓起最深的海沟，只要有一根钓线，南海的鱼钩就会坠入其中，即便那水深不可测，那鱼重达千斤，也要用这一头着连大海，一头连着人心的丝线传达南海的灵魂。

在最猛烈的海浪下，只要有一丝踏实，南海的海沙们就会勇敢落地，即便那地方只能安放一粒细沙，那就用这粒细沙来界定茫茫海天。

一个人来到南海，不只是做每一粒海沙和每一朵海浪的主人，也不只是做一座海岛和一片海洋的主人，而是为了与每一粒海沙，每一朵海浪，每一座海岛，每一片海洋，成为兄弟。如此才有赵述岛上那座兄弟庙，其传说与道德的主旨是：船上没有父与子、海上不分叔与侄，上了船，出了海，所有人都是患难兄弟。海有海的哲学与审美，海有海的叙事与传奇。不进入大海，就无法理解一滴水。理解了南海的一滴水，才有可能胸怀祖宗留下的南海。

流火的七月，歹毒的台风即将袭来，却暂借船头一片平静。南海之事，一天也耽搁不起。南海之美，每一样都刻骨铭心。如是写下这诗句：

> 长城长到天姿几？
> 永暑永兴永乐知。
> 我有三沙四千里，
> 不负南海汉唐旗。

（原载《光明日报》2016年7月16日）

永远的田园

◎熊育群

这个阳光如金的下午，挥之不去的一个人物，在意念里生灭，有时清晰，清晰到他疲惫地停下脚步的某个时辰。有时模糊，不过是朗朗乾坤下无形无影的一个念头。深处的时空激起我的幻想，虚空中布下了形迹可疑的网，似可追踪，似可跟随。

乙未年冬天，再入粤北，我迷恋于山川地理，却更迷恋于那些消逝的事物。现实生活的司空见惯，一览无余，让人麻木。

无意间我走进了一座村庄。一棵大榕树，我在它巨大的阴影下停步。树干伸向了小河上空。河面极其狭小。这是浈水，江面到这里变窄。榕树后面是大片青砖青瓦和红砂岩的房屋，它们密密地拥挤在一起，有的墙体坍塌，残瓦散落一地，木檩戳向天空，有的墙体倾斜。蒿草在地坪里疯长。

古榕横卧，老去的时间触目惊心，裸露在它苍老的身姿与斑斑绿苔里，粗壮的枝干，坚硬却无韧劲的纤维裸露了千年。

我意念里生灭的这个人叫李耿，他便是村庄的创建者。我惊讶于弃世如此之久的人没被汪洋的时间湮没，他像一颗撒播在大地上的种子，儿孙们是一茬茬的庄稼，大地上的事物在消失又在轮回。环顾四野，稻田广阔，参差相依，河塘穿错，古木点缀，阡陌间并无特别之处，经历如此之多的朝代更替，风风雨雨，村庄却一直在绵延——李耿的子嗣不断地传递着他的血脉他的基因。这是如此稳固之地，安全、隐蔽，超然于世，它反过来证明了李耿当年的眼光，就在他停下脚步的那一刻，他感受到了这种稳固带来的安宁气息。

新田村，位于南雄乌迳镇，夹于南北两道山脉之中，北面的南岭山脉气势磅礴，绵延千里。狭长的平原在乌迳终结，土地开始凸凹起伏。新田村的荒芜不过是这一二十年的事。这荒芜呈示的是另一种历史的开端——李耿的子孙不再聚族而居了，开始四散开来。家族的信息将在未来的时空里失落。作为一个家族的标志——祠堂——隐于纵横交错的街巷，虽然还能感受到一种旧日气派，却在迅速衰败，昔日的繁荣只能怀想。

公元315年，有一天，李耿走到了浈水边，蓊郁的古木，踏响的脚步，浈水上有一条船，他犹豫徘徊，没有上船；也许并没有船，他到了江边，就不想再往前走了。他想在这片荒野上隐居，要与他周旋的世界决裂。这样的决定是一时的冲动还是思考了很久？在翻越南岭山脉或是更早的时候，他就在想了？

找到县志，这样的人物也许会有记载。那时岭南远在中原视野之外，乃南蛮荒僻之地。本土的历史何曾有过记载。南雄，走来了一个人，一个中原文明的代表，一个早到者，他有足够的资格走进这片荒野之地的历史。

《南雄市志》"人物"一栏里，李耿果然赫然在目，位列第二，在他前面只有秦代的梅鋗一人。

李耿字介卿，秣陵后街人。315年是西晋建兴三年，李耿官至太常卿，正三品官员。"因见朝政危乱，国事日非，乃叩陛出血，极言直谏。愍帝弗纳，而耿仍廷争不已，帝遂怒，左迁李耿为始兴郡曲江令。"直言上谏把头都叩破了，惹得皇帝不高兴，他耿直忠纯的秉性由此可见一斑。

建兴三年的秋天，李耿携家眷赴任，由虔入粤，经南雄新溪，"环睹川原幽异，宜卜筑安居"，于是萌生弃官隐居之念，想过肆志图书、寄情诗酒的生活。他叹息："晋室之乱始于朝士大夫崇尚虚浮，废弛职业，继由宗室弄权，自相鱼肉，以致渊、聪乘隙，毒流中土。吾既屏居远方，官居末职，何复能戮力王室耶！"不知这话出自何处，是否来自李氏族谱？他身居荒野心还在挂念朝廷。

隐居之事竟然也载入了市志"大事记"。翻读厚厚的方志，我想起了另一位隐居者——程旼。李耿虽方志有载，但他的影响只在南雄，甚至只在乌迳。他隐居岭南的时间比程旼早。程旼作为迁徙的客家人最早被记载，一千五百多年前，他带领族人到达了现今的平远县坝头镇官窝里。李耿的隐居距今整整一千七百年。他是我知道的最早隐居岭南的人。与官窝里"群莽密箐，轮蹄罕涉"相比，这里算得上平原。但都是荒僻的"寻得桃源好避秦"的地方。

程旼先辞官回原籍鄱阳湖湖口隐居。在他的不惑之年，帝室内争，揭竿起义者不断，他审时度势，毅然率领全家及部分族人，从鄱阳湖走水路，逆行赣江、贡水，走尽南岭山脉，翻越武夷山脉西端的项山甑进入岭南。

李耿隐居的缘由与程旼大体相似。在他隐居后的第二年，匈奴就攻下长安，西晋灭亡。他们都是具有先见之明的人。

程旼迁徙时已是一介布衣，他的影响在于他身体力行传播中原文明，特别是儒家文化。明末他被尊为岭南古七贤之一，与韩愈、张九龄、文天祥并列。清代葛洪的广东《通志》列出的古八贤，他排在第一。自宋以来，历代文人骚客来官窝里吊唁、瞻仰，写下大量诗词。地方官员也撰写了很多宅墓文、碑记、传记、簿序等。程旼渐渐作为岭南卓著的客家先祖被后人敬仰。李耿虽官至三品，留名于世，与程旼相比，却是寂寥得多了，犹如长河中的一朵浪花，他只在自己血脉的河床上波翻浪涌。

程旼迁徙岭南十三年，皇帝以其姓氏给他的居地赐名程乡县。万古江山与姓俱。他开办私塾，把敦本崇教之风带到了岭南。他将儒家"泛爱众而亲仁"的"仁"发展为和邻睦族。他乐善好施，周济贫苦人家，又建凉亭、辟山道、筑桥、修水利，至今当地还有程源桥、程公陂。一个人的名声看来与他的作为是密切相关的。

南迁者的路线是我一直迷恋的，曾经走过程旼迁徙的路，入粤之前他与李耿走同样的水路，由鄱阳湖入赣江，程旼向东逆贡水至于都、会昌，过筠门岭，走现今的澄江、吉谭，或走水路石窟河、普滩，抵达平远。那年夏天，在筠门岭的江边，我眺望大山深处的古道，程旼远去的背影仿佛还在山坡下晃动。李耿从赣江、贡水、桃江到信丰九渡圩码头，上岸后，翻南岭山脉进入岭南，他走的是乌迳古道。

乌迳古道是一条隐秘的不为人知的路，比梅关古道还要古老，它水陆联运，贯通了南北。翻南岭山脉，古道走焦坑俚、梨木坵、老背塘、石迳圩、鸭子口、鹤子坑、松木塘到田心，从新田村下浈水再走水路。民国时期，乌迳古道还在发挥着作用，"日屯万担米，夜行百只船"，这样的历史离我们并不遥远。

在地图上寻觅乌迳古道的路线，眼里却跳出了西京古道的地名。我脑子里又有一个人影在晃动着，他从西京古道走来，也许正是他让我想起了那条古道。他是一位隐士。

于是，在西京古道的地理位置寻找自己熟悉的地名，不用闭眼它们独特的景色立马就浮现出来了。西京古道与乌迳古道大体平行，它在后者的西面，同样翻越了南岭山脉。古道修筑于东汉建武二年，北接湘粤古道，是一条骡马行走的陆路。秋冬交替之际，我专程寻觅它，石角、大桥、红云，这些人烟稀疏的石灰岩村落，周边山川地理怪异，常常孤峰耸立，难见树木，山间偶尔可见一段石铺的路，石板呈铁黑色。它由上腊岭过风门关，进入浮源，走龙溪、大桥、均丰、白牛坪，由乐昌出水岩、梅花、老坪石等地。

两千年的岁月眼看要将它湮没，那曾被脚印踏平的石板深陷枯槁的荒草，浸淫了遥远的信息。我的目光沿着它的方向往南北眺望，空茫一片的时光里，曾经的中原与南粤都在这同样的虚空里，闪着神秘的光芒。边地，隐藏于南方重重山脉间的边地，再不是现代的都市，而是湿溽瘴疠之地。一条道路曲折着，起伏着，慢悠悠延伸而来，什么人踏响了一块块石板？行路者是怎样荒凉的心情？

我想起了韩愈。我能想起的也只有他。当年被贬潮州，他走的就是这条古道。现在，我想的却是另一个人，一位青莲山上的隐士，他的悲壮人生留在了这条古道上。

那是一个风雨交加之夜，不知是秋雨还是冬雨。早晨醒来仍是风雨不止，天气格外地寒冷。向北驱车，我进入乳源大桥镇，从京广高速高架桥下穿过，一条新修的水泥路通向青莲山。窗外，山峰如笋如乳，不见树木，虽然连绵不绝，却全是孤峰耸立。青莲山是乳源与乐昌交界处的最高峰。上山的路窄得只容一车通行。

山上出现了一座荒寺，门边白墙黑字写着："野寺断人行明月过来佳客至，山僧无俗伴白云飞去法堂空"，横披："李秉中隐居"。隐者就是这位李秉中了，这是他三百多年前写的楹联。与程旼、李耿一样，他曾经在朝为官，官至明朝兵部左侍郎、南赣副都御史。不同的是，他没有家眷，更没有族人，这里找不到他的后人。他只身一人在此隐居。他没有像他们一样看到王朝将覆，匿迹荒野，他选择做了自己朝代的陪葬人，一个与王朝走到尽头的人。

穿过寺庙后的矮树林，我上山去墓地拜祭，一阵风把伞吹得反转，冷雨砸在脸上。青莲山顶一座孤零的坟茔，圆拱形的墓门被人嵌上了橙色、褐色的瓷砖，坟前竟然插了好几面红旗，还有一面党旗，风雨里哗啦啦翻响。

满人入关，李家兄弟带着一队人马沿西京古道来这里屯兵储粮，对抗清兵。在宜章与清军决战，因寡不敌众，全军覆没。李秉中只身脱险，隐于帽峰岭石室。他白天出山，了解当地民情，顺便找点吃食，晚上燃竹苦读。他的诗表露了他那时的心迹："龙鳞参参虎斑斑，龙困深潭虎困山；有日龙虎睁开眼，惊破五湖奔破山。"

时局稍有变化，他就隐姓埋名，来到大岭脚李家排村打工。据说，他的胃口奇大，一顿能吃三斤米，吃一顿山芋，光剥下来的山芋皮就有三斤重。主人眼看粮食不够吃了，不得不把他解雇。尽管他力气大，一人能干几个人的活，但这么大的食量，谁家也不敢雇他了。他沿着京西古道走到了天门峰，寄身一间又破又小的荒庙，决意削发为僧。现在的寺庙便是他带头鸠工扩建的。他仰慕李白，就以诗人的号改天门峰为青莲山，取山寺名为青莲山寺。

孤灯苦挨，一守便是二十余年，复国已经无望，他想着把自己的满腹诗文传于世人，于是下山还俗，帮村人代写对联和书信。村人见他为人厚道，又能吃苦耐劳，文武双全，聘请他为私塾先生。数年后，经他教育的门生，科场应试，大都取得了进士、举人、贡生、廪生不同的荣衔。

李秉中还懂得医术，梅辽四地的人都来找他看病。有一天，走在帽峰岭上，看到一位妇女抱尸痛哭，一打听，原来她无钱葬夫，李秉中当即脱下棉衣披到女人身上，又掏出了身上所有的钱。他做善事从不留名。人们只尊称他为"李大人"。

晚年，李秉中再次返回青莲山，他就死在这座野寺。人们把他葬于峰顶，至死也无人知道他的身世。

三百多年来，这个荒僻之地，前来烧香叩拜的人络绎不绝，人们来此求升学、排忧难、除病痛，青莲山公路就是信众集资刚刚修筑的。山上寺庙还雇有专人管理。有人为他写下："斯人何人？商之孤竹君，明之都御史；此地谁地？昔有首阳下，今有青莲山。"

我在李秉中的墓地远眺，石灰岩的山如列如阵，远处的山脉横亘天际，不见一处村落。突然想到自己每到一地，拜访的全是故人，几乎没有拜访过活着的人。每乡每地，人们说得最多的往往也是故人，行走山川，沉湎的是古村、山寺、古道、古木，它们唤起我时空的联想——虚空中布下的那张网。

由黛而蓝的群山，奔涌如涛，势若呐喊，天地却是喑哑一片，静默一片，大荒之野藏匿的秘密从无声息，隐蔽的、独自生存的人，乱世里的流民、难民，蛰伏的志士与枭雄，这片土地里的生与死，洪荒岁月，白云苍狗，都归于脚下蓬勃的野草，枯荣与共。

第二天走梅关古道，大雨如注。群山涌动如雾，两侧山崖树木老绿如翠似染。梅花一株株遍布山坡。十七年前我曾翻越大庾岭，记得宋代黑卵石铺的路面，寻找记忆中的路，路面却是不规整的块石，偶有大的卵石，与我记忆中黑色的小卵石完全不符。记忆如此之深却与梅关古道全然不符，这种错位令人真假莫辨，恍惚迷离，我竟然不肯认同。

梅关古道由唐代张九龄修通，"坦坦而方五轨，阗阗而走四通"。苏东坡两过此岭，写下"问翁大庾岭头住，曾见南迁几个回？"文天祥也写诗，同样是风雨天，他的心境最为凄凉。当年他带着八千客家子弟抗击蒙古兵，从梅关翻过南岭，回来时他已是元朝的囚徒，一路由南往北被押解去大都。他也是为自己的朝代而生为自己的朝代而死的人，从被俘之日开始，内心早已允诺了舍生取义——"烈士死如归"，任何劝降的许诺他都不为之动，其决绝常令后人浩叹。从《过零丁洋》开始，他一路写诗，五月到了南雄，他写："风雨羊肠道，飘零万死身"；梅岭南麓："倦来聊歇马，随分此青山"；梅关："梅花南北路，风雨湿征衣。出岭谁同出，归乡如不归"，他的归乡便是前面路途上的赣州，那里是他的故乡；到了章江："闭篷绝粒始南州"、"江水为笼海做樊"；赣江："惶恐滩头说惶恐"、"故园水月应无恙"，赣江水路上的黄金市、赣州、泰和都成了他的诗名。一条南北交通大动脉竟然写到了他的诗中。诗中的古道如此凄寂，古道上的诗却千古流传，一颗丹心照亮了生命与岁月的通途。

站在大庾岭关楼下，雨仍下个不停，听雨声四面哗哗啦啦彻响，我既无出关之心，就只是朝关外的山水凝望，恍然里，那个元代的囚徒独自走远了。雨中的山岭纷纷遁入时间深处，时空的界线倏然模糊，犹如山下赣南大余的连绵丘陵，全是雨水的迷离、湿漉、空蒙……

（原载《散文海外版》2016年第5期）

汉之曙光与夕阳红

◎祁建青

　　一个广交朋友的美好时代叫咱们赶上了。友谊的全新使者：高效的信息、交通等工具，不仅消弭缩减着距离时间，而且已将你的名片连同资讯传至每个相关人。来至陕南汉中，素不相识的三位汉中朋友经介绍一见如故。有缘千里来相会，我称他们汉中"三君子"，盖因今宵小聚仅他们为汉中人代表者。

　　汉中养人，年已六十大几的老李看上去充其量五十不到，资深摄影人。开谈他即评论起了我们青海湖："有两大特点，一是湖面积极其大，二是湖水极其蓝，对不对？"他去年夏天刚去过，两个"极其"高度概括，当然准确！一席话，青海高原与秦巴山岭被瞬间横跨。

　　又一位亦姓李，曾在新疆军区服兵役十三年。数军龄，他十三，我三十多，军人间的共同语言，转而就扯到了楚汉相争的汉中：威武善战的大汉军队，浩浩荡荡出发自汉中——顷刻间，昔日汉朝与当代中国相距二千二百多年的历史天空，又被我们穿越了。

　　闲谈如说书，有了像样的正题：想当年，项羽把刘邦赶至汉中，意思是让他们偏安一隅放弃他图。对此亚父范增坚决反对。果然汉中就是一个养虎之地，物产富庶，兵源充足，更加之地据深险，易守难攻。项羽放虎归山，刘邦一干人马猛虎下山只早不晚。

　　楚汉的命运都在乎一个人：韩信。如何安排韩信，决定楚汉两家成败。项羽刘邦所犯同样错误是都嫌弃过韩信，但高祖此错出得快弥补得也快，他有高人指点且他听。

　　军人老李说，萧何追韩信费了一番辛苦，一直快追到了留坝。哦，我知道，那儿正通往下一步韩信用兵、书写大手笔的宝鸡陈仓。汉中那个夜晚多么美，老萧月下追小韩，浓情诗意远大于权宜心机。这种氛围下，萧何、韩信，未来大汉朝的一对杰出将相感动天地。回心转意的韩信不再灰头土脸，这回，他要为推举一个伟大王朝而正式出山。

楚汉政治智慧分野毕现。历史大导演，一出手就把人物故事弄得超戏剧性：项羽帐下执戟郎，华丽转身成为刘邦麾下首席大将。那一日的汉中城内，呐喊动地、鼓乐喧天，拜大将军加冕礼成。刘邦挥手，汉朝，就向着胜利大踏步出发了。

一面明修栈道大张旗鼓佯动，一面暗度陈仓偃旗息鼓秘行。行动胆大包天，同时兵不厌诈。

如此乱侃过来，今儿我等几个人，是先到了西汉伊始，后又进入东汉之末三国蜀汉。

莫说三国无汉。魏蜀吴三国个顶个尊崇汉为正统，连背了篡汉千古骂名的曹操实际最后也没那么做。孟德枭雄，不具备条件？错。没胆量？更错。而汉虽亡于东汉，却紧接着又得续于西蜀，根深蒂固得很，不像短命的秦。

清晨雾雨里的拜将坛，斜阳余晖中定军山下的武侯墓——从西汉韩信授印出征，到西蜀诸葛亮病殁将息，刘汉一脉，在汉中吹起集结号，又在汉中唱响结束曲，这个圆多么完整而且画了个奇而大。

大家掰指头：公元前206年刘邦创建汉朝，到公元221年，刘备称帝，国号汉。次年吴蜀彝陵之战刘备兵败，223年病殁。时间算到此，计有429个年头（若将时间推至公元263年刘禅降魏，当为469年）。你瞧瞧，秦帝国结束后至今的中国历史，一个汉朝，就占了五分之一强的时段，气数委实叫个长久！

看来这故事可以如此戏说了：项羽乃创造大汉王朝第一人。这位高傲自恃目中无人的英雄——不，这样评价也不对——只有当韩信被拱手相让，范增被冷落出局，他才变成这样子的。萧何离间计成，伤透了心的范军师染疾早亡，西楚霸王如断一臂。如此，共同作用的结果，就直指那个昏天黑地四面楚歌的"十面埋伏"。

楚汉四年争战超值：短短四年，打下了个四百年大汉江山。你要说，还有没有最大憾事或痛？有。这就是韩信大将军不知道，战功越大自己危险也越大。更不知道自己自汉中拜将起，死期也步步开始逼近了。

韩信，他先受胯下之辱，后负谋反之罪。辱他者，街头混混；杀他者，女人。大屈辱——大战功——大沉冤，这天平，好生歪斜不公。韩信他要换个性子多好？他要不那样一根儿筋多好？哼，说这些，全是扯淡。

他之死，开了杰出统帅横遭自己营垒陷害的恶劣先例，尤为兵家义愤填膺。而这些可能还不是最主要的。最主要的也许在，人们于震惊中按住心跳参透何为政治险恶之余，一种力量会重新调整聚集。计谋缜密，人物众多，故事曲折，时间漫长，不仅只是复仇的新一轮英雄演义，又轰轰烈烈上演。

汉中委实了得。比如咱现在写的这汉字，或书面汉语与口头汉话，其"姓氏"渊源皆应归汉中。我说的对不对？二位老李点头。那推论起来，汉族，汉人，标准或理论上的老家根源，亦均系汉中？回答当然是也（然而事实却"当然"不是。随便问问别人，十有八九与汉中八竿子打不着。所以这个汉中之"汉"概念深究其竟，乃是一个"理论上"的实际，而不是一个"实际上"的实际）。

东汉出了国士、国器级人物蔡伦。他虽非汉中人，却是在汉中成就的造纸术改进大业（造纸位列我国四大发明之首）。读《三国演义》可知，"张松献图"之图，为"蜀锦"；多处提到"锦囊妙计"之文书，为"帛"。就可推断，即便到了东汉末，大部分时间还在使用竹简锦帛，纸的普及尚须些时日。后虽有纸，但印刷术还没跟上。总之，完全纸张上的放开书写，还为时尚早。

别着急，时间马车转眼就走到了魏晋。鲜亮亮的纸张一朝铺开，被照亮的事物，猛一转身另辟了蹊径。当毛笔、碳墨、砚台遇到了纸——精美的笔墨砚，上乘的纸，即令汉字书写如灵魂附身。那字儿们一个个纷纷复活，从笔画中腾跳而出，在纸幅上舞蹈，在笔墨毫尖上吟唱。

有了纸，本来国人好好去读书写字就是了。然，汉字太审美，人心更奇妙。结果，摆在世界面前的中国字便有了两种：一种就是普普通通的字，一种则俨然是比艺术还艺术的艺术。一个新天地打开了。汉字书写，也可以为写而写。几个字、几行字就能叫人惊艳喜悦得不得了，弄出个天价来竟也司空见惯（这不仅是一个当代现象），要多夸张有多夸张。

仅为书信文章而生的写字，竟然出神入化了。于是，汉魏有张芝（？—约192）、钟繇（151—230），东晋有王羲之（303—361）、顾恺之（345—406）们，早也不行，晚也不行，必在彼时开辟中国书画新纪元。以及还有中国第一个，也是最后一个"洛阳纸贵"，那都叫作应运而生。

纸的发明不仅改变世界，而且直接改变汉字与后来一切写字人的命运。原来，汉中之了得还在：纸赋予汉字以新生的空间与万般的可能，国粹书法，法缘汉中。

让我们来稍微回顾一下：无纸的年代亦有无纸的贡献。皆因竹简用起来太费事，古人不得不惜字如金。字词几乎浓缩成精，并一字多义且可通假。更有之、乎、者、也，助人尽揣多采语义于言外。要说汉字书写之难，那是中国人首先知道的。故意的或随意的动机在于，他们好像怕的就是不难而不是难，挖空心思造出要多繁有多繁的繁体字，要难就给你难到家。

也因为类似缘由文言文被创造，千把字文章已算长的。遣词造句虽极其精短，论事达意却恨不能包罗天下。书法要竖着书写，亦是早先竹简决定的。而惜字如金、字斟句酌的直接收获，就是汉语成语的大批量速出，出了就速成，就千百年不变地使用，而且还感到常用常新。

认为立国以图江山永固，就必须向西发展沟通的陆路战略，并非到成吉思汗才有，其在汉朝就已实施了行动，前靠武略，后凭文韬。时在公元前139年、公元前119年，我国最早的外交使节张骞带团，两次出使西域到达中、西亚诸国。那可是二千一百多年前哪，咱就倒数一百年想想，何谈道路？何谈交通条件？他们却硬是一步步走了那么遥远，要多厉害有多厉害。

汉臣张骞，正儿八经汉中土生土长的国士、国器级人物。我在此不得不要重复，多年前我到汉中，就惊奇地发现，他本人以及出使西域这一历史事件，实际上存藏着一个大大的天机或叫"自然人文密码"：

一个是，丝绸之路的起点与终点（我国境内，即：秦岭北麓古长安—葱岭以远）；再一个是，中国大陆之脊梁，昆仑山脉之首与尾（秦岭山脉—帕米尔高原）；还有一个是，张骞人生出发地与事业道路辉煌顶峰（出生地秦岭南麓汉中城固—远行西域拓开丝路）。三条大线索，脉络清晰而交织相扣。

这场发生在秦岭至帕米尔（以远）两个大地理坐标之间的国家行为，由一个秦岭出生的人率领走完，而且数十年来去两次皆获成功，这是不是某种名至实归？

一句话，张骞这一走，走出或者说破解印证了中国大陆伟大神奇的地理纽带，以及与之严丝合缝的人文纽带。地缘随使命人心集张骞团队于一身，是不是一个可遇而不可求？

如果不是张骞呢？本人当然不能乱作判断。但可以肯定，由一个秦岭山下汉中人，从昆仑起首之秦岭，迈出开拓"丝绸之路"的脚步，事情就显得更有意思，或者更有其道理，奥妙之奥妙，任你去想象。

我们这么说吧，如果说人世有一个梦，那就需要一个入梦引梦者。漫漫丝路的入梦引梦者，非张骞莫属；而万里迢迢在亚欧大陆上蹒跚移动的张骞们，又怎不是莽莽昆仑神话梦境中的一群行梦、圆梦者呢？

破击匈奴于北方，又结好西域三十六国。战争与和平两张牌，帝国一展宏图，两手都硬。使臣、兵马、旌旗跋涉滚动，商旅、货物、财富交换流淌，伴随飘渺驼铃鼓角和呼啦啦尘烟，百姓与人民、王道与国运，苦难艰辛也好，幸福顺畅也罢，汉朝将一条通衢大道为后世蹚了出来。

话题再说回去吧：干掉一个项羽，还要干掉一个韩信。逻辑尖锐对立统一，如此还原了生死真相，不幽默，很残酷。保不齐也是一个有月之夜，或无月，风高月黑，萧何来找韩信。萧大哥说韩老弟，你跟我走。去干甚？你就甭问了。弟当然听哥话。韩信、萧何，诡谲的因果：成也萧何，败也萧何。至此，一个必要条件也加上了：办此种大事须选黑夜，吉凶祸福却在乎有月无月？过去的知遇恩人，现在的夺命使者。权谋面目毕露时，彻底粉碎了夜空那曾经叫做诗意的东西。

大英雄项羽被大英雄韩信所败。你死我活皆为战争殉道，拥有的光环荣誉不相上下。落实到顶尖级个人身上，结果往往同样糟：成全了项羽一世英名，就难保武功盖世之韩信。项韩两人若健在，另一版本的"三国"保不齐能提前。这两位同代将星在天上，类似的探讨争论恐怕一直没消停。

大汉朝的宝最后押到了刘备身上。这便对了，又是一个名至实归：他的老祖宗刘邦最初到汉中被封"汉王"，他也曾被封"汉中王"，这一巧合必须有。身着汉帝服的刘皇叔，或许在某个夜里偷着乐呢：俺爷爷的爷爷的爷爷从这里成就帝王大业，今我在这龙兴之地称帝，中兴汉室岂不是天意，非我其谁也？

汉中，刘汉帝国的福荫宝地，终了还有好一番纠结在此。这便集中在又一位国士、国器级人物，永久落户于汉中的诸葛孔明先生身上。

本来，刘、关、张再加诸葛亮，战将智囊一大群，光复汉室眼看就差那么一点。从刘备病殁后五年（228年）始，诸葛亮亲统大军，出汉中进攻北魏，"六出祁山"。其最后一次在刘备病殁后十一年（234年），率军出斜谷与司马懿对阵，历经失街亭、斩马谡、设空城计，功败垂成病殁于五丈原军中。

历史惊人的相似，到此果然愈演愈烈。说祸端起于"大意失荆州"，可不。问题是，在关羽身上，人们不幸看到了项羽刚愎轻敌的影子。中计上当走麦城，失败惨烈程度比项羽有过之而无不及。接着，张飞莫名其妙如同被二哥传染，这下他骄横跋扈过了头。不幸还有，人们在刘备和诸葛亮身上，奇怪地看到了项羽和范增的影子。刘备入川成就感陡增，很自然心生些个芥蒂，诸葛亮一度被冷遇。四百年多前那个老故事，差一点儿四百年后重演。

所以，"霸王别姬"那样的悲情大剧没再发生，因为"战争让女人走开"；但新的忠义史诗惊天地泣鬼神，后有诗圣杜甫居成都拜武侯祠，写下"出师未捷身先死，长使英雄泪满襟"（杜诗《蜀相》），一腔痛彻悲怆；一代名将岳飞，奋笔书写孔明《出师表》，勉县武侯墓摹岳飞真迹刻写的《出师表》，满篇慷慨激昂。汉中故地，保存下书卷文笔的在场记忆和精神总结：理论与实践上的忠勇仁义礼智信中国，丰满了。

对孔明尤其是关羽的供拜，超越史上那些帝王将相而遍布海内外。摄影家老李说，他们共有的墓志铭："不求同年同月同日生，但求同年同月同日死"，也是蜀汉乃至三国人物风骨风采的最好解读。若再以什么成败论英雄，已属苛刻多余。

罗贯中好手笔，其名著开篇那首诗作，以"青山依旧在，几度夕阳红"收尾，用意贴切令人佩服。也许，在罗贯中看来，汉末那段历史之壮阔、之奇美，尽在一个夕阳红中？

而在我眼里，这个"夕阳红"，既是三国的，还是整个大汉朝的。帝国末日，辉煌落幕。夕阳残红，霞光艳丽。惜别缅怀，深情唱晚。出汉中，过秦岭以北，有数位西汉名将，墓葬坐落于黄土高原的塬岭山水间。那就是卫青大将军、霍去病骠骑将军、李广"飞将军"。

你或许会不解：飞将军干吗用引号？那我告诉你，这个得引上。因为，大将军、骠骑将军是朝廷汉武帝册封的，李广却不是。"飞将军"谁封的？是敌方匈奴人赠与的。记得在天水市羲皇大道陵园路，先后询问过5位路人，方寻得石马坪李广墓。感觉他们爱搭不理的样子，就好像李广墓不该在这儿，要么意思就是，我一个外地人寻找李广墓，实在没那个必要。

墓园位置颇是偏僻，路径窄而崎岖。李广将军公元前119年出征受挫而蒙耻自刎，死后亦多受委屈足见一斑。

但见，门庭院落却也高大规整，修葺管护甚好，管理人员态度和蔼，刚才心里的不快才稍有抚平。我与儿子东羽步入正殿，迎面一座将军全身铸像，披挂执戟威武凛凛。我对东羽说，这位李广将军出战遭遇兵败，但仍为一世名将，你我同为当代军人当一拜。儿子点头称是，于是，父子俩深深鞠躬拜谒。

同期与李广对匈奴作战的霍去病与卫青，墓葬在关中道的茂陵汉武帝刘彻墓旁。形制规模两厢一比，待遇有别一目了然。

这重要吗？这都不重要了。隔着葱葱大秦岭，西汉与东汉的将帅士卒们，数千年来南北相望。他们终还是遥遥相伴而眠，在古今无数个朝霞和夕阳里。

那什么重要呢？我想，那应该是此时此地的你我吧。一种永恒被我们抚摸感应着，你我是历史邀来的信使？还是当代派往汉朝的访客？那一段辉煌历史文化大餐，被我们就着小酒、品着小菜，皆付笑谈中……

别过三位，话语笑声犹在耳畔萦绕。思忖他们，和蔼谦恭学养气质堪称君子。回宾馆，见到一份 2013 年 10 月 18 日《汉中广播电视报》，载有三位中年纪最小者张建平与他的文友杨柳影采写的《还做针线活的城固百岁老人王莲玉》。一份生活的平实，一段心情的安妥，记写出了一款时代的从容和美，可谓是汉中当今胸臆之轻随一抒。该文开篇即对 101 岁老寿星展开描述，摘下一段作本文收尾，感觉也相当不错：

　　慈祥，面容饱满气色好，有孩童般的可爱笑容，身姿举止轻盈。很少生病，偶尔感冒，在小药店配点药吃就好。去年冬天住过几天医院。她儿媳前几年去世。去世前儿媳偏瘫一年多，由她和保姆精心照料。院里的花花草草和葱蒜，也是她种的。老人裹小脚，但放得早，行走自如。每月村里发放老人补贴，她去领。初一、十五和老太太们走路去各庙宇烧香拜佛。2011 年世园会期间，她去西安外孙家玩了一个月，到处转……

（原载《解放军文艺》2016 年第 2 期）

孤独者的绝唱

——叩访青云谱

◎郭保林

一

南昌是一座风景秀丽的南国名城，城外青山雄翠，城内湖泊斑驳，赣江如同一匹绿绸绕城飘逸，湖在城中，城在湖中，而驰名遐迩的滕王阁又临江而筑。唐初才子王勃一记使南昌啸傲天下，风流千古。滕王阁毁弃二十八次，重建二十九次，这足以说明，滕王阁对南昌的意义。

我来南昌本想"会见"王勃，同他谈诗论文，聆听他一番教诲，谁知这里游人如蚁，拥挤不堪，连上下楼梯都极其艰难，我被拥上最高层，匆匆照了张相，便逃难般地离开这"繁华"之地。到哪里去呢？南昌是英雄的城，金戈铁马，腥风血雨，历史留下的诗意不多，到哪里寻觅一缕缠绵的诗情，犹豫间，人们告诉我，青云谱是一去处。

啊，我蓦然想起，余秋雨写过青云谱，我再来涂鸦，岂不有拾人牙慧之嫌？有朋友告诉我：文章各有各的路数，况乎还有许多同题作文呢？李白写过月，难道苏东坡就不能写月吗？这么一想，确实有必要去"拜访"八大山人老先生。

青云谱原来是一座公园，位于南昌东郊。这里十分清静，几乎不见人影，半湖碧波，满目香樟、枫杨、垂柳，浓郁重重，绿意幽幽，甬道两旁是夹竹桃，正是盛花期，红白花朵团团簇簇。百无聊赖的蝴蝶，轻浮地飞来飞去，几只大白鹅在湖水里悠闲地游弋，芦苇丛中传来啾啾鸟鸣。

这里和滕王阁的喧嚣简直有天壤之别。也好，八大山人非常喜欢寂寞和清静。这会儿怕是正在聚精会神伏案作画，笔下该是孤山野水，一鸟独占枝头吧？按照指示牌，我寻找"八大山人纪念馆"。门敞开，没有一个游客干扰他，老先生正作壁上观，静静地伏案创作。寂寞青云谱，苍凉青云谱，孤独青云谱。八大山人一生都在寂寞和孤独中度过，在贫穷和饥饿煎熬中，守望着精神的田野。他没有灯红酒绿的热闹，没有歌舞蹁跹的欢快，在幽静、幽暗中，在聚光灯照不到的一隅，度过苦难的一生。

二

众所周知，八大山人姓朱，名耷，明宗室朱元璋第十七子宁献王朱权的后裔。明末，应举中秀才，十九岁（1644）明亡，遂奉母携弟避难南昌之西一个小山村。顺治五年（1699），落发为僧，后又为道士，入青云谱道院，为自己起许多法名、道号，其中有朱月朗、良月，月朗不是"明"吗？显然这些道号是对故国的眷恋，是对大明朝的怀念。但他作画时从不署这法名、道号，只署"八大山人"。这意思是：山人为高僧，尝持《八大圆觉经》。也有人解释，"八大者四方四隅，皆我为大，而无大我也"。又说"余每见山人书画款题'八大'二字，必连缀其画，'山人'二字亦然。类哭之笑之，意益有正焉"（见陈鼎《八大山人传》）。他一生佯狂装疯，借酒浇愁，时而仰天大笑，时而放声痛哭，长啸短吟，舞笔泼墨，国破之痛，家亡之苦，一腔忧愤随之倾泻而出。

八大山人生于末世，他的童年和少年正是国事蜩螗，大明王朝已是落日黄昏。他长于兵荒马乱腥风血雨的动荡年代，刚成年时，正是社稷倾覆，江山易主，一代皇胄贵裔沦为亡国奴。他和母亲隐姓埋名，躲避清军的追捕，惶惶不可终日。原来的锦衣华服，钟鸣鼎食之家，书香氤氲，墨香缭绕的簪缨之族，已落魄到绳床瓦灶、三餐难继的不堪境地。

八大山人的祖父和父亲都是诗人、艺术家，能诗能画，家庭的熏陶，个人的禀赋，使他"八岁能诗，善书法，工篆刻，尤精绘事"。

人是环境的产物。朝代的更迭，生活的巨大落差，改变了他的性格，一个天真聪慧的少年顿时变得孤独、孤清、悄悄，神色黯然，目含忧愤，嘴巴闭得紧紧的，一副冷漠的面孔。他不满现实？更不会背叛家族，效命新的王朝，只能躲进生活最幽暗的一角，倾心翰墨，泪洒素盏，洁白的宣纸上经常出现残山剩水、枯树老藤、残阳夕照、荒村野水、孤鸟枝头、哀鸣啾啾。

我想象得出，那秋风萧瑟的黄昏，或朔风凛冽、雪花狂舞的冬夜，一豆灯火，叠印出瘦削的身影，墨随笔舞，情融笔端，一腔愤懑，满腹孤傲之气，倾泻在画面上。一介前朝的书生怎一个"愁"字了得？山水苍茫，人生苍茫，命运苍茫，对故国的思念，对家世的悲哀，"横涂竖抹千千幅，墨点无多泪点多"（郑板桥语），那是一种多么凄楚悲凉的情怀啊！

八大山人大半生就是在亦哭亦笑中度过的。他哭得凄惨，笑得更加悲哀，是一种比哭更难堪的笑。他面前一片苍茫凄楚、荒芜寂寞的境界。

我对中国画没有什么研究，但喜欢阅读，尤其是在寂静的夜晚，或雨雪天气，打开名家水墨画册，一页页地认真阅览，仿佛走进一种寥廓丰富的大千世界。那墨色的枯润浓淡，点线的粗疏细长，一幅幅惟妙惟肖神态仙姿的山水风景，或雄浑苍茫，或清秀细腻，或风格醇厚，萧条疏散、气韵高迈，或娴静雅逸，流露一种淡定禅意的境界……他们不是把艺术看成一种单纯的笔墨表现，而是将笔墨气韵的追求看成是艺术修养的最高境界。

展室的门敞开着，西斜的阳光穿过木格窗棂射进来，室内明亮而空廓，没有一个游客，倒有一两只大土蜂在屋里嗡嗡地飞来飞去，更渲染出展室的寂寞。满壁是八大山人的山水画、花鸟画，书法篆刻，以及历代画论家的评论文字。八大山人的手迹画稿虽是复制品，但其气韵神采完全可以乱真。它们悬挂在墙壁上，是悬挂在时间之上，是悬浮在漫长的历史之中。你和它们相逢，就像和一个朝代相逢，和一段苦难的人生、苦难的历史相逢。我觉得这是一种"暗物质"，是一种精神的物质。

一幅幅水墨丹青，枯树老藤、落日晚照、孤鸟枝头、荒水野渡、风竹残荷……这哪里是水墨画卷，分明是一个孤苦的前朝遗子悲凄命运的细微迹象和种种经历，是一个苦命画家的暗物质的极其微弱的闪光，通过这细节可联想整体的形象。谁看了心不由得大哭一场，但又似有一种解脱和超然，那种强忍的感情是很折磨人的。

八大山人在南昌经历了流落街头的漂泊期，他举目无亲，穷困潦倒，似疯似癫，"独身徜徉市肆间，戴布帽，曳长衫"，履穿草鞋，郁郁跰行，市井小儿观之笑骂，或往其身上投掷泥巴、石子，追逐、嬉戏。八大山人的生活可以想象。

晚上八大山人回到道观青谱庵，借一豆屡弱的灯光，纵横翰墨，他如疯如痴般的将一腔愤懑和郁垒倾泻而出。只有智慧的光才能照亮生活，他要这股气不败在生活上，要倾泻在艺术上。他的山水画、花鸟画最突出的特点，就是孤独、孤愤、孤清。他和这些孤鸟、孤鸡、孤树、孤独的菌苔、孤独的小花、孤独的小舟，他与它们对话。那些孤鸟、孤树、孤花，是有灵性的，有血肉情感的。它们用无声的语言，温存的语言，抚慰一颗伤痕累累的画魂。鸟解语，花解语，一花一草一鸟皆朋友。他与它们共同创造生存的空间，他已忘却窗外那个凄风苦雨的世界，这是充满哲学和诗意的人生。

三

阅览八大山人的画展，我发觉他的绘画艺术中，成就最卓著者为花鸟画。题材极广，他笔下出现花卉、蔬果、虫蝶、鱼虾、畜兽、禽鸟等数十种。八大山人既汲取古代画家的营养，又有自己的创造，不囿古人，挣脱古人的羁绊，开拓自己的天地，创造独特的花鸟画的意境，他缘物寄情，赋花鸟以精神。画家都有自己的思想，自己的审美意味，自己的美学追求。艺术个性往往是画家个性的外在反映，思想、情感、意趣、心绪都渗透溶解在那点线之中。八大山人的花鸟画意境清奇幽冷，构图和用笔极简，巨大的泅水留白中只有一棵孤独的草，长长的草茎亭亭地直指蓝天，草茎上有一只孤独的鸟，寒风乍起羽毛，能听到鸟的哀鸣，一种孤凄的楚楚的可怜状，又渗透着独立寒秋傲视天地的孤介情操。画如其人。他写生花鸟，点染数笔，精神毕具。即使画巨幅，也不过花朵几片，萧条冷落，给人不是繁华、热烈，而是凄寒意境。他人生里没有欢乐，他的绘画作品更无繁荣和生机勃勃的气象。

他画树，不是些畸曲、仄倒，就是老干枯枝，一副饱经风霜、历尽沧桑的疲惫感、憔悴感，苍老的形象，给人以颓败的绝望之感。后人说，他画山水、竹木、花鸟，笔墨简洁、凝练、苍劲、冷峭、灵奇。寄托不肯妥协、不甘屈辱的感情和顽强的生命力，画上的题诗多含隐晦、冷嘲热讽之意。署款"八大山人"，字很古怪，似笑之似哭之，比哭之笑之都难堪，都凄然。试想故国不在，家乡何处？生不如死，死又奈何？终日蹀躞寺庙道观，和泥胎雕塑相处，僧道不语，泥胎无言，清冷的环境，清苦的日子，只得将诗心画意来展示。

八大山人的画作，并不一味地抒发自己的孤凄寂苦的情感，也有冷眼观世的孤傲精神。他有一幅《墨荷图》便是这傲勃于世情绪的反映。画面荷梗清劲挺拔，长短参差的荷叶纵放舒展，繁缛密集，交错有致，脉络清晰，浓淡相映，而一枝孤独的荷花傲然挺立，奔放怒绽，清秀明媚。画的右隅，山石耸立，苔痕点点，山石之下，水波潋滟，萍藻浮动。整幅画墨色淋漓，翁郁恣媚，给人一种行云流水、生机勃勃的感觉。有人说，这是他怀念大明王朝的富贵繁华。其实八大山人虽生于贵胄，但已处于末世？明王朝乱云飞渡，烽火烛天，李闯王已搅得大明帝国支离破碎，明王朝大厦倾圮已进入倒计时，他何有"繁华盛世"之体验？

给我留下印象最深的是一幅《鱼图》，是写意画，又是写真，鱼体肥硕，鳍、尾形象逼真、自然。尾不翘，鳍不张，浑身鳞片安详地排列着。只是那鱼眼令人瞠目：眼圈似浓墨勾画，上方绘一浓圆点，以示眼珠，呈现出"白眼向上"之状，既生动传神，又寓意深刻。世人有"画龙点睛"之说：八大山人却有"画鱼点睛"之术。那鱼眼里闪射着凄婉而孤独、卑视和高傲的冷笑。一个贵胄漂泊子弟的傲岸心态，跃然纸上，表现出不肯妥协不甘屈辱的感情和顽强的生命力。

八大山人在他的画页上的题诗更是孤傲不世，多冷嘲热讽，含沙射影，透出他胸中愤怒悲怆的情感。他的花鸟画比他的山水画更富有思想意义。他画梅，疏枝劲干，高逸之致，傲骨凛然，不仅表现出他贵胄的清高，更表现他前朝遗少藐视当今世界的孤傲，同时也流露出他道士仙人、高僧法师的那种萧散情怀和仙风道骨的雅致。

八大山人从不为清廷权贵画一石一鸟。53岁那年，清临川县令胡亦堂听说他的画名，便宴请他到临川官会做客。他十分郁愤，来到官会便装疯癫，撕裂僧服，胡县令宴请他，他拒不入座，后来，独自回到南昌，亲手书写"净明真觉"，悬挂门楣，并在方丈堂书写对联："谈吐趣中皆合道，文辞妙处不离禅"。一再展示他倔强傲岸的性格。八大山人有古贤伯夷、叔齐以身殉道的典范，但伯夷、叔齐不食周粟，饿死首阳山，而八大山人食清粟而不为清朝做事，一样千古流芳。何也？固然八大山人以画艺名噪四海，更重要的是知识分子的气节和人格。伯夷、叔齐是因为自己的意见没有被周武王接纳，而采取了与周朝不合作的态度，这是他们执拗的性格和独立意识酿成的苦果。而八大山人是国破家亡之恨，是骨子里的抗争，是命运的叛逆。

1985年，八大山人被联合国教科文组织评为"中国十大文化艺术名人"之一。

四

文章写到这里，我不禁想起八大山人同宗同源的兄弟苦瓜和尚石涛。石涛比八大山人小十六岁，按辈分八大山人应是叔辈。石涛是明藩靖江王朱守谦十世孙。父亲被南明王朝所害，自幼失怙。朝代更迭，江山易主，小小年纪的石涛便隐姓埋名，落发为僧，躲进社会最幽暗的一角，苟且活命，他的法名原济，号石涛，又名苦瓜和尚。他身世飘零，苦难重重，如同八大山人，早年旅居安徽敬亭山，晚年定居扬州。

石涛不同于八大山人，他自号苦瓜和尚，却"安贫守道"，乐于做清朝的降臣，在南京、扬州，他两次见到南巡的康熙皇帝。大明王朝的后裔面对死敌、异族统治者却行三拜九叩大礼，甘当顺民，更有甚者，他还去北京住过一段时间，结交了清朝的权贵辅国将军博尔，他名为和尚，却长就一身媚骨，俯首帖耳，甘做顺民，这一点终身受到正直文人的睥睨。石涛和八大山人一样，擅长绘画山水、花果、兰竹，特别是山水、兰竹最负盛名。他主张"搜尽奇峰打草稿"，深得元代画家倪瓒、董其昌意趣，反对泥古、囿古，提倡创新，外师造化，形成自己的风神独具、变化万千、新奇多姿的新画风。同样画荷，八大山人的孤傲，茕茕孑立，高迈清俊，到了石涛笔下，则迥然不同，虽然荷茎错落秀拔，茎直亭亭，但荷叶叠叠，舒展有致。荷花或竞相开放，或含苞而立，相互映衬，绰约多姿，妩媚雅逸，野趣盎然。那是画家心态的流露，精神世界的表现。"苦瓜和尚"心灵并不那么苦，至少不像八大山人那样孤寂清苦。我想这和他们的人生经历和生命记忆有差别。明朝灭亡那年（1644年）石涛才两岁，明王朝的福泽还未来得及辐射到他身上，严格地说他是清王朝的子民，所以他没有家破国亡的切身悲痛，而八大山人已满十八岁，成年了，是真真实实的前朝遗民了。石涛晚年居住的扬州，想当年"清军屠城十日"，只能从老人茶余饭后的谈论中得悉一星半点。家族的衰败，清军的残暴，在他年幼的心灵里仍是一片空白。他睁眼看世界时，满街已是长辫子、马蹄袖的大清王朝的子民，明月已不在，清风却绕膝。衰草孤鸟，八大山人的画幅上常常出现一座孤峰，无草无树，一峰傲立，直薄云天。孤峰是禅宗的意象，"独坐孤峰顶，常伴白云闲"，是禅门的重要境界。孤峰又是艺术家孤介情怀的再现，是诗人和艺术家特别喜欢的具象。

八大山人的孤独意识，不仅是这位皇胄飘零子弟悲戚情感的流露，更展示作者强烈的自尊思想和卑视尘世的凛然的生命尊严。

这种孤独还有强烈的张力，这是八大山人创作的心态，也是他艺术创作的形式，他把孤独作为生命展示的一种过程。可怜兮兮的命运，他已经视为淡淡流水，渺渺行云，平静而自然。

我在展室里流连徘徊，眼前总幻出一种意象——一块巨石下有一株小花，轻柔芊绵，这是极不和谐的现象。但小花不因环境的恶劣而惶恐，畏惧，她依然自由自在开放，从容地展蕊舒瓣，无言地绽放着生命的张力和强健。生命自有存在的理由，一朵小花也有存在的因缘，这是一个圆融的世界，外界的风刀霜剑，凄风苦雨是可以超越，而花开花落自由生命的因缘所决定。所谓沧海横流，方显英雄本色，一个人可以向世界挑战，一豆灯火可以向弥天大夜抗争，更炫耀着生命高贵，生命意志的强化。

大明朝灭亡了。

大明朝之魂，还在这个世界飘荡游弋。

他的山水草木、花香鸟语，多妩媚泼辣，运笔灵活，画意清新，表现出山河阴晴明灭、烟云变幻、寒暑交替的虚虚实实、千姿百态，形成他独特多样化的风格。

八大山人，高标独立，脱凡超俗，独守贞正，就其人格而言，一直得到后世文人的首肯，为世人称赞，他那种"独立大雄峰"的精神，对孤鸟盘空、孤峰突起、冷月孤悬等意境如此偏爱，正是他心中隐藏着"孤"的精神。

同样，八大山人的山水画，也放肆着他不满现实的独立不羁的孤傲个性，形成一种豪迈雄健的笔墨，旨在抒发强烈的身世之感。生命如寄。生命就是一趟独立的旅行。他无可救赎，无枝可依，只有艺术收养他。八大山人笔下的山水都表现了"零碎山河颠倒树，不成图画更伤心"的情怀。他创造的山水形象既不修润简洁、温静娴雅，更无山川清丽、林木蓊郁的生机，是一片苍茫、凄楚、残山剩水的苍凉。他在一幅《孤鸟图》题诗云："绿荫重重鸟间关，野鸟花香窗雨残。天谴浮云都散尽，教人一路看青山。"他的世界是悲惨世界。

我徘徊在纪念馆里，只觉得四面化为回音壁，从那画幅里隐隐传来历史的回声，低沉、喑哑、悲戚，那是孤独者的灵魂在歌唱。

时代造就一代艺术大师。

命运铸成一尊叛逆者的雕像。

他长寿八十岁，一身骨气仍然属于大明王朝。

（原载《山东文学》2016年第5期上）

凌云行思

◎石一宁

仲秋九月的凌云，乍阴乍晴，乍风乍雨。

来到广场时，正下着雨。访客都打着雨伞。绵绵雨中，只见广场上高耸着一尊铜制的孙中山立像。再前行十来米，是一座中西合璧的砖木瓦结构建筑，正中拱门上白底衬书的"中山纪念堂"五个黑色大字，碑体、劲遒、凝重。

凌云为汉、壮、瑶等民族聚居地，多半人口为少数民族。揆诸孙中山之生平，生前并未踏足凌云，何以在凌云得享此隆祀？

在纪念堂内瞻仰，听东道主介绍，得知此为凌云先贤王彭年先生之倡设。王彭年，壮族，早年入学广西政法学堂，参加辛亥革命，曾任凌云县第一届议事会长、广西临时议会第一届议员、广州护法军政府内政部次长等职。1925年，任凌云县长。而这一年，3月12日，孙中山病逝于北京东城铁狮子胡同5号行辕，终年59岁。临终前，他说的最后一句话是："和平、奋斗、救中国。"在给家人留下的遗嘱中，孙中山说："余因尽瘁国事，不治家产。其所遗之书籍、衣物、住宅等，一切均付吾妻宋庆龄，以为纪念。余之儿女，已长成，能自立，望各自爱，以继余志。"辛亥革命的胜利，奠定了孙中山伟大革命先行者的历史地位。孙中山逝世后，民国政府号召有条件的地方建立中山纪念堂。王彭年追慕伟人，起而响应并发动县人捐助。1938年，凌云中山纪念堂在原广西泗城府土司衙署后花园破土而立，成为广西第二、百色唯一的一座地标性建筑。"中山纪念堂"五个字为王彭年所写。

"革命尚未成功，同志仍须努力。"展厅正面墙上的孙中山彩色画像和画像两边的这副名联，展厅四面近百幅孙中山在各个时期的照片，令我遐思凝想。我想到广西也是全国的第一座中山纪念堂——梧州中山纪念堂。梧州的纪念堂是在时任西江善后督办、梧州善后处处长李济深的倡议下，于1930年10月建成的。梧州之所以抢风气之先，是因为孙中山为了北伐曾三次驻节梧州。

我想到孙中山与广西之缘，想到广西各族仁人志士对辛亥革命的贡献。

1907年3月孙中山在河内建立军事指挥机关，以越南为基地，组织发动了六次反清武装起义。这六次起义中，三次是在广西边境地区发动的。这些起义虽然失败了，但为武昌起义的胜利积累了经验。友人、广西作家任君的长篇小说《铁血祭》即复活了曾参加过广西境内这几次起义的李德山、陆亚发、褚大等广西籍革命志士的形象，这些革命志士为了做人的自由与尊严，为了再造一个新中国，奋起搏击，以生命为代价，撕开无边的黑暗天幕之一角，为夜色茫茫的中国大地引入一线黎明的曙光。

"危难无所顾，威力无所畏。"在中国历史重大的转折关头，广西人民作出了正确选择。这也是孙中山对广西情有独钟的原因。1921年10月15日，孙中山自广州"天字码头"乘"宝璧号"舰前往梧州，开始了取道广西督师北伐的历程。孙中山自10月17日抵达梧州，至1922年4月19日因改道赣南北伐而从梧州返回广州，在广西驻节了整整半年时间。在此半年间，孙中山还涉足南宁、昭平、平乐、阳朔、桂林等地，接见地方官员，会见各界人士，发表宣传演讲。10月17日刚到梧州，便委托胡汉民在欢迎会上代为宣读训词。孙中山希望广西"人人有民治之思想，出而负责，出而力行，务须达到毋求他人扶助地步，真正民治之精神，方能贯注"。在南宁演讲时，孙中山说：广西同胞"不可放弃主人翁之资格"，"当共同负兴发广西利源之责任"，"以求公共幸福"。

沿着纪念堂的回廊走到堂后，见一方荷池。荷池被青松绿柳环抱。池心有一亭，名曰听荷亭。雨下得大了起来，密集的雨点击打在池水里，击打在荷叶上。仲秋的荷叶，有的仍翠青，大半已枯残。从回廊有一石板桥通往听荷亭。亭里有几位访客，或坐或立，或静默或交谈。"竹坞无尘水槛清，相思迢递隔重城。秋阴不散霜飞晚，留得枯荷听雨声。"李商隐的诗句油然浮现脑海。听荷亭旁听雨声，令人思念已远去而宛在的伊人……

我想起母校中山大学。1924年，孙中山创立国立广东大学，并亲笔题写校训："博学、审问、慎思、明辨、笃行"。1926年，广东大学改名为国立中山大学。中山大学广州康乐园校园，至今矗立着一座孙中山铜像，那是孙中山的日本友人梅屋庄吉在1932年赠送给中国的四具孙中山塑像之一，按照孙中山的身高1：1复制。游览康乐园，孙中山铜像是必定瞻仰的。中大学子毕业留影，亦多选在孙中山铜像前定格。1923年，孙中山在岭南大学怀士堂（今中山大学康乐园内）对学生发表演讲时说："我劝诸君立志，是要做大事，不可要做大官。"孙中山还说，岭南大学之内，四围有花草树木的风景，洋房马路的建筑，这种繁华文明的气象，与校外的荒野景象相比，真是天壤之别呀。我们中国人现在每日至少有三万万人朝不保夕，愁了早餐愁晚餐，所以中国是世界上最穷弱的国家。大家想到国民同胞的痛苦，应该有一种恻隐怜爱之心。应该人人立志，担负救贫救弱的责任，去超度同胞。如果大家都有这种志愿，将来的中国，便可转弱为强，化贫为富……"立志要做大事，不可要做大官"这段话，至今镌刻于怀士堂，激励着中大的莘莘学子。

"尚余遗业艰难甚，谁与斯人慷慨同。"这是孙中山1907年悼挽牺牲的中国同盟会烈士刘道一的诗句，亦可视为孙中山在那段风云急遽变幻的历史时期艰困情境的自白。辛亥革命不彻底，孙中山不是完人，这在鲁迅的作品、毛泽东的文章中早已多次涉及，在今天更是国人共识。最为人诟病之一，乃1905年在日本东京成立的中国同盟会，以"驱除鞑虏，恢复中华，创立民国，平均地权"十六字为政治纲领，将清廷等同于满族，将满族加以蔑称并排除于中华之外。之后的革命实践，使得孙中山认识到"排满主义"显然不利于作为多民族国家的中国的统一，转而思考民族平等问题。他指出："异族因政治不平等，其结果惟革命；同族间政治不平等，其结果亦惟革命。革命之功用，在使不平等归于平等。"民国成立后孙中山特意会访原清朝摄政王载沣，对他能代表清朝政府和平交出政权、服从共和之举表示赞赏，并讲述民族平等的意义，表达要建立民族平等的新国家的愿景。辛亥革命并未终结中国的苦难和黑暗。然而，辛亥革命以后，"谁要再想做皇帝，就做不成了"（毛泽东语）。孙中山领导的辛亥革命推翻帝制，缔造共和，开启现代中国民主政治的伟大功绩，昭彰日月，彪炳千秋。

"凌云山水美如画。"岭南画派大师关山月游凌云时发出如此感叹。而凌云中山纪念堂，召唤的是一种历史记忆和人文沉思，它比美丽的风景更让人深深地记住僻处云贵高原余脉山区的这方水土。

（原载《人民日报》海外版2016年4月14日）

时光刺绣

◎席慕蓉

今天的题目——《时光刺绣》。《时光刺绣》是我一首诗的题目。"时光是一匹白的丝绸，我们都是在时光里刺绣的人，每个人都开始绣了。"所以我想，不光是我，不光是叶先生，还有各位老师，尤其是年轻的学生，你们已经开始在"绣"了。

迦陵学舍与海棠树

今天是叶老师从教70周年的一个庆典，也是叶老师的迦陵学舍落成的一个庆典。在生命里长久地坚持，今天叶老师都得到了。昨天在迦陵学舍里面，我一直有一个感动，在1974年，叶老师回来教大陆的学生。1979级的学生说，当年，叶老师是我们学校里的风景。当然，这个风景是走动的。海明威说，当他去了巴黎，巴黎就是他一生的流动的盛宴。在南开校友的心里想到的是，叶老师在大家最困苦的时候，心里最空虚的时候，回来教大家古典诗词。除了她自己本身在校园里走动，是一道流动的风景；她传授给这么多学生的古典诗词，一代代的，也是一种流动的生命力。这些学生，有的人做了校长，有的人做了学者，有的人继续教中学，有的人继续在诗词方面做各种研究；唯一可以回报老师的，就是为老师修个可以继续诗词研究的居所。其实，能够建成迦陵学舍的原因简单得不得了，就是学生给老师的，简单、真诚的爱——这种爱是可以这么简单，直接的。

迦陵学舍里两棵海棠树是从恭王府（挪）来的。叶老师说，从前的恭王府，女生是不能进去的，只能远远地看着海棠开花。而现在呢，人家听说叶老师想要一棵春天可以开花，秋天可以结果的树。恭王府的人就说，叶老师，我们帮你挪两棵来好不好？所以，十七岁时候认得的海棠树，在老师九十一岁的时候，在院子里面开花了。如果我们要把这件事写成小说，人家会说，太美化了——没有！迦陵学舍就是一个真实的，美的东西。

神圣的年龄

如果非说不可，就说我为什么喜欢写诗。我想到了十一岁的年龄——叶老师十一岁时听了叶赫水（按：叶嘉莹祖籍在今吉林省梨树县，2002年席慕蓉陪叶嘉莹去此地寻根）的名字，就永远记得。十一岁的年龄，多么少的经验，可是十一岁时很多事都记得——所以我的好朋友张晓风，她听到我讲叶老师十一岁时听到叶赫水就永远记得，她说十岁、十一岁是神圣的年龄——你已经读书了，明白事理了，但是还没有接受尘世间一切的污染，所以如果你们家里有这年龄的孩子，请好好珍惜。因为这个年纪，你给他／她什么，他／她接受什么；你（说）希望什么，他／她记住什么。

我自己也差不多是这个年龄开始写诗，从初中的日记本上开始。原因是什么呢？很简单，我没有朋友，因为我从小经历战乱；当然，没有办法跟叶老师比，我一直有父母在保护着。我五岁在南京读小学，南京那个时候小学比较紧张，每个小孩去上学要抬一个凳子。大我两岁的姐姐要去上小学，她抬不动这个凳子，所以我也跟着去上小学——就是为了帮姐姐抬凳子。当时我不知道在小孩的世界里面，一岁与六个月的智力都会差很多——我以为我很笨，很多事都不会：老师教我，我不会；很多布置的作业，我也不会。所以，从小我就知道，我是一个很笨的人，很多事不能做，但我并不知道（是因为）我年龄小。

后来到了香港，刚开始的时候，大家都讲广东话，而我什么都不会。我五岁以前说的是蒙古话，到了学校里就讲汉语，而到了香港呢，我不习惯广东话啊。读小学时，老师就教我们用广东话朗诵诗句。那个时候，我从不会讲广东话到可以（用粤语）朗诵。

我在香港那么快乐，但之后我到了台湾。我要回到我的"悲惨"岁月了。我考到了初中二年级，而台湾的初中一年级就学代数，而香港没有。所以，我上了一年代数，相当于听了一年天书。我的代数课本上画满了图。我的家人知道我难过这一关，就帮我请了补习老师。那个老师是理工学院的老师，为了补贴家用，来教我这个笨拙低能的人。（他）打开了我的几何课本、代数课本一看，都画满了图。有一天他跟我说，席慕蓉，你的书可不可以借我一下。我想老师借我的课本，很荣幸啊。结果二十年后，有人在街上看到我说：你是不是席慕蓉？哈哈哈，我看过你的几何课本——我画满图的几何课本，原来对他们来说是很有趣的。

给最初的时光

对于一个学生而言，如果是同时入学，很快就能找好各自的朋友。但是，我是插班生，（人家）所有人都有朋友了；大家并不是讨厌我，只是不需要我。我到现在还记得，有一次下课，一个对我还不错的女孩子，蛮温柔的，我就想跟她一起回家，结果她有一起回家的朋友，她们很快就走了。那个委屈的感觉，到今天还在。所以，我就有了日记本这个朋友。我在初中二年级开始写日记。

我前年在台东美术馆开画展的时候，找一些短诗放在墙上。我特别找了那首一塌糊涂的诗。我的开始就是那样，那首诗里面其实就是生命本身的一种寂寞。我本身就是很辛苦，我自己写自己的诗，所以请你们听这首《自叙》，我的小标题是——给最初的时光。

> 很早很早，我们就已经开始写诗
> 用年少的心，学着在灯下去辨识这陌生的人世
> 是无声的存在，无害的习惯
> 遂无人察觉也无人加以监管
> 一如暗夜无风的海洋，在远远地辨识着沙岸
> 这反复触及，却又难以拥有的一切
> 以一种极其静谧的悲伤和喜悦

我想，其实在最早的时候，我可以把悲伤放在诗歌里面；因为把悲伤"放"进去了，所以就会有一种淡淡的喜悦。可是想一想，初中二年级，人生知

道多少呢？每一个人心里面的诗可能很幼稚，但是在每一个人的心里不能缺少。我要引用叶老师的一句话："读书和写诗是生命的本能。"所以我在十二岁的时候，遇到触动我生命的本能，我就开始写诗。

诗歌与故乡

《时光刺绣》是最近几年才写的一首诗，是因为有一位朋友，有一位诗人——在他的书中写过这样一句话：任何时空，诗都是绝望的。我好像不以为然，因为这样一句话，我写了《时光刺绣》这首诗，小标题用了这句话："任何时空，诗都是绝望的。"

> 然则，于我而言，诗是一切的完成
> 是年少时何等珍贵的抚慰与魅惑
> 是生命从不曾自觉的逗留，到固守
> 是此刻才逐渐呈现，如你所见
> 一幅色彩斑斓，古老华年的，时光刺绣
> 是今夜灯下，给你写这几行字时的澄澈无穷
> 当然，疼痛总是在的
> 任何时空，诗成之后，才袭来的那种悲伤
> 一如那些细碎的波光，闪亮
> 从那些遥不可及的远方
> 总是会让我微微地恍惚，回眸

还有一首是最近写的，想写一首小标题，后来没有写，是要给谁的，你们来猜。我的题目叫作《除你之外》。

> 除你之外，无人愿意相信，那恒久的，且又需要时时变动消亡的存在。
> 除你之外，无人愿意原谅这谨小慎微，却又总是渴望，能够为了什么，去挥霍殆尽的，我的一生。

除你之外，无人见过那曾经迫使我流着泪仰望的，何等奢华，何等浩瀚的星空；无人来过，我曾经那样悸动着的心中。

除你之外，无人知晓，那一处狂野中的存在。

是的，除你之外啊，除你之外。

已经可以猜得到了吗？好，应该可以慢慢猜得到，这个人，她是谁——

说一个我自己的经历。去年来这里演讲的时候，我还没有遇到这件事，今年遇见了，所以很高兴，可以和大家分享。我想大家都知道，第一次上草原，大家说我是返乡，我说，不是不是，我四十多年都长在中国的南方；我没有见过蒙古高原，这是我第一次见到蒙古高原。所以谁说我返乡，我就不高兴。但是我今天要跟各位说，我确实是返乡了，完全承认了，什么原因呢？请听我说。

我从1989年8月底上蒙古高原，坐飞机到北京，再坐火车到张家口，再坐吉普车到张北，再从张北开始上，高原就像往上的坡，一层平的，再一段坡度，到了一千两百公尺的时候，草原突然出现了。真的是突然，本来还是树啊农家啊——草原就突然间，一下子，在你前面铺得无限的远。

我当时是坐着北京吉普，1989年的北京吉普，马力很大，司机是快车手。我觉得一下进到草原的中间，我被草原整个环抱起来。我那个时候就开始叫起来了。我说，我来过我来过我见过。我旁边那位大哥也做证，说我那时候一直在尖叫，说我来过我见过，我觉得我来过。后来别的朋友问我，你第一次踏上高原有什么感觉？我说，我觉得好像走在自己的梦里，那种似曾相识的梦里。

海马回里的蒙古高原

当然了，大家说这是一种基因的遗传，是绝对没有错的，是基因。但是，如何遗传呢？2014年10月初，诺贝尔医学奖颁发，台湾的报纸报道颁给三个人。一位是约翰·欧基夫，一位老先生，他在1971年发现了一个东西。另外两位呢，是一对年轻夫妇，梅·布莱特·莫索尔以及爱德华·莫索尔，2005年，他们在挪威发现了一件事。他们三个人合得了2014年的诺贝尔医学奖。他们一起发现了什么呢？

我们大脑里有杏仁核，杏仁核是管情绪的。我们还有海马回，海马回是管记忆的。欧基夫先生在1971年发现了海马回里有位置细胞，莫索尔夫妇在2005年做继续研究，发现（海马回）有网格细胞；那么这个位置细胞和网格细胞就组成一种空间认知。发言人说，这三位科学家的发现是解决了哲学家几百年都没有解决的疑惑：我们第一次去一个地方，第二次去怎么就不用带地图了；那么，她说，让我们所有生命之道——空间方位空间认知，准备什么呢？准备储备了知识以后，重临旧地——很美的，像诗一样。

原来，我们大脑里的海马回是有这样一个功能，以前我们只知道它管记忆，我们不知道它还管空间认知。所以，我读到这个以后，就赶快把每一张报纸里面关于这个的报道都剪下来。因为我觉得，这个是解决我的疑惑的最好证据。就是说，原来在我的海马回里（在我们每一个人的海马回里），储存的记忆，除了我出生以后的记忆，还包括我的先祖的一层一层记忆（集体无意识）。所以我才会说，在那之前除了照片和电影，我从没见过蒙古高原，我是第一次见蒙古高原——可是，不是我的海马回。

活在身体里的故乡

当我站在蒙古高原，站在父亲的草原上，包括后来我站在大兴安岭，站在呼伦贝尔，站在任何有蒙古族痕迹的地方，只要是没有被毁坏过的，我觉得就好像一泓清泉，解我心里的渴。我心里有一种我自己不知道的焦渴，必须要看到这样的风景；我就觉得好像，我不能走开，我一定要看，我一定要努力地看，才可以解心里面的渴。

所以，一切就有了解释，当我站在草原上，我觉得似曾相识的原因是什么？是我的基因，在我的海马回里，所有祖先曾经见过的草原，他们所有的讯息，在我到了草原那一刻，全部苏醒过来。所以好像重临旧地，重温旧梦，所以我觉得好像是走在梦里，我可能是走在我祖先的梦里。

我是说，这样一个科学的发现，让我觉得，当你们可能看到（我）有时候爱哭啊，有时候人来疯啊，（觉得我）是一个不可救药的疯狂的人——其实不是。我一说到蒙古高原，一说到乡愁，就流泪，你们觉得我是一个易感的人——不是。还有别的东西，在我们的身体里支配我们。

当每次讲到内蒙古，我会流泪的时候，是不是有一个故乡是跟着我们走？无论走到哪里去，那个故乡都还是活在我们的身体里面的？我问过这样的问题。结果，我发现是真的，我的故乡，对故乡的空间认知，在我的海马回里，上百年、上千年，甚至可以说是上万年，在我的海马回里存着，可能是半睡眠状态。可当我站到那个旧地的时候，它们统统活过来，统统醒过来，所以我们不能解释只是情绪上的，情感上的（乡愁）；我们的乡愁是科学的、有根据的、生理上的乡愁。

蒙古马的乡愁

2014年9月，我去呼和浩特内蒙古博物院演讲，拜访了一位很早就认识的朋友恩和教授。他跟我说了一个蒙古马的故事。他说，马本身的记忆和（对）故乡的想念；它的乡愁，和人是一样的。

一位内蒙古著名画家在1972年到越南——那个时候所有社会主义国家定期有艺术家的例会——和艺术家们一起开会。那天呢，很多艺术家聚在海边草地上聊天。他正和画家一起聊天。这时，他看到远远有一匹马望着他，在吃草。他也没有特别注意。但是，大家注意到，那匹马直直地就向这位画家走过来。这时，画家也警觉到了，正式看了马一眼，才看出来这匹马是一匹蒙古马。这是一匹白马，虽然很脏了，但画家还是认出来，这是一匹蒙古马。虽然大家都想拦住这匹马，不让它走过来。但是，马不知道为什么，虽然骨瘦如柴了，力气却大得不得了，一定要向画家走过来。那个内蒙古画家西装革履打着领带，就拥抱住这匹又是眼泪又是鼻涕的蒙古马，摸着马的头，拍着它的颈说，你怎么认出我来的？你怎么认出我来的？

他的激动，我想我们都可以料想得到：这匹马知道——你是从故乡来的，你可不可以带我回故乡去？可当时这个画家没有能力把这匹马带回去，只能抚摸着它。后来在画家的回忆录里，用了很大篇幅写对这匹马的愧疚。画家把这样一匹蒙古马的乡愁，都告诉给所有的蒙古同胞听。

野性与创作

游牧社会里，可能几匹马或一匹马放在屋子前"当班"，但两三天以后一定会被放回马群里去。换上去的马就会一副"好倒霉啊，要上班了"的样子；而换下的马，主人都替它把额头上的汗擦掉，拍一下它的后臀。当这匹马的"西装、领带、皮鞋"都脱掉了，回到马群的时候，它还不直接回去，而是前蹄一举大叫一声，意思就是"下班喽，谢天谢地下班喽"。

我问我的朋友说，为什么马要放回马群。朋友说，马的力量要靠它的野性，也就是说游牧文化其实是野性和服从之间的一种平衡，完全服从了以后，马就没有力气了，身体也会坏掉。所以马"下班"以后就要放回马群里，要走多久，就走多久；要喝水了，它就会回家。冬天的话，它也可能好几天不用回来。

人也是一样，我们都有几点上课几点下课的规矩，但也不能规矩到完全失去了野性。那么野性从什么里面出来呢？是不是可以从创作里面出来？我们在社会中把自己训练成一个很规矩的人；但是在创作里，我们却可以把生命最原初的那个野性，自由地发挥出来。

（原载《今晚报》2016 年 1 月 15 日）

飞去来的滋味儿

◎陈建功

这几年常往北海跑。北部湾畔的那座小城，是我的家乡。记得1957年初到北京的时候，人问"哪里人"，一说"北海"，人皆茫然，闻所未闻的样子。有些牛烘烘的同学还装傻充愣，说："北海公园？"令我悲愤了很久。没想到到了1993年，那里竟"火"了起来。好几位做房地产的朋友听说我是北海人，问"没回去拿块地吗？"或问"能回去帮拿块地吗？"……"拿地"，我肯定是没招儿的。不过，遥远的家乡，让那么多双眼睛突然放出了光，倒也令人豪情万丈。

随父母移居北京那年，我还不满8岁。上北京，是我朝思暮想的。虽然我爸回北海之前，我都没见过他。见面没几天，因为我的骄蛮，还挨了他一顿揍。即便如此，为了"上北京"，我甚至不惜做了我爸的"同谋"：为动员心存疑虑的祖母一同北上，我爸到珠海路上去找了个卦摊儿，我看见他和算命的"盲佬"（此系旧时对失明男性不尊敬的叫法，今已不妥。——作者）嘀嘀咕咕，还偷偷给他塞钱，后来就看见我爸把他带到祖母面前，说北京的风水怎么怎么好，富贵寿考长宜子孙……在成人眼里，孩子的智力永远是被低估的，先父在天之灵，恐怕万万也不会想到这个"诡计"早已被我识破。我的祖母当然也不知道里面的故事，但富贵寿考的梦想，最终也填不满思乡的寂寞。只一年，祖母就回北海去了，几年后终老故乡。屈指算来，那都是近一个甲子之前的事了。当年那个8岁娃娃，早已被北京"同化"。被"同化"的证明是，我成了所谓的"京味儿作家"。当然我知道深浅，对这"封号"老有点儿战战兢兢。唯一有信心的是，说"京片子"还是够格儿的。我的一位老乡到北京闯荡了好几年，至今那"儿"化韵，还拿捏不好。时不时就把"倍儿棒"那个"儿"，说得"字正腔圆"，要么，就把"特好"说成个"特儿好"。闹得我忍无可忍，说："您就别费那个劲儿啦，就算把'儿'闹明白了，您离'京味儿'也还远呢！"我说的是实话。弄明白京味儿，"儿"化韵也好，"双声叠韵"也好，还都是皮毛。要是会夸饰会自嘲呢，这才沾上点边儿。说起来应该是二十几年前的事了，电视连续剧《编辑部的故事》播映之前，剧组举行了一个记者会，有记者问编剧王朔对此剧自我感觉如何，他说，顶不济也是本儿《飘》，闹不好还是本儿《红楼梦》呢。结果到了第二天，报纸上满是对王朔"狂言妄语"的嘲笑和批评。记得后来我还写文章打抱不平，大概意思是，你们怎么就没听明白那是自嘲，人家蒂根儿就是跟你们开玩笑呢。

弄明白北京话哪些是正话反说，哪些又是反话正说，还不算明白了北京人的"精气神儿"。

北京人的"精气神儿"，在他们的活法儿。

宠辱不惊的处世哲学，有脸儿有面儿的精神优势，有滋有味儿的生活情致，自信满满的神侃戏说……这活法儿从一个"制度笑柄"里孕育出来——"大清国"凋零落幕，"铁杆庄稼"自然就雨打风吹去，甭管您祖上是皇族贵胄还是八旗兵丁，当您把最后一只扳指抵给了赊账的绸布庄或酱菜园，你就得盘算着，全家的嚼谷该上哪儿淘换了。要么，您得悄没声儿溜到天桥儿去，找个茶馆唱唱子弟书、"什不闲"；要么，您就凭辆洋车拉个晚儿……皇城根儿"老辈儿"波峰浪谷的人生遭际，"挂不住"的脸面与贵族的"死扛"，扔不下世代传承的子弟"玩意儿"，却不能不做起士农工商，一边吹嘘着过往的繁华与体面，一面又与引车卖浆者流请安唱喏……渐渐的，它被敷衍成一座城市的生活态度，一种有滋有味儿的活法儿。它造就了平民北京文化的魅力。

我是在"寻根文学"风生水起的时候，感受到其中魅力的。

我在人民大学的大院儿里长大，其实离老北京还隔得很远。18岁到28岁之间，到京西挖煤，算是混到了京郊的底层，但对北京的了解，也边缘得很。那时忽然读到一本张次溪先生著《人民首都的天桥》，感到发蒙启蔽的震撼。这本书是张次溪对旧京游艺场天桥的调查。它一一列数了近半个世纪的"天桥人物"——几代"天桥八大怪"和其他"撂地抠饼"的艺人们，它还记录下尽可能搜集到的相声段子和俚曲唱词，一首一首地读下来，你仿佛能看到那暴土扬烟人头攒动百艺杂陈嬉笑怒骂的现场……重要的是，这本书，引领我读到了"平民北京"的生活哲学。记得这书是李陀从北影图书室借出来的，文不对题的书名，倒让我看出作者欲借"正能量"的名义，保存旧京民俗的苦心。据说，这苦心，好像也没修得"正果"——李陀告诉我，此书只有20世纪50年代初

"内部发行"的一版，数量极为有限。"内部发行"的理由是：这哪里是"人民首都的天桥"，分明是旧社会的天桥！……平心而论，这"判决"倒是准确的，尽管它遮蔽了一个学者沉潜于平民文化而焕发的心灵之光。

我却循着这光，找出属于我的激情来。

30年前，我沉浸于"京味儿"中探胜求宝的时候，做过一个演讲，题目是《四合院的悲戚与文学的可能》。我描述了"四合院"那牵儿携女的家庭序列的瓦解，叹息传统的情感方式和思考样式所面临的挑战，当然，最终那话题谈的是，文学在这进程中可能做些什么。

30年后，我发现当年采访过的人物已经先后离去，曾经名满天桥的艺人"大狗熊"孙宝才、由我介绍为金庸先生表演过"叫卖"的臧鸿、给我讲过家史的"爆肚冯"第三代传人冯广聚……和他们一起消失的，是我曾经非常熟悉的那些胡同和大杂院。用一个北京"老姑奶奶"的说法儿，现如今城圈儿里哪还有北京人哪？姑奶奶家由皇城根儿搬到了天坛根儿，现都搬到六环根儿上去啦……

那些有滋有味儿的地方和有滋有味儿的人，仿佛一夜间没了影儿。

就像那句老歌儿所叹，不是我不明白，是这世界变化快。

我问自己，是不是应该到"六环根儿"上的公寓楼里，找那些"皇城根儿"的老街坊？我去过几次，发现真正的京味儿，还可以在楼上楼下邻里之间感受得到，但可以预见的是，它马上就会消失在历史的天空。

我为自己的失落而胆怯，这是落伍于时代的信号。

最终我发现，只有回到北海，才能找到那种暌违已久的滋味。这是一种"落伍者"的欢喜？

其实北海并没有"落伍"，它的变化也是吓人的。我不想沿用某些写新闻的朋友欢喜的句式——欢呼北海由一个名不见经传的"小渔村"，发展成一个什么什么样的城市。"满满的正能量"，固然令人振奋，但这"泡沫时期"的误读，已被国家确认的"历史文化名城"所正名。我欢喜的是，北海虽变，仍有许多足以唤醒内心波澜的东西留在那里。

"少小离家老大回"的我，已经不被人看作是北海人了。在公共场所，好几次都听见当地服务员之间用北海话来喊话："喂，给那桌的'捞佬儿'上壶茶!"等等。"捞佬儿"是北海人对北方人的统称，据说新中国成立之初来自北方的汉子们，逢人便称"老兄"，被北海人听成"捞泅"，便称他们作"捞泅佬儿"，久之，便以"捞佬儿"名之，其中并无不敬。每逢此时，我常常出其不意地用北海话问他们："有没有搞错？哪个是'捞佬儿'？"北海乡亲见俚语被我戳破，先大窘，后大笑，我几乎猜得出他们的心思，定是惊叹：这"老嘢"咁"肥"，恠解仲系北海人！（这老家伙这么胖，咋地还是个北海人？）……事后回味此事，笑自己：就为这"嘚瑟"，你才时不时往北海跑？

当然这不是主要原因。人在故乡所感受的那种更深层的得意，实在是很难一言以蔽之的。譬如那条老街，在我看来，真是一个百看不厌的所在。每次回去，我会到街口的一家咖啡馆喝杯咖啡，俨然要先品品"百年"的醇香。然后就站在当街，眺望那由近而远的、中西合璧的骑楼。曲曲折折的屋脊，在湛蓝的天空上勾勒出一对棱角起伏的线条，延伸向遥远的天际。除了大长假，一般的日子里，老街并不熙熙攘攘。三三两两的游客，在自拍或者被拍，有的则用塑料袋裹着刚出锅的虾饼，一边吃一边闲逛……而我，更愿意在夜半更深时走进这里，好像还能听见石板路上的木屐声和木栅的关门声。每走过一个路段，或想，这个骑楼底下，就是60年前那个"盲佬"的卦摊啊；或想，当年这栋楼里住着我的外公外婆，或许现在还供着他们的遗像呢……借郭德纲岳云鹏的口气："我是有故事的人！"走这街上你不能不自恃优越，你自认为比所有"到此一游"的人都有滋有味儿。

但我知道，更吸引我的是，回到这里，有重新回到8岁的快乐。

顿悟是在刹那间产生的。

那天清晨，我骑着自行车，到不远的侨港海滩游泳。惯常的做法是，我在家里换上游泳裤，骑车到海滩。脱下套在外面的短裤和T恤，锁在车前的网筐里，再把单车锁在一个牢靠的地方，通常是海边的铁栅栏或电灯杆吧。我一般会在海里游1千米左右，耗时35分钟。这是我在游泳馆里测出的速度，因此我也会在35分钟后回到岸边，套上短裤T恤，骑上车回家。可是这天的"35分钟"过后真令我尴尬：游泳裤小兜儿里装的钥匙，竟少了一把——那个装衣服的网筐的钥匙，丢了。那挂锁虽小，弄开并不容易，也没工具，再说家里还有一把，我何苦在海边劳神。我毫不犹像地选择——也只好选择——穿着游泳裤回家了。就这样，我光着膀子，面无愧色地穿过了侨港镇，又面无愧色地骑上了金海岸大道，最后面无愧色地骑入了我所住的小区。如果不是这"面无愧色"被人发现，我会永远面无愧色。有趣的是这一切被一个女大学生在她家的阳台上看见，此即冯艺张燕玲夫妇的女儿相宜——现在是陈思和教授的博士生，也已经让大家读到她很好的批评文字了。冯艺夫妇在北海和我邻居，这次趁着暑假，携女儿前来小住。相宜见她熟悉的"陈叔叔"骑个单车，赤膊膊出现在小区的甬道上，花容变色，惊叫道："爸妈快看陈叔叔哇！"……适逢当晚我们与北海的文友们小聚，大家在海边排档烹鱼灼虾把酒言欢，冯艺夫妇就把这当笑话说了出来。张燕玲说，哈，原想讹一笔，忙着去拿手机来拍照呢，结果你进了楼！相宜说，陈叔叔豪爽，如入无人之境！……

听着故事我和大家一起笑，说："到了北京，警察会以为'行为艺术'又出来了呢！"

这时该用方清平的口气收场了："我当时以为自己还是8岁呢！"

（原载《文汇报》2016年3月25日）

"何不就叫杨绛姐姐?"
——我眼中的杨绛先生

◎铁　凝

5月27日晨，在协和医院送别杨绛先生。先生容颜安详、平和，一条蓝白小花相间的长款丝巾熨帖地交叠于颈下，漾出清新的暖意，让人觉得她确已远行，是回家了，从"客栈"返回她心窝儿里的家。

2014年夏末秋初，《杨绛全集》九卷本由人民文学出版社出版。二百六十八万字，涵盖散文、小说、戏剧、文论、译著等诸多领域，创作历程跨越八十余年。其时，杨绛先生刚刚安静地度过一百零三岁生日。

这套让人欣喜的《杨绛全集》，大气，典雅，厚重，严谨，是热爱杨绛的出版人对先生生日最庄重的祝福，也是跨东西两种文明之上的杨绛先生，以百余岁之不倦的创造力和智慧心，献给读者的宝贵礼物。现在是2016年的7月，我把《杨绛全集》再次摆放案头开始慢读，我愿意用这样的方式纪念这样一位前辈。这阅读是有声的，纸上的句子传出杨绛先生的声音，慢且清晰，和杨绛先生近十年的交往不断浮上眼前。

一

作为敬且爱她的读者之一，近些年我有机会十余次拜访杨绛先生，收获的是灵性与精神上的奢侈。而杨绛先生不曾拒我，一边印证了我持续的不懂事，一边体现着先生对晚辈后生的无私体恤。后读杨绛先生在其生平与创作大事记中写下"初识铁凝，颇相投"，略安。

2007年1月29日晚，是我第一次和杨绛先生见面。在三里河南沙沟先生家中，保姆开门后，杨绛亲自迎至客厅门口。她身穿圆领黑毛衣，锈红薄羽绒背心，藏蓝色西裤，脚上是一尘不染的黑皮鞋。她一头银发整齐地拢在耳后，皮肤是近于透明的细腻、洁净，实在不像近百岁的老人。她一身的新鲜气，笑着看着我，我有点拿不准地说：我该怎么称呼您呢？杨绛先生？杨绛奶奶？杨绛妈妈……只听杨绛先生略带顽皮地答曰："何不就叫杨绛姐姐？"

我自然不敢，但那份放松的欢悦已在心中，我和杨绛先生一同笑起来，"笑得很乐"——这是杨绛先生在散文里喜欢用的一个句子。

那一晚，杨绛先生的朴素客厅给我留下难忘印象。未经装修的水泥地面，四白落地的墙壁，靠窗一张宽大的旧书桌，桌上堆满了文稿、信函、辞典。沿墙两只罩着米色卡其布套的旧沙发，通常客人会被让在这沙发上，杨绛则坐上旁边一只更旧的软椅。我仰头看看天花板，在靠近日光灯的地方有几枚手印很是醒目。杨绛先生告诉我，那是她的手印。七十多岁时她还经常将两只凳子摞在一起，然后演杂技似的蹬到上面换灯管。那些手印就是换灯管时手扶天花板留下的。杨绛说，她是家里的修理工，并不像从前有些人认为的，是"涂脂抹粉的人"，"至今我连陪嫁都没有呢。"杨绛先生笑谈。后来我在一次接受媒体采访时描述过那几枚黑手印，杨绛先生读了那篇文章说："铁凝，你只有一个地方讲得不对，那不是黑手印，是白手印。"我赶紧仰头再看，果然是白手印啊。岁月已为天花板蒙上一层薄灰，手印嵌上去便成白的了。而我却想当然地认定人在劳动时留下的手印必是黑的，尽管在那晚，我明明仰望过客厅的天花板。

我喜欢听杨绛先生说话，思路清晰，语气沉稳。虽然形容自己"坐在人生的边上，"但情感和视野从未离开现实。她读《美国国家地理》，也看电视剧《还珠格格》，知道前两年走俏日本的熊人玩偶"蒙奇奇"，还会告诉我保姆小吴从河南老家带给她的五谷杂粮，这些新鲜粮食，保证着杨绛饮食的健康。跟随钱家近二十年的小吴，悉心照料杨绛先生如家人，来自乡村的这位健康、勤勉的中年女性，家里有人在小企业就职，有人在南方打工，亦有人在大学读书，常有各种社会情状自然而然传递到杨绛这里。我跟杨绛先生开玩笑说您才是接"地气"呢，这地气就来自小吴。杨绛先生指着小吴说，"在她面前我很乖。"小吴则说"奶奶（小吴对杨绛先生的称呼）有时候也不乖，读书经常超时，我说也不听"。除了有时读书超时，杨绛先生起居十分规律，无论寒暑，清晨起床后必先做一套钱锺书先生所教"八段锦"，直至春天生病前，弯腰双手可轻松触地。我想起杨绛告诉我钱先生教她八段锦时的语气，极轻柔，好像钱先生就站在身后，督促她每日清晨的健身。那更是一种从未间断的想念，是爱的宗教。

杨绛晚年的不幸际遇，丧女之痛和丧夫之痛，在《我们仨》里，有隐忍而克制的叙述，偶尔一个情感浓烈的句子跳出，无不令人深感钝痛。她写看到爱女将不久于人世时的心情："我觉得我的心上给捅了一下，绽出一个血泡，像一只饱含着热泪的眼睛"，送别阿圆时，"我心上盖满了一只一只饱含热泪的眼睛，这时一齐流下泪来"。但是这一切并没有摧垮杨绛，她还要"打扫现场"，从"我们仨"的失散到最后相聚，杨绛先生独自一人又明澄勇敢、神清气定地走过近二十年。这是一个生命的奇迹，也是一个爱的奇迹。

我还好奇过杨绛先生为什么总戴着一块圆形大表盘的手表，显然这不是装饰。我猜测，那是她多年的习惯吧，让时间离自己近一些，或说把时间带在身边，随时提醒自己一天里要做的事。在《我们仨》中杨绛写下这样的话："在旧社会我们是卖掉生命求生存，因为时间就是生命。"如今在家中戴着手表的百岁杨绛，让我看到了虽从容却严谨的学者风范。而小吴告诉我的，杨绛先生虽由她照顾，但至今更衣、沐浴均是独自完成，又让我感慨：杨绛先生的生命是这样清爽而有尊严。

二

有时候我怕杨绛先生戴助听器时间长了不舒服，也会和先生"笔谈"。我从茶几上拿过巴掌大的小本子，把要说的话写在上面。这样的小本子是杨绛用订书器订成，用的是写过字的纸，为节约，反面再用。我在这简陋的小本子上写字，想着，当钱锺书、杨绛把一生积攒的版税千万余元捐给清华大学的学子们，是那样的毫不吝啬。我还想到作为文学大家、翻译大家的杨绛先生，当怎样的珍惜生命时光，靠了怎样超乎常人的毅力，才有了如此丰厚的著述。为翻译《堂吉诃德》，她四十七岁开始自学西班牙语，伴随着各种运动，七十二万字，用去整整二十年。1978年6月15日，杨绛参加了邓小平为西班牙国王胡安·卡洛斯一世和王后举行的国宴，邓小平将《堂吉诃德》中译本作为国礼赠送给贵宾，并把译者杨绛介绍给国王和王后。杨绛先生说，那天她无意中还听到两位西班牙女宾对她的小声议论，她们说"她穿得像个女工"。"她们可能觉得我听不见吧，我呢，听见了。其实那天我是穿了一套整齐的蓝毛料衣服的。"

杨绛说。

有时我会忆起1978年的国宴上西班牙女宾的这句话："她穿得像个女工"。初来封闭已久、刚刚打开国门的中国，西班牙人对中国著名学者的朴素穿着感到惊讶并不奇怪，那时的中国知识分子，单从穿着看去，大约都像女工或男工。经历了太多风雨的杨绛，坦然领受这样的评价，如同她常说的"我们做群众最省事"，如同她反复说的，她是一个零。她成功地穿着"隐身衣"做大学问，看世相人生，哪怕将自己隐成一位普通女工。在做学问的同时，她也像那个时代大多数中国女性一样，操持家务，织毛衣烧饭，她常穿的一件海蓝色元宝针织法的毛衣就是在四十多年前织成。我曾夸赞那毛衣针法的均匀平展，杨绛脸上立刻浮现出天真的得意之色。

记得有一次在北京和台湾"中央研究院"一位年轻学者见面，十几年前她在剑桥读博士，写过分析我的小说的论文。但这次见面，她谈的更多的是杨绛，说无意中在剑桥读了杨先生写于上世纪40年代的两部话剧《称心如意》《弄真成假》，惊叹杨先生那么年轻就展示出来的超拔才智、幽默和驾驭喜剧的控制力。接着她试探性地问我可否引荐她拜访杨先生，就杨先生的话剧，她有很多问题渴望当面请教。虽然我了解杨绛多年的习惯：尽可能谢绝慕名而来的访客，但受了这位学者真诚"问学"的感染，还是冒失地充当了一次引见人，结果被杨绛先生简洁地婉拒。我早应知道会是这个结果，这个结果只让我更切实地感受到杨绛先生的"隐身"意愿，学问深浅，成就高低，在她已十分淡远。任何的研究或褒贬，在她亦都是身外之累吧。自此我便更加谨慎，不曾再做类似的"引见"。

2011年7月15日，杨绛先生百岁生日前，我和作协党组书记李冰前去拜望，谈及她的青年时代，我记得杨绛讲起和胡适的见面。胡适因称自己是杨绛父亲的学生，曾经去杨家在苏州的寓所拜访。父亲的朋友来，杨绛从不出来，出来看到的都是背影。抗战胜利后在上海，杨绛最好的朋友陈衡哲跟她说，胡适很想看看你。杨绛说我也想看看他。后来在陈衡哲家里见了面，几个朋友坐在那儿吃鸡肉包子，鸡肉包子是杨绛带去的。我问杨绛先生鸡肉包子是您做的吗？杨绛先生说："不是我做的。一个有名的店卖，如果多买还要排队。我总是拿块大毛巾包一笼荷叶垫底的包子回来，大家吃完在毛巾上擦擦手。"讲起往事，杨绛对细节的记忆十分惊人。在她眼中，胡适口才好，颇善交际。由胡适讲到"五四"，杨绛先生说："我们大家讲五四运动，当时在现场的，现在活着的恐怕只有我一个了，我那时候才八岁。那天我坐着家里的包车上学，在大街上读着游行的学生们写在小旗子上的口号'恋爱自由，劳工神圣，抵制日货，坚持到底！'我当时不认识'恋'字，把恋爱自由读成'变爱自由'。学生们都客气，不来干涉我。"杨绛先生还记得，那时北京的泥土路边没有阴沟，都是阳沟，下雨时沟里积满水，不下雨时沟里滚着干树叶什么的，也常见骆驼跪卧在路边等待装卸货。汽车稀少，讲究些的人出行坐骡车。她感慨那个时代那一代作家。"今天，我是所谓最老的作家了，又是老一代作家里最年轻的。"那么年轻一代中最老的作家是谁呢？——我发现当我们想到一个人时，杨绛先生想的是一代人。

三

杨绛先生有时候也会以过来人的幽默调侃老年人，一次她问我人老了最突出的标志是什么，接着自己总结说："人老了就是该鼓的地方都瘪了，该瘪的地方都鼓了"。说得在场的人大笑起来，杨绛先生也笑——笑得很乐。在生命的暮年，杨绛仍然葆有着对生活的体贴，对他人的细心同情，对人所给予的善意的珍视。有几年的冬天我去看她时，见客厅地上总立着一棵二十公分高的小小的圣诞树，若是晚上，圣诞树上那些豆大的小彩灯便会亮起来，闪烁着并不耀眼的光。我问起这棵小精灵般的圣诞树，杨绛先生告诉我，那是有一年她在协和医院住院，正逢圣诞节，医生特意送到她病房的礼物，出院时她就把这棵小树带回了家。在略显空旷和冷清的房间里，这棵站在水泥地上的小树让我感到温馨而又酸楚，杨绛先生是看重这树的，才会每年冬天都要把它搬出来点亮，她更看重的是协和医院护士们的美好情谊。

在杨绛先生家里我们拍过一些照片，一次我把拍好的照片洗印出来请人给杨绛送上，先生收到照片后还特别写信致谢。信纸末端有一滴绿豆大的斑痕，杨绛在那斑痕旁边注明："这是小吴不小心滴上的酱油，不是我滴的。"一句话道出了杨绛先生和小吴的融洽关系，也让我体会到一代大家对信函书写的讲究。这古典的、即将失传的讲究里洋溢着结实的人间滋味。

有一年春节我去杨绛先生家拜年，临别时，杨绛先生说要送我一样东西，然后起身走进她的小书房——那是走廊尽头一个阴面房间，杨绛先生曾领我去过。当时她告诉我，她曾多年在这个房间写作。书桌一头临着靠北的窗户，冬天，从窗缝挤进来的冷风吹在她伏案的左臂上，当时不知不觉，但经年如此，左臂关节常常疼痛，后才搬到向阳的客厅工作。我正想着北京冬天北风的"贼冷"，杨绛先生脚步轻快地返回客厅，手里拿着一只鸽灰色工字纹织锦做面的考究纸盒。她把盒子放在我眼前的茶几上说，"这不是新东西，是件旧物，也许你用得着"。接着她怕我不接受似的指着盒子边角一块泛黄的印迹说，"你看，真是件旧物，雨水淋过呢。"我打开纸盒，原来里面盛着一只造型简约、做工极为精美的长方形黑檀木盒，木质如缎似玉，天然纹理深沉大气，盒盖中央镂刻出铜钱薄厚的两眼小孔，一块扎着细密明线的小牛皮穿孔而过，合拢后凸起在盒盖上，成为这盖子的手柄。我小心捏住这牛皮手柄掀起盒盖，见盒内由洋红色瓦楞纸做衬，整齐地排列着五支黑色铅笔。三棱型纯黑笔杆的握笔处凸起着几排防滑的细密小圆点，笔杆尾部有Faber-Castell的著名标志，是德国辉柏嘉品牌。辉柏嘉是欧洲最古老的工业企业之一，1761年生产出世界上第一支铅笔，二百五十多年来始终倡导无毒环保。

我接受了这样的礼物，这样一只特别的铅笔盒，没有对杨绛先生说过谢谢，觉得仅一声谢谢也许反而太过轻浮。在以后的日子里，我经常将这铅笔盒仔细端详，在散发着幽远暗香的黑檀木盒底上，一方略显陈旧的银色卡片，印有对这只盒子的繁体字介绍。这是原产于印尼苏拉威西岛的顶级黑檀木，以纯手工做法完成。这工匠认为，千百年来唯一能觉醒生活的，仅是一种简单却独特的味道。让朴拙取代繁复，自由带走束缚，透过人与木的对话，让一切回归自然。我琢磨木盒上那枚小牛皮手柄，它那仿佛"包浆"似的油润，有一种长久被人手抚摩的可喜的温软，必是主人的身边爱物。它和杨绛先生那间朝北的小书房，本是一体的吧。时间再往前推，它又和杨绛在不同"场景"的家里共度过多少时光？我把五支铅笔从黑檀木盒中取出排列在书桌上，这是五支削好的、从未使用过的辉柏嘉铅笔。我无以判断生产它的年代，但它古典而内敛的气质和通身的静谧遥远滋味，让我相信，它们的年龄应在一个甲子之上。这无疑是杨绛先生最喜欢的铅笔，她才会用贵重的黑檀木盒装了它们赠予我。也许在杨绛看来，再珍贵的黑檀，也比不过最好用的笔吧，虽然它们只是几支铅笔。我愈加感受到杨绛先生这馈赠的深情厚谊，她的别致典雅，她无言的期待和祝福，如深谙世间冷暖的明智长者，或是可以畅叙闺中喜忧的"杨绛姐姐"？

四

2013年夏天，年逾百岁的杨绛经历了一场因私人书信被拍卖而引发的官司。杨绛先生决定依法维权并公开发表了声明。她在声明中说："近来传出某公司很快要拍卖钱锺书和我及钱瑗私人信件一事，媒体和朋友很关心，纷纷询问，我以为有必要表明态度，现郑重声明如下……"杨绛先生谈到此事让她很受伤害，极为震惊。她表示对此坚决反对，希望有关人士和拍卖公司尊重法律，尊重他人的权利，否则她会亲自走向法庭，维护自己和家人的合法权利。

得知这一消息，我惊讶和钦佩杨绛先生以百岁之躯毅然维权的决心，又十分担心她的身体。记得我赶去杨绛先生家时，看见她面色稍显憔悴，但讲到维权事，叙述有力，神情倔强，一扫平日之淡然。我忽然不敬地想到，若钱先生在世，怕都不见得有这样一份果敢。也才更加具体地领略到钱先生每遇生活难处为什么只要听见杨绛说"不要紧，我会修"，"不要紧，我会洗"便踏实、安心。

我在杨绛家了解到事情全过程，我站在杨绛先生一边。当年5月30日，我接受了《文汇报》记者关于钱锺书、杨绛私人书信被拍卖一事的采访。我同意《文汇报》载一些法学家的看法：这一行为侵犯了他人的隐私权。我认为，私人间的通信是建立在互相尊重、信任的基础上的，利用别人的信任，为了一己之私，公开和出售别人的隐私，有悖于社会公德与人们的文化良知。在当事人坚决反对的情况下，如还执意要这样做，是对当事人更深的伤害。我对记者说，钱锺书和杨绛是我国著名的文学大家、翻译大家，深受国内外众多读者的喜爱，对中国文学乃至中国文化产生了重要影响。杨绛先生是亲历五四运动唯一仍在世的中国作家。钱、杨二人把一生的全部稿费和版税捐赠给母校清华大学设立"好读书"奖学金，至今捐款计逾千万元，受益者已达数百位学子。如今一百零二岁的杨绛精神矍铄，身体康健，这是中国文学界和文化界的幸事和喜悦之事。拍卖事让这位年逾百岁的老人在安宁和清静中被打扰，她的情感、精神受到伤害。让这样一位老人决意亲自上法庭，一定是许多喜爱钱锺书、杨绛作品的读者不希望看到的，一定也是善良的国人不乐意看到的。人心的秩序，人际关系中信任、坦诚这些美好词汇万不可变得如此脆弱和卑微。

杨绛先生的愤怒维权，得到社会众多方面的关注与支持，曾同我一道拜访过杨绛的李冰同志倾力相助，中国作家协会权保会也同有关方面积极沟通。经多方共同努力，持续将近一年的案件，终以法院判决杨绛胜诉而告一段落。

就此，我也感受到这位瘦小的老人胸中的硬气，她对著作权、隐私权，对丈夫、亲人和家庭义无反顾的捍卫。她的超然从容为她抵挡了学问著述之外的嘈杂，她的不妥协、不原谅则把她还原为一个常人而不是超人。身着隐身衣并非躲闪与逃避，也不是将自己低到尘埃里去。真正的隐身是需要大智慧大勇气的，在人所不见的地方，以远离虚名浮利的坚韧意志，定心明察，让灵性和思想的傲骨开出忧世且向善的花。

五

一次杨绛先生问到我的个人生活，说什么时候想要见见我先生。2013年春节前，我和先生同去杨绛先生家拜年。杨绛仔细端详着我的先生，扭头笑盈盈地对我说了夸奖逗趣他的话，那慈爱的神情，就像我的娘家人一样。我们聊了一些家事，还讲到我们的女儿。杨绛先生嘱咐说："下次来，送给我一张你们的全家福吧，照片背面要写上字呢。"2014年4月，我和先生再次拜访了杨绛。杨绛先生在生平与创作大事记中记录了这次见面："下午铁凝、华生同志来，说说笑笑，很高兴。"那确是一次轻松快乐的见面，杨绛先生维权胜诉后身心放松的平静心绪感染着我们，闲聊中只有凡俗的家常气。这些年，越是和杨绛先生见面，就越是感受到她身上的家常气。柴米油盐和学问著述从未在她这里成为对立。杨绛对亲人和家庭孜孜不倦的爱和护卫，则处处洋溢着她教养不凡的生活情趣和生活智慧。这样的情趣和智慧，在某种意义上以并不低于学问本身的魅力，伴她渡过难关，清明而无乖戾，宁静而不萎靡。我们遵嘱送给杨绛先生一张全家福照片，她看着照片上的女儿，叫着孩子的名字，好像孩子已经站在她的眼前。杨绛先生比我们的女儿整整大了一百岁，当她看着照片上的孩子时，仿佛时光倒流，她的神情刹那间呈现出稚童样的活泼。

我和我的先生不忍更多打扰杨绛，更不曾想到让孩子前去打扰。但我在今年春节前给杨绛先生拜年时（这也是我和杨绛最后一次在三里河家中见面），刚刚坐在她的身边，面容已显出疲惫、形态也显出虚弱的杨绛先生，开口便先问起了我们的孩子。她清楚、准确地叫着女儿的名字说："豆豆好吗？"这让我意外而又感动。事隔一年多之后，她还记得一个未曾见面的孩子。我相信，一百零五岁的杨绛，她爱的是天底下所有的孩子，这爱从来没有因为自己爱女的不幸离世而枯萎。她说过老人的眼睛是干枯的，只会心上流泪。她的心上"盖满了一只一只饱含热泪的眼睛"，她的眼光越过我们，祝福的是一个新世纪里更新的一代。我不愿相信，这是一位真正走到人生边上的世纪老人，对一个不谙世事的孩子最后一声问候。

读《杨绛全集》，杨绛写她和钱先生沦陷上海期间，"饱经忧患，也见到世态炎凉。我们夫妇常把日常的感受，当作美酒般浅斟低酌，细细品尝。这种滋味值得品尝，因为忧患孕育智慧"。在写到那段时间有人曾许给钱锺书一个联合国教科文的什么职位，被钱先生立即辞谢。"我问锺书：'联合国的职位为什么不要？'他说：'那是胡萝卜！'当时我不懂'胡萝卜'与'大棒'相连。压根儿不吃'胡萝卜'，就不受'大棒'驱使。"她写在当时的上海，谣言满天飞、人心惶惶的气氛中，"我们并不惶惶然"。"我们如要逃跑，不是无路可走。可是一个人在紧要关头，决定他何去何从的，也许总是他最基本的感情……我国是国耻重重的弱国，跑出去仰人鼻息，做二等公民，我们不愿意。我们是文化人，爱祖国的文化，爱祖国的文字，爱祖国的语言。一句话，我们是倔强的中国老百姓，不愿做外国人。我们并不敢为自己乐观，可是我们安静地留在上海，等待解放。"

读《杨绛全集》，我想起杨绛八十岁生日时夏衍先生所赠亲笔短诗："无官无位，活得自在，有才有识，独铸伟词。"其后，杨绛在九十六岁开始讨论哲学，自问灵魂去向，深思生死边缘的价值；九十八岁续写《洗澡》，成文《洗澡之后》。于是，《杨绛全集》便呈现出一种开放的、且读且新的气质。

我珍视和杨绛先生的每一次见面，也许是因为我每每看到这个时代里一些年轻人精致的俗相，一些已不年轻的人精致的俗相，甚至我自身偶尔冒出的精致的俗相，以及一些不由分说的尖刻和缺乏宽容、理性的暴戾之社会情绪，正需要经由这样的先行者，这样的学养、见识、不泯的良知去冲刷和洗涤。

一个不断崛起、日益被世界瞩目的民族，她的风骨、情怀与人文生态，仍然需要一代隐于人海的文化大家的长久滋养。我们的下一代，更下一代，当永怀赤子之心，真诚生活，才配得上这些秉持着智慧之烛，光照后辈的先贤们的问候和祝福。

在杨绛先生一百零五岁诞辰日之际，我写下以上文字，以表达对先生深切的怀念。

（原载《以蓄满泪水的双眼为舟》三联书店2016年版）

再见，白鹿原！

◎潘向黎

    4月30日早上打开手机，看到陈忠实离去的消息，因为此前不知道他患病，所以以为是讹传——怎么会？从书架上取下《白鹿原》，看作者简历，生于1942年，才七十出头。不会吧？因为是节日前最后一个工作日，我早早进了报社，这时各大媒体都发布了消息，微信朋友圈里已经是一片惊呼和泪水，马上想到能做些什么。看到做微信的同事正急忙在我们报社的网上搜过去陈忠实发在我们这儿的文章，我过去一看，从我进报社起，他的文章都是我责编的。我说："今天微信的编者按我来写，我见过他。"

    生平鄙视借写名人而自我拔高的人，也看多了这样的情景：一位大家离去，与他交往最久、相知最深的人还没写什么，某些连面都未必见过的人已经洋洋洒洒写了一大篇，重点不在怀念，而在借这位大家之口大大肯定自己一番，实在让人啼笑皆非。我也深知陈忠实知音遍天下，而我们只是两面之缘，最近十年更几乎没有往来。我只是他千万读者中的一个，除此之外，我是他在文汇报的责任编辑，因为工作通过几封信，他很谦和很宽厚，我也认真尽心，如此而已。

    如此而已。但是，怎么解释我此刻的心情？自从工作以来，已经无奈地习惯了在版面上送别文化界名人，每次也都深深浅浅地叹惜、伤感。可是这一次，一棵拔地参天、霜皮巨干、树冠黑郁的树，竟然倒下了，惊呼之后，一时间只能对着一块巨大的空地错愕失神。

    作家陈彦在《陈忠实生命的最后三天》中这样写道："一个民族最伟大的书记员走了，我突然感到一种大地的空寂，尽管西京医院人山人海……在先生推车通过的电梯、路道、厅堂，我们行走甚至要贴身收腹，但还是感到一阵巨大的空旷与寂寥。"这位我从未谋面的作家，因为这篇我含泪读完、相信他也是含泪写下的文章，我记住了他的名字。

    这么多年，因为作品所传递的淋漓元气和磅礴力量，竟然让人觉得陈忠实是岩石是土地是山峦，惟独不是个肉身。

可是早就有人明白，陈忠实与《白鹿原》——作家和他用来垫棺作枕的那部作品，其实竟是相生相克的。

看作家刘兆林的文章，当年有位青年作家读过《白鹿原》后，不知道陈忠实是否还在世，就给人民文学出版社的何启治（他是《白鹿原》的责编）写信，说："五十多万字的《白鹿原》，简直字字都是蘸血写出来的，即使作者活着，也该累吐几次血吧？"

字字看来皆是血，用血写，用命换。路遥、陈忠实皆如此。

陈忠实回忆写《白鹿原》的过程，有个细节："田小娥被公公鹿三用梭镖钢刃从后心捅杀的一瞬，我突然眼前一黑搁下钢笔。待我再睁开眼，顺手从一摞纸条上写下'生的痛苦，活的痛苦，死的痛苦'十二个字。"第一次读到这一段时，我也眼前一黑，太可怕了。

在《白鹿原》里，陈忠实其实死了很多次。每一场死亡，他都陪着死一次；不但如此，每一次暴怒，每一次出走，每一次决裂，每一次绝望，他都死一次。

那样的煎熬、挣扎，那样的心灵历程，作家其实活成了一棵树，被雷劈过几次的树。也许被劈断了一枝分叉，还被劈成了两半，当中是巨大的一道焦黑伤口，两边的枝叶向不同方向生长——一边叶叶都是控诉旧秩序对人性的禁锢，一边枝枝都在质疑时代对伦理与个体的摧毁。被雷劈过的树依旧茂密深绿。人们赞叹着树的高度，欣赏着枝叶，可是谁知道树有多痛，有多难，有多苦？

想着心痛。但是又无奈。即使是近旁的亲友也肯定束手。有些人注定拿命换作品，谁都劝不了。皆因一个民族有一个民族的定数，到了某个时代，就出几位这样的作家；而一个作家有一个作家的使命，像陈忠实这样的作家，他的存在与他的写作，是上苍选定的，岂是地面上的人可以妄言的？

说我见过陈忠实两次，准确地说，是一次半。

完整的那一次，是1998年秋天。那时我虽然出了几本书，但刚刚开始发表小说，因此是纯粹以编辑的身份去拜访他的。那时候我刚进报社不久，作为副刊部最年轻的编辑，在西安全国书展期间去组稿。那次的书展真是名家云集，记得龙应台先生也来了，我还在一个饭桌上目睹了一位陕西文化人因为宣扬男尊女卑而使龙应台惊怒，他本人还浑然不知的有趣过程。那次去西安，有个重要内容就是向陈忠实组稿。

记不清有没有先通过哪位作家向陈忠实引见——如果有，可能是邢小利，反正我顺利地在作协院子里找到了陈忠实。第一印象，与他的《白鹿原》带来的惊心动魄、剑拔弩张迥异的是，他整个人非常质朴、平和与忠厚，脸上沟壑纵横的皱纹和深邃而明亮的眼睛又让人感到了与作品相通的一种力量。好像是作家红柯说的——"陈忠实那张脸，就是黄土高原。"那么陈忠实的那双眼睛，就是黄土高原上的启明星。

他对我们报纸印象不错，说了几句夸奖的话，后来我们谈起《白鹿原》，我按捺不住说起了读后感，他听得很专注，高高的个子，坐在一把椅子上，却没有向后靠，而是重心前倾，目光灼灼地盯着我，那表情好像要分辨我说的是不是真话。后来我想，那是因为我们在谈论作品，他进入了一种严肃讨论的状态。

我心里暗暗希望得到一本他签名的《白鹿原》，但是不好意思说，但是很神奇的，他中途突然说："你等一下，我送你一本《白鹿原》。"然后就从书桌边的一摞书中抽出一本《白鹿原》，翻到扉页，欲与我的名字又停下，拿起我的名片（我当时惭愧地想，我要是个名作家，他就省力了），逐字对照着题赠了，又拿起了印，然后在桌上略略翻了一下，在几张纸下面找出了印泥，一丝不苟、非常用力地盖了印，然后用一张边角料的宣纸夹进书中，好吸一吸未干的印油。我当时真是喜出望外。但是捧书在手，我马上发现是"修订版"，便说："其实没改过的那个版本更好。"他欲言又止，转而问我，他接受建议、做这么一个修订版，读者会不会觉得不好理解？谢天谢地，因为父亲对我常年进行的"做人要有大局观"的教育，当年呆而不萌的我总算没有说出不通人情的蠢话，我说：应该舍小就大，适当的让步是必要的，也是对的，这样也有利于这部作品的更好传播，让更多读者看到，也是好事。

当时真是年轻无知，初次见面，就这样当面肆无忌惮地谈论一位名作家的代表作，事后想起来自己都脸红。当时他没有多说什么，脸上一直是思考的表情。奇怪的是，虽然他话不多，但是依然让人觉得他对你的到来是欢迎的，对你的话是重视的。

这次见面给我留下两个印象：第一，陈忠实这个人很厚道很谦和，一点都没有架子，也一点都不装，更难得的是对年轻人也特别平等。第二，陈忠实是个特别认真的人，活得一点都不轻松。

我的约稿非常顺利，然后我觉得应该告辞了。就在整个"工作流程"接近尾声的时候，突然发生了一个插曲，就是我在他的书架上看到了一本杜鹏程的书（或者是研究杜鹏程的书），顺口说了句"我在我家见过他"之类的话，他很惊讶，一追问，于是引出了我父亲。"什么？你是潘旭澜的闺女？哎呀！"然后他脸上第一次露出了强烈的表情，那是一种庄稼汉"没承想在这儿遇到自家人"的笑容，声音也高了八度："你是潘旭澜的闺女啊！你怎么不早说?!"我有点愕然，一方面我不觉得我父亲有多么了不起，名声能传到这里来；另一方面我曾经问过父亲，他说和陈忠实没有见过面。

陈忠实告诉我，因为我父亲和陕西作家特别有缘，研究过好几个陕西作家，然后他说了好几个名字，除了杜鹏程，好像还有王汶石和另外一位作家——名字记不得了，有的连我都不知道。当时我说，你真是博览群书，而且过目不忘。他用一种热烈到几乎是责怪的口气说：

"你不知道，我们陕西的作家，谁要是能被你父亲评论一次，那就是不得了的事情！你不知道他在我们陕西作家心目中的地位！我早就想，说不定什么时候他也能写我一篇评论？也不知道他看过《白鹿原》没有。"

之所以不避嫌疑记下这些话，因为陈忠实赞美的并不是我，而是作为评论家的我父亲——他在教书、文学评论与学术研究几方面的工作早有定评，他离开已经十年了，依然受到许多人的尊敬；还因为当时陈忠实的表情和话语让我印象深刻而且至今感动，写出来，既为这位作家淳朴的品行与温润的性情做一个小小的见证，也为中国当代文学曾经的生态环境，增加一个细节。

当时，还没等我消化完我的惊讶，陈忠实已经站了起来，以一种不容拒绝的口吻说："咱们还在办公室说什么哪？哎呀，什么约稿不约稿的，我请你吃饭去！走走走！"

去了哪家饭店，我已经记不起来了，但是记得出门后我提出吃羊肉泡馍就很好，被他断然否决，最后去的是一家中等规模、环境很好的餐厅，而且他点了五个菜一个汤，菜都很美味，加上那天没有吃早饭，我也饿了，就毫不拘束地吃了起来，他胃口也不错，但是后半程就不吃了，只有我一个人还在风卷残云。他在对面看，很自在很满意的样子。

回到上海，我对父亲说：这顿饭人家请的是你，我简直就是代吃的。父亲不理会我的玩笑。"陈忠实，"说完这个名字，父亲停顿了一会儿，然后很严谨很节制地说，"他的作品，那是非常什么的。"父亲晚年说话就这样，关键处"独创性"地用"什么"来做形容词，且运用广泛，比如说平辈——"（刘）锡诚兄做人真是很什么的"，说学生辈——"潘凯雄在出版社这几年，那是干得很什么的"；又如"王彬彬脾气大归大，但是对老师还是很什么的"。我母亲总是笑他"词汇贫乏"。

但是，人人都知道陈忠实抽雪茄，而且抽得凶，但是那天，我完全不记得有没有看到他抽雪茄。现在拼命想，也想不起来。莫非当时我终于见到了心目中了不起的作家，表面上对答如仪，其实内心还是兴奋而略带紧张的吗？

后来还见过半面，是我们在北京的作家代表大会上，不记得是2006年还是2011年了，记得当时在会场里看到他的样子没什么变化，我心想：他好像从来没有年轻过，后来倒也不怎么老。我很高兴地走过去和他打招呼，他对我微笑着点了点头，然后等我说话。因为他给我们写得少了，我没有工作的话头可起，又不好意思班门弄斧说自己的写作，难道会好意思说出"我这几年也写小说了，如果你不嫌带回去麻烦，我想送您一本"？正在迟疑，有几个电视台的记者来找他了，我就逃也似的走开了。后来我才恍然大悟，他之所以不太热情，是因为时隔几年，在那个人山人海的环境，他没有认出我来。我真是个呆子，我不但应该自我介绍，而且应该直接说："你还记得我吗？我是潘旭澜的闺女啊。"在他面前，这才是我的身份，他认定的。

如今，他题赠的厚厚的《白鹿原》，还好好地在我书架上，书上的满白文的"陈忠实印"也依然鲜红。可是他，不在了。

因为他，这两天的网上网下，一片惊呼、痛惜和哀悼。特别强烈，特别真。我的微信朋友圈里，每天刷屏的都是作家们对他的悼念和回忆。好多人回忆起和他的交往，有些并不密切，但是都真真切切地留在了心上。因为他是陈忠实，是一位用血写作的作家；在作品之外，也是一位实心实意对别人的人。

一个名作家，不一定是文学史范畴里的好作家；一个好作家，也不一定是日常意义上的好人。但是陈忠实，他是位真正的名作家，更是一位真正的好作家。难得的是，他还是一位真正的好人。

是不是这样的担负，让他太累了？——他走得太早了，让人不禁这样想，并且感到心痛和莫名的内疚。

陪伴他生命最后三天的陈彦，说陈忠实最后还在家人帮助下，用瘦弱的双手，勉强在一个本子上写个不停，字迹已经不清楚，句子压着句子，但他坚持写着，写着，不肯停下。

在一个微信群里，看到我的朋友、上海广播电台主持人欧楠转发的一段话，那是陈忠实1993年10月28日在北京写给评论家张锲一家的：

> 有幸与张锲兄结伴搭帮去意大利，行前出海关时，夫人景超及爱女苗苗到机场送行。最后挥手时，苗苗对我说："再见，白鹿原！"一个四岁孩子的机智令我心灵一震，恐怕终生难忘了，这也许是最值得作家珍重的话了。所有创作的艰辛都是合理的，这是苗苗的话给我的最好的慰藉。……

这就是悲伤中唯一的路了。就用他喜欢的方式与他道别吧，一起对他挥挥手，一起再说一遍——

"再见，白鹿原！"

山鸣谷应，他一定会听见。

（原载《散文·海外版》2016年第4期）

那一晚她心里很难过

◎刘心武

那一年母亲还在世，跟我住在一起。

那一天我外出了。下午忽然有人敲我家门。母亲开了门，门外站着个戴眼镜的大高个儿。母亲告诉他我不在家，什么时候回来说不清。他说是我的朋友，问能不能进去等等我？母亲就请他进屋了。

来人叫章仲锷。我们在北京出版社同事好几年，我刚调到北京市文联当专业作家，他仍留在出版社。出版社在1978年创办了《十月》丛书，1979年获得刊号，就成为双月刊。我和章仲锷都参与了《十月》的创办。我去当专业作家了，他仍是《十月》抓稿子的能人。他跟母亲说，他来，是跟我约稿。母亲听说他是编《十月》的，便格外热情。我得到的《十月》，每期母亲都精读，常常坐在藤椅上，读到兴浓处，抬起眼，跟一旁伏案写作的我叹道："好生动啊！"我便会问她读的是谁的作品。有一回她就说是林斤澜的《膏药医生》，我惊讶，林大哥的小说，我打趣称为"怪味豆"，好多人觉得朦胧难懂，没想到母亲却是林大哥的知音。那一天，章仲锷来，母亲就跟他夸赞《十月》，章仲锷没想到寻找作者，竟遭逢热心读者，两个人就没有了隔阂。

章仲锷问母亲，心武又在写什么呢？母亲笑眯眯告诉他："可不是又在'鸡啄米'，好像刚写完个中篇小说哩！"我那时候，还是用笔在稿纸上写作，母亲把我的书写，形容为"鸡啄米"。章仲锷竟等不及我回家，问母亲："他那新小说放在哪儿呢？"母亲诚实地告诉他："就在书桌抽屉里。"章仲锷就问："我能取出来看看吗？"母亲点头，他就打开抽屉，很容易地取出了我写出的一摞稿子。他说，他就一边读稿子，一边等我回家。

那时候我居住的单元非常小，是个没有厅的小两居。作为书房的小间只有六平方米。刚够放一张书桌、一把写作木椅、母亲的单人床、床边一把藤椅。大间有十五平方米，既是我们夫妇儿子的卧室，也兼饭堂和客厅。不过在那个年代，我三十几岁的人，能分配到那样的单元房，已经很心满意足了。大间里有长沙发，一侧有落地灯，章仲锷就坐在沙发上，看我那新写成的中篇小说。作为老辣编辑，他看稿子既快又细，既跟着审美感觉走，又不时有理性的专业判断。那个中篇小说有七万五千字，那样的篇幅，若翻译为拉丁系的外文，足能印成一本书脊不瘦的单行本，实际上西方的某些长篇小说也就是那样的规模。章仲锷静悄无声，时间不断推移，我却仍未回家。母亲过去观察，章仲锷打开了落地灯，在光圈里全神贯注地看稿。母亲不禁唤他："我要做晚饭了，你吃了再看吧。"章仲锷刚好看完最后一页，站起来说："伯母，谢谢你，我这就告辞了。心武回来你告诉他一声，这稿子我拿走了！"母亲紧张起来："那不行啊！心武好像还不打算投出去呢，要不你就再等等。"章仲锷竟把那摞稿子装进了他的包里，跟母亲说："心武回来您跟他细说端详，他不会怪罪的。"那一天，章仲锷竟如此这般地飘然而来，又飘然而去。

那一天我在外面吃晚饭，天黑透才回家。母亲把章仲锷擅自拿走稿子的事告诉我，开头我有些气急败坏。面对奔八十的母亲，怎忍向她发作，责怪她没把稿子留住？就不免腹诽章仲锷一番，你为《十月》抓稿，也不能"王老虎抢亲"般粗暴啊！那时候妻子经常要去北城照看我的岳母，儿子也还在那边上学，那晚她带着儿子比我回家还晚，听了我的抱怨，她倒有句明白话："一定是老章觉得你写得好，所以要拿去《十月》发，怕你再投别处。"

那时候一般文化人家里也都没有安装座机，打电话一般都是去使用公用电话。我想下楼到自行车存车棚的公用电话那里，打电话给章仲锷家那边的公用电话，跟他兴师问罪，但一时又找不到他家那边公用传呼电话的号码。

那一晚有些失眠。那个中篇小说虽然确已完稿，自我感觉不错，但总觉得拿出去未必合宜，是写北京闹市区杂院居民因居住空间狭隘而引发的家庭矛盾，立意还不在提出社会问题，而是想探索人性。想放一放，或者加进点亮色，投出去才比较能讨好、讨巧。但是每次复读自己写下的文字，又总觉得现在这个文本已经形成了"一棵菜"，往上再"刷漆"，会导致败坏。

那一晚就想，即使仲锷老兄觉得写得不错，担任《十月》主编的苏予大姐能支持这个文本吗？会不会提出让我"刷漆"的修改意见？

苏予大姐比我长十六岁。确有大姐风范。修长的身材，秀丽的面容，朴素的装束，一接触便令人觉得气度不凡，尤其是那文雅的谈吐，精辟的见解，宽容的精神，更足令我佩服，而特别令我感动的，是她能以睿智的眼力，瞬间窥透你心中的烦难，而且能迅疾为你排忧解难。我是在《十月》任上分配到那个小单元的，那时候许多比我工作年限更长的兄姊辈同事，都还没有住进单元房，我却得到特殊照顾，这当然是大喜事，但我在搬迁前跟苏予大姐却叹了口气："要是我还在中学教书就好了！"她立刻懂得我在叹息什么，就是我搬家缺乏劳动力，我教过的那些学生，那一年大多数还在农村插队或在生产建设兵团当军垦战士，还没有回城，那时候还没有搬家公司，出版社的人士多数比我年纪要大，靠我自己和弱妻幼子，喜迁新居竟有困难，她便立刻对我说："心武你别发愁，我儿子正好能帮忙，他很强壮，他再招呼他几个哥们儿，你那点家当，他们保证给你一一搬动到位！"

搬家那天，果然是苏大姐的儿子招呼上几个哥们儿，给包了圆，当他们把大立柜摆放在我指定的位置后，我问："累了吧？"苏予儿子抹着额上的汗，坦率地说："当然累啊！这楼没电梯，您在最高层五楼，楼梯拐弯又不好过……"不过他把整个单元看了看以后，笑道："累得值啊！羡慕您哪！我家什么时候也能搬进有卫生间和厨房的单元房啊！"我这才知道，那时候苏大姐一家也还住在平房杂院里。

那晚我辗转反侧，不断揣想，如果过几天章仲锷将那稿子送审，苏予大姐能容纳吗？她若提出若干修改意见，我能遵照修改吗？

过几天？章仲锷他才不要过几天呢，后来知道，他当晚从我家出去，没有回自己家，顾不上吃晚饭，就直接骑车去了苏大姐家，进去就说："心武这篇比《如意》还好。建议马上发稿。把已经编好的弱一点的稿子抽下来，发头题！"他要苏予当晚就审稿，因为，实际上第二天，那期《十月》就要下厂了。

《如意》是我发表的第一个中篇小说，责任编辑正是章仲锷。那一期的《十月》还刊发了宗璞的《三生石》和刘绍棠的《蒲柳人家》。这三个中篇小说在中国作家协会的优秀中篇小说评奖中都被提名，最后《三生石》《蒲柳人家》获奖，《如意》落榜，有权威评论家指出《如意》弘扬人道主义"站位不高"，因此我写章仲锷拿走的那个中篇时，就总有个"站高位"的压力砸在笔端，但最后我还是决定以良知和良能站位，从容书写。但完稿后犹豫再三，没有马上投出。

后来知道，那一晚，苏予大姐竟接受了章仲锷的建议，在她家住的杂院平房里，连夜通读了我那七万五千字的中篇小说，并且第二天上班就签发了它，安排在头题。

那就是我自己珍爱的一个中篇小说《立体交叉桥》。

苏予任《十月》主编时期，刊登过很多受到读者欢迎的作品，获得国家级奖项的作品也很不少，引出争议的作品也很有一些，也有若干效应比较冷寂但从长远看是值得刊发的作品。

我不知道苏大姐在《立体交叉桥》的终审稿笺上写了些什么。我离开《十月》以后和她见面次数并不太多。1984年，我正写自己的第一部长篇小说《钟鼓楼》，其间海军部队作家闵国库为《十月》提供了一次到海军部队参观访问的机会，那次苏予率队去了，我得到邀请也欣然前往。记得那次住进营房，还到潜水艇内部进行了参观。在海边散步时，我和苏大姐有了比较深入的交谈。记得我问起她审读《立体交叉桥》的感受，她告诉我："那一晚我读完以后，心里很难过。"

那一晚她心里很难过！

多年以后，我写了一篇散文《心里难过》，近来网络上出现了多个声频，录播的有正式的电台，也有自媒体，我今年推出的《刘心武文粹》第25卷就以《心里难过》为书名。我在这篇散文里写道："不是愤世嫉俗。不是愧悔羞赧。不是耿耿于怀。不是悲悲戚戚。是一种平静的难过。"我想，苏大姐在那一晚，她心里难过，不是为她自己，而是为芸芸众生，是一种大悲悯的情怀。那种情怀，是与古人"安得广厦千万间，大庇天下寒士俱欢颜"的吁求相通的。深知"人们到处生活"，"谁也不容易"，"展拓生活空间应与展拓心灵空间同步"，这是现实主义文学作品应有的品格。正是因为《十月》创刊伊始，就确立了它接地气的站位，苏予作为首届主编，怀有对最普通的个体生命的尊重与悲悯，而诸位同仁，也形成了共识，齐心合力，才奠定这本双月刊的基本审美追求，一直延续到了今天。

《立体交叉桥》引出了当时主流文学批评家的批评，认为"调子"不明亮。《如意》毕竟还在中国作协的中篇小说评奖中被提名，《立体交叉桥》连提名资格也没有。但也有知音。当时在日本进行学术交流访问的复旦大学美学家蒋孔阳教授，在那边读到了刊有《立体交叉桥》的《十月》，不久也听到了针对这个作品"调子灰暗"的批评，他就写出长文，表达他对《立体交叉桥》的审美感受，为《立体交叉桥》的"调子"辩护，并将他的文章投到《上海文学》，刊发出来，引起注意。2008年，上海文艺出版社请人编选了《中国新文学大系》（1976—2000），没有获得过奖项的《立体交叉桥》被收入了中篇小说卷，蒋先生评论《立体交叉桥》的文章也被收入到文学理论卷。2011年出席南国书香节，在一场活动中正好与陈丹青坐在一起，他跟我说，刊有《立体交叉桥》那期的《十月》出来没多久，他就去美国，当时怕行李超重，携带的物品一再做减法，但是他还是决定带上《立体交叉桥》在飞机上重读，他当时实在喜欢这个作品，他是从那期《十月》上，单把《立体交叉桥》那一部分撕下来带着的。而我最重视的则是林大哥读完《立体交叉桥》后的简短评语："这回你写出个纯粹的小说了。"

前些年，章仲锷老兄病故。前些天，又惊悉苏予大姐仙逝。两个支持过我创作《立体交叉桥》的伯乐竟都离世。我现在还在想，苏予大姐为什么没有提出任何修改意见，就直接把我那个作品签发并放在头题呢？很后悔跟她在海边散步时，并没有这样向她提问。

只记得，她对我说，那一晚读完我的手稿，她心里很难过……

（原载《十月》2016年第4期）

粉丝与知音

◎余光中

　　大陆与台湾、香港的交流日频，中文的新词也就日益增多。台湾的"作秀"、香港的"埋单"、大陆的"打的"，早已各地流行。这种新生的俚语，在台湾的报刊最近十分活跃，甚至会上大号标题。其中有些相当伧俗，例如"凸槌""吐槽""劈腿""嘿咻"等等，忽然到处可见，而尤其不堪的，当推"轰趴"，其实是从英文home party译音过来，恶形恶状，实在令人不快。当然也有比较可喜的，例如"粉丝"。

　　"粉丝"来自英文的fan，许多英汉双解辞典，包括牛津与朗文两家，迄今仍都译成"迷"；实际搭配使用的例子则有"戏迷""球迷""张迷""金迷"等等。"粉丝"跟"迷"还是不同："粉丝"只能对人，不能对物，你不能说"他是桥牌的粉丝"或"他是狗的粉丝"。

　　Fan之为字，源出fanatic，乃其缩写，但经瘦身之后，脱胎换骨，变得轻灵多了。Fanatic本来也有恋物羡人之意，但其另一含义却是极端分子、狂热信徒、死忠党人。《牛津当代英语高阶辞典》（Oxford Advanced Learner's Dictionary of Current English）第七版为此一含义的fanatic所下的定义是：a person of extreme or dangerous opinions，想想有多可怕！

　　但是蜕去毒尾的fan字，只令人感到亲切可爱。更可爱的是，当初把它译成"粉丝"的人，福至心灵，神来之笔竟把复数一并带了过来，好用多了。单用"粉"字，不但突兀，而且表现不出那种从者如云纷至沓来的声势。"粉丝"当然是多数，只有三五人甚至三五十人，怎能叫作fans？对偶像当然是说"我是你的粉丝"，怎么能说"我是你的粉"呢？粉，极言其细而轻，积少成多，飘忽无定。丝，极言其虽细却长，纠缠而善攀附，所以治丝益棼，欲理还乱。

　　这种狂热的崇拜者，以前泛称为"迷"，大陆叫作"追星族"，嬉皮时代把追随著名歌手或乐队的少女叫作"跟班癖"（groupie），西方社会叫作"猎狮者"（lion hunter）。这些名称都不如"粉丝"轻灵有趣。至于"忠实的读者"或

"忠实的听众"，也嫌太文，太重，太正式。

粉丝之为族群，有缝必钻，无孔不入，四方漂浮，一时啸聚，闻风而至，风过而沉。这现象古已有之，于今尤烈。宋玉《对楚王问》曰："客有歌于郢中者，其始曰'下里'、'巴人'，国中属而和者数千人……其为'阳春'、'白雪'，国中属而和者数十人。"究竟要吸引多少人，才能称粉丝呢？学者与作家，能号召几百甚至上千听众，就算拥有粉丝了。若是艺人，至少得吸引成千上万才行。现代的媒体传播，既快又广，现场的科技设备也不愁地大人多，演艺高手从帕瓦罗蒂到猫王，轻易就能将一座体育场填满人潮。1969年纽约州伍德斯塔克三天三夜的露天摇滚乐演唱会，吸引了四十五万的青年，这纪录至今未破。另一方面，诗人演讲也未可小觑：艾略特在明尼苏达大学演讲，听众逾一万三千人；弗罗斯特晚年也不缺粉丝，我在爱荷华大学听他诵诗，那场听众就有两千。

与粉丝相对的，是知音。粉丝，是为成名锦上添花；知音，是为寂寞雪中送炭。杜甫尽管说过"文章千古事，得失寸心知"，但真有知音出现，来肯定自己的价值，这寂寞的寸心还是欣慰的。其实如果知音寥寥，甚至迟迟不见，寸心的自信仍不免会动摇。所谓知音，其实就是"未来的回声"，预支晚年的甚至身后的掌声。凡·高去世前一个多月写信告诉妹妹维尔敏娜，说他为嘉舍大夫画的像"悲哀而温柔，却又明确而敏捷——许多人像原该如此画的。也许百年之后会有人为之哀伤"。画家寸心自知，他画了一张好画，但好到什么程度呢，因为没有知音来肯定、印证，只好寄望于百年之后了。"也许百年之后会有人……"语气真是太自谦了。《嘉舍大夫》当然是一幅传世的杰作，后代的艺术史家、评论家、观众、拍卖场都十分肯定。凡·高生前只有两个知音：弟弟西奥与评论家奥里叶，死后的十年里只有一个：弟媳妇乔安娜。高更虽然是他的老友，本身还是一位大画家，却未能真正认定凡·高的天才。

知音出现，多在天才成名之前。叔本华的母亲是畅销小说家，母子两人很不和谐，但歌德一早就告诉做母亲的，说她的孩子有一天会名满天下。歌德的预言要等很久才会兑现：寂寞的叔本华要等到六十六岁，才收到华格纳寄给他的歌剧《尼伯龙根的指环》，附言中说对他的音乐见解十分欣赏。

美国文坛的宗师埃默森收到惠特曼寄赠的初版《草叶集》，回信说："你的思想自由而勇敢，使我向你欢呼……在你书中我发现题材的处理很大胆，这种手法令人欣慰，也只有广阔的感受能启示这种手法。我祝贺你，在你伟大事业的开端。"那时惠特曼才三十六岁，颇受论者攻击。苏轼考礼部进士，才二十一岁，欧阳修阅他的《刑赏忠厚之至论》，十分欣赏，竟对梅圣俞说："老夫当避路，放他出一头地也。"众多举子听了此话，哗然不服，日久才释然。

有些知音，要等天才死后才出现。莎士比亚死后七年，生前与他争雄而且不免加贬的班琼森，写了一首长诗悼念他，肯定他是英国之宝："全欧洲的剧坛都应加致敬／他不仅流行一时，而应传之百世！"又过了七年，另一位大诗人米尔顿，在他最早的一首诗《莎士比亚赞》中，断言莎翁的诗句可比神谕（those Delphic lines），而后人对他的崇敬，令帝王的陵寝也相形逊色。今人视莎士比亚之伟大为理所当然，其实当时盖棺也未必论定，尚待一代代文人学者的肯定，尤其是知音如班琼森与米尔顿之类的推崇，才能完成"超凡入圣"（canonization）的封典。有时候这种封典要等上几百年才举行，例如邓约翰的地位，自十七世纪以来一直毁誉参半，欲褒还贬，要等艾略特出现才找到他真正的知音。

此地我必须特别提出夏志清来，说明知音之可贵，不但在于慧眼独具，能看出天才，而且在于胆识过人，敢畅言所见。四十五年前，夏志清所著《中国现代小说史》在美国出版，钱锺书与张爱玲赫然各成一章，和鲁迅、茅盾分庭抗礼，令读者耳目一新。文坛的旧观，一直认为钱锺书不过是学府中人，偶涉创作，既非左派肯定的"进步"作家，也非现代派标榜的"前卫"新锐；张爱玲更沾不上什么"进步"或"前卫"，只是上海洋场一位言情小说作者而已。夏志清不但看出钱锺书、张爱玲，还有沈从文在"主流"以外的独创成就，更要在四十年前美国评论界"左"倾成风的逆境里，毫不含糊地把他的见解昭告世界，真是智勇并兼。真正的文学史，就是这些知音写出来的。有知音一锤定音，不愁没有粉丝，缤纷的粉丝啊，蝴蝶一般地飞来。

知音与粉丝都可爱，但不易兼得。一位艺术家要能深入浅出，雅俗共赏，才能兼有这两种人。如果他的艺术太雅，他可能赢得少数知音，却难吸引芸芸粉丝。如果他的艺术偏俗，则吸引粉丝之余，恐怕赢不了什么知音吧？知音多高士，具自尊，粉丝拥挤甚至尖叫的地方知音是不会去的。知音总是独来独往，欣然会心，掩卷默想，甚至隔代低首，对碑沉吟。知音的信念来自深刻的体会，充分的了解。知音与天才的关系有如信徒与神，并不需要"现场"，因为寸心就是神殿。

粉丝则不然。这种高速流动的族群必须有一个现场，更因人多而激动，拥挤而歇斯底里，群情不断加温，只待偶像忽然出现而达于沸腾。所以我曾将teenager译为"听爱挤"。粉丝对偶像的崇拜常因亲近无门而演为"恋物癖"，表现于签名、握手、合影，甚至索取、夺取"及身"的纪念品。披头士的粉丝曾分撕披头士的床单留念；汤姆·琼斯的现场听众更送上手绢给他拭汗，并即将汗湿的手绢收回珍藏。据说小提琴神手帕格尼尼的听众，也曾伸手去探摸他的躯体，求证他是否真如传说所云，乃魔鬼化身。其实即便是宗教，本应超越速朽的肉身，也不能全然摆脱"圣骸"（sacred relics）的崇拜。佛教的佛骨与舍利子，基督的圣杯，都是例子，东正教的圣像更是一门学问。

"知音"一词始于春秋：楚国的俞伯牙善于弹琴，唯有知己钟子期知道他意在高山抑或流水。子期死后，伯牙恨世无知音，乃碎琴绝弦，终身不再操鼓。孔子对音乐非常讲究，曾告诫颜回说，郑声淫，不可听，应该听舜制的舞曲韶。可是《论语》又说："子在齐闻韶，三月不知肉味，曰：'不图为乐之至于斯也！'"这么看来，孔子真可谓知音了，但是竟然三月不知肉味，岂不成了香港人所说的"发烧友"了？孔子或许是最早的粉丝吧。今日的乐迷粉丝，不妨引圣人为知音，去翻翻《论语》第七章《述而》吧。

不惜歌者苦，
但伤知音稀。
粉丝已经够多了，且待更多的知音。

失帽记

2008年的世界有不少重大的变化，其间有得有失。这一年我自己年届八十，其间也得失互见：得者不少，难以细表，失者不多，却有一件难过至今。我失去了一顶帽子。

一顶帽子值得那么难过吗？当然不值得，如果是一顶普通的帽子，甚至是高价的名牌。但是去年我失去的那顶，不幸失去的那一顶，绝不普通。

帅气、神气的帽子我戴过许多顶，头发白了稀了之后尤其喜欢戴帽。一顶帅帽遮羞之功，远超过假发。丘吉尔和戴高乐同为"二战"之英雄，但是戴高乐戴了高帽尤其英雄，所以戴高乐戴高帽而乐之，也所以我从未见过戴高乐不戴高帽。

戴高乐那顶高卢军帽丢过没有，我不得而知。我自己好不容易选得合头的几顶帅帽，却无一久留，全都不告而别。其中包括两顶苏格兰呢帽，一顶大概是掉在英国北境某餐厅，另一顶则应遗失在莫斯科某旅馆。还有第三顶是在加拿大维多利亚港的布恰花园所购，白地红字，状若戴高乐的圆筒鸭舌军帽而其筒较低，当日戴之招摇过市，风光了一时，后竟不明所终。

一个人一生最容易丢失也丢得最多的，该是帽与伞。其实伞也是一种帽子，虽然不戴在头上，毕竟也是为遮头而设，而两者所以易失，也都是为了主人要出门，所以终于和主人永诀，更都是因为同属身外之物，一旦离手离头，几次转身就给主人忘了。帽子有关风流形象。独孤信出猎暮归，驰马入城，其帽微侧，吏人慕之，翌晨戴帽尽侧。千年之后，纳兰性德的词集亦称《侧帽》。孟嘉重九登高，风吹落帽，浑然不觉。桓温命孙盛作文嘲之，孟嘉也作文以答，传为佳话，更成登高典故。杜甫七律《九日蓝田崔氏庄》并有"羞将短发还吹帽，笑倩旁人为正冠"之句。他的《饮中八仙歌》更写饮者的狂态："张旭三杯草圣传，脱帽露顶王公前"。尽管如此，失帽却与风流无关，只和落拓有份。

去年十二月中旬，香港中文大学图书馆为我八秩庆生，举办了书刊手稿展览，并邀我重回沙田去签书、演讲。现场相当热闹，用媒体流行的说法，就是所谓人气颇旺。联合书院更编印了一册精美的场刊，图文并茂地呈现我香港时期十一年，在学府与文坛的各种活动，题名《香港相思——余光中的文学生命》，在现场送给观众。典礼由黄国彬教授代表文学院致词，除了联合书院冯国培院长、图书馆潘明珠副馆长、中文系陈雄根主任等主办人之外，与会者更包括了昔日的同事卢玮銮、张双庆、杨钟基等，令我深感温馨。放眼台下，昔日的高足如黄坤尧、黄秀莲、樊善标、何杏枫等，如今也已做了老师，各有成就，令人欣慰。

演讲的听众多为学生，由中学老师带领而来。讲毕照例要签书，为了促使长龙蠕动得较快，签名也必须加速。不过今日的粉丝不比往年，索签的要求高得多了：不但要你签书、签笔记本、签便条、签书包、签学生证，还要题上他的名字、他女友的名字，或者一句赠言，当然，日期也不能少。那些名字往往由索签人即兴口述，偏偏中文同音字最多。"什么whay？恩惠的惠吗？""不是的，是智慧的慧。""也不是，是恩惠的惠加草字头。"乱军之中，常常被这么乱喊口令。不仅如此，一粉丝在桌前索签，另一粉丝却在你椅后催你抬头、停笔、对准众多相机里的某一镜头，与他合影。笑容尚未收起，而夹缝之中又有第三只手伸来，要你放下一切，跟他"交手"。

这时你必须全神贯注，以免出错。你的手上，忽然是握着自己的笔，忽然是他人递过来的，所以常会掉笔。你想喝茶，却鞭长莫及。你想脱衣，却匀不出手。你内急已久，早应泄洪，却不容你抽身疾退。这时，你真难身外分身，来护笔、护表、护稿，扶杯。主办人焦待于漩涡之外，不知该纵容或喝止炒热了的粉丝。

去年年底在中文大学演讲的那一次，听众之盛况不能算怎么拥挤，但也足以令我穷于应付，心神难专。等到曲终人散，又急于赶赴晚宴，不遑检视手提包及背袋，代提的主人又川流不息，始终无法定神查看。餐后走到户外，准备上车，天寒风起，需要戴帽，连忙逐袋寻找。这才发现，我的帽子不见了。

事后几位主人回去现场，又向接送的车中寻找，都不见帽子踪影。我存和我，夫妻俩像侦探，合力苦思，最后确见那帽子是在何时，何地，所以应该排除在某地、某时失去的可能，诸如此类过程。机场话别时，我仍不放心，还谆谆嘱咐潘明珠、樊善标，如果寻获，务必寄回高雄给我。半个月后，他们把我因"积重难返"而留下的奖牌、赠书、礼品等等寄到台湾。包裹层层解开，真相揭晓，那顶可怜的帽子，终于是丢定了。

仅仅为了一顶帽子，无论有多贵或是多罕见，本来也不会令我如此大惊小怪。但是那顶帽子不是我买来的，也不是他人送的，而是我身为人子继承得来的。那是我父亲生前戴过的，后来成了他身后的遗物，我存整理所发现，不忍径弃，就说动我且戴起来。果然正合我头，而且款式潇洒，毛色可亲，就一直戴下去了。

那顶帽子呈扁楔形，前低后高，戴在头上，由后脑斜压向前额，有优雅的缓缓坡度，大致上可称贝瑞软帽（beret），常覆在法国人头顶。至于毛色，则圆顶部分呈浅陶土色，看来温暖体贴。四周部分则前窄后宽，织成细密的十字花纹，为淡米黄色。戴在我的头上，倜傥风流，有欧洲名士的超逸，不止一次赢得研究所女弟子的青睐。但帽内的乾坤，只有我自知冷暖，天气愈寒，尤其风大，帽内就愈加温暖，仿父亲的手掌正护在我头上，掌心对着脑门。毕竟，同样的这一顶温暖曾经覆盖过父亲，如今移爱到我的头上，恩佑两代，不愧是父子相传的忠厚家臣。

回顾自己的前半生，有幸集双亲之爱，才有今日之我。当年父亲爱我，应该不逊于母亲。但小时我不常在他身边，始终呵护着我庇佑着我的，甚至在抗战沦陷区逃难，生死同命的，是母亲。呵护之亲，操作之劳，用心之苦，凡她力之所及，哪一件没有为我做过？反之，记忆中父亲从来没打过我，甚至也从未对我疾言厉色，所以绝非什么严父。不过父子之间始终也不亲热。小时他倒是常对我讲论圣贤之道，勉励我要立志立功。长夏的蝉声里，倒是有好几次父子俩坐在一起看书：他靠在躺椅上看《纲鉴易知录》，我坐在小竹凳上看《三国演义》。冬夜的桐油灯下，他更多次为我启蒙，苦口婆心引领我进入古文的世界，点醒了我的汉魄唐魂。张良啦，魏徵啦，太史公啦，韩愈啦，都是他介绍我初识的。

后来做父亲的渐渐老了，做儿子的越长大了，各忙各的。他宦游在外，或是长期出差数下南洋，或担任同乡会理事长，投入乡情侨务；我则学府文坛，烛烧两头，不但三度旅美，而且十年居港，父子交集不多。自中年起他就因关节病苦于脚痛，时发时歇，晚年更因青光眼近于失明。二十三年前，我接中山大学之聘，由香港来高雄定居。我存即毅然卖掉台北的故居，把我的父亲、她的母亲一起接来高雄安顿。

许多年来，父亲的病情与日常起居，幸有我存悉心照顾，并得我岳母操劳陪伴。身为他的独子，我却未能经常省视侍疾，想到五十年前在台大医院的加护病房，母亲临终时的泪眼，谆谆叮嘱：爸爸你要好好照顾。实在愧疚无已。父亲和母亲鹣鲽情深，是我前半生的幸福所赖。只记得他们大吵过一次，却几乎不曾小吵。母亲逝于五十三岁，长她十岁的父亲，尽管亲友屡来劝婚，却终不再娶，鳏夫的寂寞守了三十四年，享年，还是忍年，九十七岁。

可怜的老人，以风烛之年独承失明与痛风之苦，又不能看报看电视以遣忧，只有一架古董收音机喋喋为伴。暗淡的孤寂中，他能想些什么呢？除了亡妻和历历的或是渺渺的往事。除了独子为什么不常在身边。而即使在身边时，也从未陪他久聊一会儿，更从未握他的手或紧紧拥抱住他的病躯。更别提四个可爱的孙女，都长大了吧，但除了幼珊之外，又能听得见谁的声音？

长寿的代价，是沧桑。

所以在遗物之中竟还保有他常戴的帽子，无疑是继承了最重要的遗产。父亲在世，我对他爱得不够，而孺慕耿耿也始终未能充分表达。想必他深心一定感到遗憾，而自他去后，我遗憾更多。幸而还留下这么一顶帽子，未随碑石俱冷，尚有余温，让我戴上，幻觉未尽的父子之情，并未告终，幻觉依靠这灵媒之介，犹可贯通阴阳，串联两代，一时还不至竟将上一个戴帽人完全淡忘。这一份与父共帽的心情，说得高些，是感恩，说得重些，是赎罪。不幸，连最后的这一点凭借竟也都失去，令人悔恨。

寒流来时，风势助威，我站在岁末的风中，倍加畏冷。对不起，父亲。对不起，母亲。

故国神游

5月中旬去西安讲学。那是我第一次去陕西，当然也是首访西安，对那千年古都神往既久，当然也有莫大的期待。结果几乎扑了一个空。当然那是我自己浅薄，去投的又是如此深厚的传统，加以为期不满五天，又有两场演讲、一场活动，所以知之既少，入之又浅，谈不上有何心得。"五日京兆"吗？从西周、西汉、西晋一直到隋唐，从镐京、咸阳、渭城到长安，其中历经变化，史学家甚至考古学家都得说上半天。自宋以来，其帝国之光彩就已渐渐失色，所以轮到贾平凹来写《老西安》一书时，他的副题干脆就叫作"废都斜阳"了。

从头到尾，今日西安市中心的主要景点，例如钟楼、鼓楼、碑林、大雁塔等，都过门而未入。倒是听西安人说，钟楼与鼓楼正是成语"晨钟暮鼓"之所由，而古人买东西得跑去东市和西市，因此而有"买东西"一词。最令我感动的是，西安还有一处"燕国志士荆轲墓"。矛盾的是，我对这古都虽然所知不多，所见更少，可是所感所思却很深。这么多年，我虽然一步也未踏过斯土，可是自作多情地却写过好几首诗，以长安为背景或现场。

我在西安的第一场演讲就叫作"诗与长安"：前面一小半多引古人之作，例如李白的《忆秦娥》、杜牧的《将赴吴兴登乐游原》、白居易的《长恨歌》、辛弃疾的《菩萨蛮·书江西造口壁》和《世说新语》曰近长安远之说。

后面的大半场就引到我自己所写涉及长安的诗，一共七首，依次是《秦俑》《寻李白》《飞碟之夜》《昭君》《盲丐》《飞将军》《刺秦王》。我用光盘投影，一路说明并朗诵。《秦俑》颇长，从古西安说到西安事变，从桃花源说到十二尊金人和徐福的六千童男女；中间引入《诗经·秦风》四句，我就慢声吟诵出来，颇有三维效果。《寻李白》有赞谪仙三行："酒入豪肠，七分酿成了月光／余下的三分啸成剑气／绣口一吐就半个盛唐"，入选许多选集。《飞碟之夜》用科幻小说笔法想象安禄山的飞碟部队如何占领长安。《昭君》讽刺，卫青与霍去病都无法达成的事，竟要弱女子去承担。《盲丐》写我自己在美国远怀汉唐盛世的苦心，结尾有这样两句："一枝箫哭一千年／长城，你终会听见，长安，你终会听见"。《飞将军》为汉朝的名将李广抱不平，其事皆取自《史记》。《刺秦王》也本于《史记》，但叙事则始于荆轲谋刺失败，伤重倚柱时的感慨。这些事，凡中国的读书人都应知道，而这些诗，凡中国的心灵都会共鸣。行知学院礼堂上坐满的两千五百人，虽欠空调，却无人离席。

另一场演讲在西安美术学院，题为"诗与美学"，情况也差不多。更值得一记的，是该校活泼的校风与可观的校园。在会议室与长廊上，一排排黑白的人像照吸引我左顾右盼，屡屡停步，只因照中人都有美学甚至文化的地位，就我匆匆一瞥的印象，至少包含蔡元培、陈寅恪、鲁迅、胡适、徐悲鸿、朱光潜、梁思成、林徽因、蔡威廉（蔡元培之女）、林文铮（蔡元培女婿，杭州艺专教务长）；外国人之中还有法兰克福学派主角的哲学家马尔库色。

至于校园何以特别可观，却只消一瞥就立可断定。远处纵目，只见一排排一丛丛直立的方尖石体，高低参差，平均与人相等，瞬间印象又像碑林，又像陶俑。其实都不是，主人笑说，而是"拴马桩"。走近去看，才发现那些削方石体，雕纹或粗或细，顶上都踞着、栖着、蹲着、跪着一座雕品，踞者许是雄狮、栖者许是猛禽、蹲者许是圉人、跪者许是奴仆，更有奴仆或守卫之类跨在狮背，千奇百怪，难以缕陈。人物的体态、面貌、表情又不同于秦兵的陶俑，该多是胡人吧，唐三彩牵马的胡圉正是如此。主人说这些拴马桩多半来自渭北的农庄。看今日西安市地图，西北郊外汉长安旧址就有罗家寨、马家寨、雷家寨等六七个寨，说不定就来自那些庄宅；当然，客栈、酒家、衙门前面也需要这些吧。正遐想间，主人又说，那边还有不少可看，校园里有好几千桩。我们夫妻那天真是大开眼界，这和江南水乡处处是桥与船大不相同。

我去西安，除了讲学之外，还参加了一个活动，经"粥会"会长陆炳文先生之介，认识了于右任先生（1879—1964）的后人。右老是陕西三原县人，早年参与辛亥革命，后来成了党国大佬，但在文化界更以书法大师久享盛誉。他是长我半个世纪的前辈，但是同在台湾，一直到他去世，我都从未得识耆宿。我更没有想到，海峡两岸对峙，尽管历经"反右"与"文革"的重大变化，陕西人对这位远隔的乡贤始终血浓于水，保持着敬爱与怀念。因此早在2002年，复建于右任故居的工作已在西安展开，七年后正值他诞生一百三十周年，终于及时落成。

右老乃现代书法大家，关中草圣，原与书法外行的我难有联想。但是他还是一位著名诗人，在台所写怀乡之诗颇为陕西乡亲所重。有心人联想到我的《乡愁》一诗，竟然安排了一个下午，就在"西安于右任故居纪念馆"内，举办"忆长安话乡愁"雅集，由西安文坛与乐界的名流朗诵并演唱右老与我的诗作共二十首。盛会由右老侄孙于大方、于大平策划，我们夫妻得以认识右老的许多晚辈，更品尝了于府精美的厨艺，领略了右老曾孙辈的纯真与礼貌。

对这位前辈，我曾凑过一副对联："遗墨淋漓长在壁，美髯倜傥似当风。"为了要写西安之行，我读了贾平凹的《老西安》一书。像贾平凹这样的当代名家，我本来以为不会提到意识对立而且已故多年的右老。不料他说于右任曾跑遍关中搜寻石碑，几乎搜尽了陕西的魏晋石碑，并"安置于西安文庙，这就形成了至今闻名中外的碑林博物馆"，他又说："西安人热爱于右任，不仅爱他的字，更爱他一颗爱国的心，做圣贤而能庸行，是大人而常小心。"最后他说："于右任、吴宓、王子云、赵望云、石鲁、柳青……足以使陕西人和西安这座城骄傲。我每每登临城头，望着那南北纵横井字形的大街小巷，不由自主地就想到了他们。"

贾平凹这本《老西安》写得自然而又深入，显示作者真是性情中人。书中还有这么一段，很值得玩味："毛主席在陕北生活了十三年，建国后却从未再回陕西，甚至只字未提过延安。这让陕西人很没了面子。"我在西安不过几天，偏偏碰上了毛泽东"在延安文艺座谈会上的讲话"七十周年纪念，不但当地还有纪念的活动，北京的《诗刊》也发表了特辑。为何尚不切实反省，真令人叹息。

西安之行，虽然无缘遍访古迹，甚至走马看花都说不上，幸而还去了一趟西安博物院，稍稍解了"恨古人吾不见"之憾。博物院面积颇广，由博物馆、荐福寺、小雁塔三者组成。我存十多年前已来过西安，这次陪我同来，也未能畅览她想看的文物，好在我们还是在此博物馆中流连了近一小时。秦朝的瓦当、西汉的鎏金铜钟、唐朝的三彩腾空骑马胡人俑、鎏金走龙等，还是满足了我们的怀古之情与美感。我存在高雄市美术馆担任导览义工已有十六年，去年还获得文建会的服务奖章。她对古文物，尤其是古玉，所知颇多，并不太需要他人解释，几次开口之后，内地的导览也知道遇见内行了。

另外一件事，她就不陪我了。先是在开花的石榴树荫下，我们仰见了逼在半空的小雁塔，我立刻决定要攀登绝顶。导游的是一位很帅气的青年，他说，很抱歉，规定六十五岁以上的老人不准攀爬。我在世界各地旅行，几乎无塔不登，两年前我在佛罗伦萨登过的百花圣母大教堂和觉陀钟楼都比眼前这小雁塔高，我怎么能拒绝唐代风云的号召呢？于是我对导游说，何妨先陪我爬到第三层，如果见我余勇可贾，就让我一路仰攻到顶如何。他答应了，就和炳文陪我登上第三层，见我并无异状，索性让我放步登高。一层比一层的内壁缩紧，到了十层以上，里面的空间便逼人愈甚，由不得登高客不缩头缩颈，收肘弓腰，谦卑起来。同时塔外的风景也不断地匍匐下去。这时，也没人能够分神去扶别人了。如是螺旋自拔，不让土地公在后拽腿，终于钻到了塔顶。全西安都在脚底了。足之所苦，目之所乐，登高三昧，不过如此。我总相信，登高眺远，等于向神明报到，用意是总算向八荒九垓前朝远代致敬过了。诸公登慈恩寺塔之盛事，不能与杜甫、岑参同步，也算是虚应了故事，写起游记来至少踏实得多。

导游历史熟稔，谈吐不凡，看得出胸怀大志，有先忧后乐的气概，令我油然想到定庵的警句："我劝天公重抖擞，不拘一格降人才。"问其姓名，答曰"继伟"。我对他说："将来我还会听见你的名字。"

这次去西安，错过的名胜古迹太多，只能寄望于他日。但是其中竟有一处平白错过，尤其令我不释。那就是在唐诗中屡次出现的"乐游原"。最奇怪的是：每次我向西安人提起，反应总是漠然，不是根本不知其处，就是知有其处却不在乎。也有人说：这地方有是有，还在那儿，可是你去不了。

李白的词《忆秦娥》，后半阕云："乐游原上清秋节，咸阳古道音尘绝；音尘绝，西风残照，汉家陵阙。"王国维赞其后两句，曾说："寥寥八字，关尽千古登临之口。"此地所谓"登临"，登的是乐游原，临的是汉家陵阙。杜甫七古《乐游园歌》咏当时长安士女春秋佳节登临之盛，前四句是："乐游古园崒森爽，烟绵碧草萋萋长。公子华筵势最高，秦川对酒平如掌。"亟言其地势之高，视域之广。诗末两句则是："此身饮罢无归处，独立苍茫自咏诗。"能够让人"独立苍茫"当然是登临胜地。

到了晚唐，又有一对伤心人，也是李、杜，来此登高怀古。李商隐的《乐游原》非常有名："向晚意不适，驱车登古原。夕阳无限好，只是近黄昏。"杜牧有两首七绝咏及其地，《登乐游原》说："长空澹澹孤鸟没，万古消沉向此中。看取汉家何事业，五陵无树起秋风。"另一首《将赴吴兴登乐游原》又说："清时有味是无能，闲爱孤云静爱僧。欲把一麾江海去，乐游原上望昭陵。"

前引盛唐与晚唐各有李、杜吟咏其地。乐游原在长安东南，诗人登高所望，都是朝西北，那方向不论是汉朝的五陵或唐朝的五陵，都令人怀古伤今，诗情与史感余韵不绝。初唐的王勃有《春日宴乐游园赋韵得接字》一诗，因为是春游，而大唐帝国正值发轫，就没有李、杜甚至陈子昂俯仰古今之叹。

我去西安，受了李、杜的招引，满心以为可以一登古原，西吊唐魂汉魄，印证自己从小吟诵唐诗的情怀。结果扑了一个空。西安的主人见我不甘死心，某夜当真为我驱车，不是去登古原，而是到西安东南郊外，一处上山坡道的起点，昏暗的街灯下但见铁闸深闭，其上有一告示木牌，潦草的字体大书"西安乐游原"。如此而已，更无其他。

（原载《美文》2016年第5期）

我去地坛，只为能与他相遇

◎杨海蒂

永远忘不了中学时期，我在课堂上偷偷阅读史铁生作品《奶奶的星星》的情形，当读到"奶奶已经死了好多年。她带大的孙子忘不了她。尽管我现在想起她讲的故事，知道那是神话，但到夏天的晚上，我却时常还像孩子那样，仰着脸，揣摸哪一颗星星是奶奶的……我慢慢去想奶奶讲的那个神话，我慢慢相信，每一个活过的人，都能给后人的路途上添些光亮，也许是一颗巨星，也许是一把火炬，也许只是一支含泪的烛光"这一段时，我泪水开始哗哗地流，只好把头埋得更深，不断用衣袖拭去泪水。同桌惶恐不安，老师莫名其妙……我也是奶奶带大的，我的奶奶也这般善良，也这般疼爱我，也被"地主"帽子压得抬不起头来。"奶奶已经死了好多年。她带大的孙女忘不了她。"我抽抽噎噎，念念叨叨，疯疯魔魔。幸好，一向偏爱我的老师，照旧宽容了我。

我哭，还因为少女的敏感多情——命运为什么要这样残忍地捉弄他?！一个"喜欢体育（足球、篮球、田径、爬山）、喜欢到荒野里去看看野兽"的男孩子，"活到最狂妄的年龄上忽地残疾了双腿"，从此再也不能活蹦乱跳了，"无论怎么说，这一招是够损的。我不信有谁能不惊慌，不哭泣"。他脆弱：他不敢去羡慕在花丛树行间漫步的健康人，在小路上打羽毛球的年轻人；他忧伤：脚踩在软软的草地上是什么感觉？想走到哪儿就走到哪儿是什么感觉？踢着路边的石子走是什么感觉？他失望：他曾久久地看着一个身穿病服的老人在草地上踱着方步晒太阳，心想自己只要能这样就行了就够了！

况且，21岁的他，渴望爱情而爱情正光临。"一个满心准备迎接爱情的人，好没影儿地先迎来了残疾"，那时候，爱情于他比任何药物和语言都有效，然而……

"结尾是什么?"

"等待。"

"之后呢?"

"没有之后。"

"或者说，等待的结果呢？"

"等待就是结果。"

他这样写道。他爱得虚幻，我痛得真实。他曾对中学老师B老师怀有善良心愿："我甚至暗自希望，学校里最漂亮的那个女老师能嫁给他。"我当时就全是这样一份心思，暗自希望讲台上这个学校里最漂亮的女老师能嫁给史铁生。

残疾、失恋，让史铁生猛然被命运击昏了头，一心以为自己是世上最不幸的人，他孤愤、悲怆、怨恨，甚至长达十年无法理解命运的安排。"活着，还是死去？"这个哈姆雷特式问题，日日夜夜纠缠着他，年轻的他，心灵的痛苦更胜于肉体的痛苦。

"人不惧苦，苦的是找不到生之喜乐。"《圣经》如此教导上帝的子民，给人指点迷津。

好在，这个终日在死亡边缘挣扎的少年，最终没有被痛苦淹没，反而被苦难造就着。通过写作，他找到了生活的出路，找到了精神的征途，找到了生命的尊严，也找到了生之喜乐。

"写作，刚开始就是谋生。"史铁生直言。随着作品的不断发表和连连获奖，他靠意志和思想站了起来，站成一位文学的强者。

"在谋生之外，当然还得有点追求，有点价值感。慢慢地去做些事，于是慢慢地有了活的兴致和价值感"，他如是说，"一个生命的诞生，便是一次对意义的要求"。

人要赋予世界以价值，赋予生命以意义。人要求生存的意义，也就是要求生命的质量。曾经，史铁生写下小说《命若琴弦》，表达盲人对荒诞人生和自身宿命的抗争，以获取生存的价值与意义；在《许三多的循环论证》中，他一如既往对生命意义提出质疑，同时做出解答：没有谁是不想好好活的，却不是人人都能活得好，这为什么？就因为不是谁都能为自己确立一种意义，并永"不放弃"地走向它。

是的。人来到人世时紧握拳头，去世时手却是张开的；人生到最后，位子、票子、房子、车子四大皆空，所有功名利禄，一切荣华富贵，都烟消云散。既然死亡不可避免，爱人终究离去，我们为什么还会全心全意去爱？为什么还要不断创造美好的事物？我想，也许就在于生命的恩赐是珍贵的，爱情是无价的，人类创造的美好是永恒的。所以，尽管"眺望越是美好，越是看见自己的丑弱，越是无边，越看到限制"（史铁生语），我们依然应该尽量去追求理想而不是物质，因为，只有理想才能赋予生命以意义，也只有理想才具恒久的价值。

可是，时间会像沼泽一样，逐渐淹没我们的理想，让我们日益庸庸碌碌；时间也会像沙漏一样，不断过滤着我们的记忆，让我们漠然于逝去的似水流年。而独具慧眼的史铁生，却从一件件往事中，撷取出一个个片段，写可感之事、可念之情、可传之人：寺庙、教堂、幼儿园、老家；佛乐、诵经、钟声；僧人、八子、B老师、庄子、姗姗、二姥姥……像一幅幅精雕细琢的工笔画，徐徐展现在读者眼前，令人神往，引人入胜。这些往事有的温暖有的苦涩，在他笔下怀旧而不感伤，少年的轻狂、青春的绮丽，年轻的梦想、命运的跌宕，历史的沉浮、人间的温情，良知与情义、反思与忏悔，由他一贯纯净优美、纯朴平实、沉静睿智、沉稳有力的语言娓娓道来，有时一尘不染，有时直逼尘世的核心，冲淡悠远，意蕴深长。他曾说，21岁那年"我没死，全靠着友谊"，"那时离死神还远着呢，因为你有那么多好朋友"，那些好朋友，除了经常带书去医院看望他的插队知青，也有八子、庄子、小恒他们这些童年伙伴吧？

心灵的超凡脱俗，使他把目光抬高，俯瞰自己的尘世命运，"这个孩子生而怯懦，禀性愚顽，想必正是他要来这人间的缘由"，残疾是"今生的惩罚与前生的恶迹"；而一个善于反思的人，在面对自己的灵魂时，会黯然神伤："现在想起来，我那天的行为是否有点狡猾？甚至丑恶？那算不算是拉拢，像K（矮小枯瘦的可怕孩子）一样？""几天后奶奶走了。母亲来学校告诉我：奶奶没受什么委屈，平平安安地走了。我松了一口气。但即便在那一刻，我也知道，这一口气是为什么松的。良心，其实什么都明白。不过，明白，未必就能阻止人性的罪恶。多年来，我一直躲避着那罪恶的一刻。但其实，那是永远都躲避不开的。""我也曾这样祈求过神明，在地坛的老墙下，双手合十，满心敬畏（其实是满心功利）……"

读他的作品，你的心灵会异常宁静、开阔、博大、悲悯。

史铁生最负盛名的散文是《我与地坛》。《我与地坛》语言清澈而精雅、清灵而深刻、清癯而丰华，人物丰富生动，文章甫一发表，立刻引起全国读者的注意，被多家选刊转载，被选入高中语文课本，被公认为新中国成立以来最优秀的散文之一；文中最为动人心弦的人物形象是作者的母亲——一个苦难而伟大的女性。关于母亲，史铁生还写下了深受读者喜爱的《秋天的怀念》《合欢树》《第一次盼望》等，尤其《秋天的怀念》，短小的篇幅，精致的文笔，纯粹的意境，写尽了母亲艰难的命运、坚忍的意志和真挚深沉的母爱，以及母子生离死别的苦痛，感人至深，余韵袅袅（曾在课堂上泪流满面的天真少女，已是饱经人生凄风苦雨的妇人，然而，每次重温它，我都会潸然泪下，久久不能释卷，久久难以释怀）。但流传最广的，还是《我与地坛》。一些中学教师和同学说，老师讲解《我与地坛》时，经常是女生哭男生也哭，学生哭老师也哭，以至师生们执手相看泪眼于课堂上。很多年里，很多的人，都是因为读了《我与地坛》而向往地坛，去地坛找寻史铁生的足迹。

我住得离地坛近了，去的次数多了。我知道，史铁生后来住得离地坛远了，他大部分时间在受病痛折磨、与病魔搏斗，有时候，为了把精力攒下来读读书写点东西，他半天不敢动弹。所以，他来地坛少了。但他的心魂还守候在京都这座历经五百年沧桑的古园里。

我去地坛，只为能与他相遇。我记得史铁生说过的话：一进（地坛）园门心便安稳，有一条界线似的，只要一迈过它便有清纯之气扑来，悠远、浑厚。而我一进地坛，就觉得他的气息扑面而来。

二十多年过去了，《我与地坛》没有随着岁月的推移而褪色，直到现在仍有人说，到北京可以不去长城，不去十三陵，但一定要去看一看地坛。这就是《我与地坛》的影响力，这就是文学的生命力。

史铁生的散文为什么这么吸引人？

世界越发展，人类便越渺小，物质越发达，人心就越羸弱；当今社会过于喧嚣浮躁，人的各种欲望空前膨胀，导致不少人心灵贫乏、精神荒芜、信仰没落。在这个物欲横流的时期，在这个急需道德力量的时代，社会需要精神食粮，读者需要文学营养，需要关注灵魂、呼唤良知、震撼心灵、柔化温暖人心的作品，这是当代散文必需的精神归宿，这是时代赋予作家的文学使命。

史铁生写的不是油滑遁世的逸情散文，不是速生速灭的快餐散文，不是自矜自吟的假"士大夫"散文，不是撒娇发嗲的小女人散文，挫折、创痛、悲愤、绝望，固然在其作品中留下了痕迹，但他的作品始终祥和、安静、宽厚，兼具文学力量和人道力量。他用睿智的眼光看世界，内心则保持纯真无邪，正因为他返璞归真的赤子之心，他的作品体现出广博而深远的真、善、美、慧。

一个有着丰饶内心和深刻灵魂的智者，不会沾沾自喜于世俗的得失，史铁生看出了荣誉的羸弱，警惕着声名的腐蚀：

"写作为生是一件被逼无奈的事……居然挣到了一些钱，还有了一点名声。这个愚顽的铁生，从未纯洁到不喜欢这两样东西，况且钱可以供养'沉重的肉身'，名则用以支持住孱弱的虚荣。待他孱弱的心渐渐强壮了些的时候，确实看见了名的荒唐一面……

"美化或出于他人的善意，或出于我的伪装，还可能出于某种文体的积习——中国人喜爱赞歌……我其实未必合适当作家，只不过命运把我弄到这一条（近似的）路上来了……左右苍茫时，总也得有条路走，这路又不能再用腿去蹚，便用笔去找。而这样的找，利于世间一颗最为躁动的心走向宁静……我仅仅算一个写作者吧，与任何'学'都不沾边儿。学，是挺讲究的东西，尤其需要公认。数学、哲学、美学，还有文学，都不是打打闹闹的事。"

我想起了瞿秋白，瞿在《多余的话》中展示的高贵自省、伟大谦卑。

双肾坏死、尿毒症，每隔一天就得去医院透析一次，任谁也难以承受，不过，在21岁时挺过了最受煎熬的时光，之后，哪怕面对死亡的威胁，对史铁生来说都不可怕了。曾经，医院的王主任劝慰整天痛不欲生的他："还是看看书吧，你不是爱看书吗？人活一天就不要白活。将来你工作了，忙得一点时间都没有，你会后悔这段时光就让它这么白白地过去了。"后来，医生这样评价他："史铁生是一个意志坚强的人，也是一个智慧与心质优异的人。"几十年风霜雪雨过后，他已经可以坦然面对人世间的一切苦难、灾难、劫难。"我的职业是生病，业余写一点东西"，他笑称，"做透析就像是去上班，有时候也会烦，但我想医生护士天天都要上班，我一周只上三天比他们好多了"。他过五十寿诞时，对作家朋友陈村说："座山雕也是五十岁，就要健康不说长寿了吧。"这幽默令人心酸。但"幽默包含着对人生的理解"，这是他的话。

心灵的成长需要时间，更需要命运的提醒。

《病隙碎笔》就是在透析期间的轮椅上、手术台边写出来的，足足写了四年之久。"生病也是生活体验之一种，甚或算得一项别开生面的游历……生病的经验是一步步懂得满足。发烧了，才知道不发烧的日子多么清爽。咳嗽了，才体会不咳嗽的嗓子多么安详。刚坐上轮椅时，我老想，不能直立行走岂非把人的特点搞丢了？便觉天昏地暗。等到又生出褥疮，一连数日只能歪七扭八地躺着，才看见端坐的日子其实多么晴朗。后来又患'尿毒症'，经常昏昏然不能思想，就更加怀恋起往日时光。终于醒悟：其实每时每刻我们都是幸运的，因为任何灾难的前面都可能再加一个'更'字。"这些感悟，将哲思与个人生命体验交融，使我们看到作者的谦逊感恩、平和坚韧，使我们懂得：幸与不幸，在乎人的感受；少欲少求，保持一颗虔诚的心，一颗感恩的心，一颗祥和的心，人才能获得内心的平静、真正的幸福。

《阿伽门农》中有一句名言："智慧从苦难的经历中得来。"当然，不是所有的苦难都能产生出智慧和德行，举目四望，苦难、清贫、病痛，也造就精神的颓废、道德的沉沦。但是，必须有大痛苦才有大深刻，有大深刻才会有大悲悯，有大悲悯才能有大智慧。智慧的人，懂得通过苦难走向欢乐。对史铁生来说，欢乐当然不是幸运的结果，而是一种德行——英勇的德行。在德行的牵引下，他用喜悦平衡困苦，从而获得了心灵的安妥、生命的自足。"当有人劝我去佛堂烧炷高香，求佛不断送来好运，或许能还给我各项健康时，我总犹豫。便去烧香，也不该有那样的要求，不该以为命运欠了你什么。唯当去求一份智慧，以醒贪迷。"

他的表白，不是伪崇高，没有人格造假，体现的是更高层次上的道德感。

让人欣慰的是，众目仰望的不是权力人物而是思维人物，毕竟，文化与思想的影响力要远远大于权力。史铁生以他的人格精神高度，深深打动着人们的灵魂，无数读者从他的作品中得到慰藉和鼓励，因而对他敬佩、敬重、敬爱、敬仰。有人说他的文字是全人类的精神财富，犹如一盏盏明灯照亮了人们的心灵，让人深刻地审视生命，让人找回自我、本性、灵魂，让人的灵魂得到升华；有人说："您的作品帮助我想明白了生命的很多问题，帮助我度过了人生最迷茫难熬的时光"，网友"崇拜你的同龄人"甚至说"您的作品救过我的命"；有人称他为中国的霍金、中国的奥斯特洛夫斯基，称他是当代最值得尊敬的作家，称他是自己的精神引领者，质问"为什么感动中国没选他？"更有人呼吁："课本和媒体应该多推介史铁生作品以告诉孩子们什么是真、善、美和坚强。"读者说："我们是幸运的，因为能读到他的文字！"读者说："如果站在您面前的话，我真的很想给您鞠一躬。"作家莫言也由衷感叹："我对史铁生满怀敬仰之情，因为他不但是一个杰出的作家，更是一个伟大的人。"

文学没有衰落，更不会死亡，文学的作用，正如沃伦所言："作家不仅受社会的影响，他也要影响社会。艺术不仅重现生活，而且也造就生活。人们可以按照作品中虚构的男女主人公的模式去塑造自己的生活。他们仿效作品中的人物去爱、犯罪和自杀。"

爱情与死亡是文学艺术的永恒主题，也是史铁生永远的人生命题。当年，充满哲学色彩和文学神韵、给读者以无比新奇阅读体验的《务虚笔记》问世，其中的生命思考和心灵独白，是那样地激荡着我，让刚刚开始涉足文学写作的我，不满足于只是惊喜阅读，还废寝忘食地大段大段抄写，那些笔记至今保存完好。

我至今对适逢《务虚笔记》问世时，某省举办的作家读书班上，当地文坛"三剑客"之二"剑"的争论记忆犹新。一个说，史铁生之所以善于思考，是因为他被命运限定在了轮椅上，除了苦思冥想便无事可做，否则他不会如此智慧，不会成为这么优秀的作家，他的残疾，对他来说未必不是幸运。

另一个反唇相讥：你也可以坐在那儿去想啊！你由于行动灵便，就自甘于俗务纠缠，更自堕于欲望滚滚，自己不去沉思，怪谁呢？再说，你去苦思冥想，就一定能产生出思想吗？！

而对史铁生来说，哲思不是沙龙里的讨论，它是生与死的搏斗。

他坦言，《务虚笔记》亦可称为《心魂自传》，而且，"一个作家无论写什么，都是在写他自己"。或许有人认为他太过玄虚，有人则说他证明了神性。其实，这是他的必然。黑格尔认为，艺术发展到最后一个阶段，绝对精神就不再满足于用艺术来表现，而走入宗教与哲学的领域。

哲学家把人的生活分作三个层次：物质生活、精神生活、灵魂生活。钟情于灵魂生活的人，不肯做本能的奴隶，不满足于虚幻的声名，必须追究灵魂的来源，追问宇宙的根本，才能满足他的人生欲。"人可以走向天堂，不可以走到天堂"，史铁生说。对一个深刻的灵魂而言，痛苦、磨难甚至是死亡威胁，也不会损毁它对美的向往和追求。史铁生提出真知灼见：在奥运口号"更快、更高、更强"之后，应该再加上"更美"。我们看到，他正一步步走过人生的三个阶段——审美阶段、道德阶段、宗教阶段。

《务虚笔记》问世十年之际，《我的丁一之旅》由人民文学出版社出版。史铁生在书中对爱情、人生、信仰和灵魂石破天惊的追问，令当下一些或写实或虚构、或拘谨或夸张、或精致或粗鄙的情爱小说相形见绌黯然失色。它的出色，评论家何东一言以蔽之："此书堪与《百年孤独》等等国外优秀的名著相比，一本真正的爱情小说。"当时供职于《长篇小说选刊》的我，倾倒于小说情节布局之恢宏之阔大，想象力之瑰丽之天马行空，笔下之汪洋恣肆之从容不迫，语言之千锤百炼之炉火纯青，根本不记得自己要做编校，顾自深深沉浸于幸福阅读的心灵之旅。直到暮色苍茫，终于，我从书里探出头来，对亦师亦友的同事素蓉姐说，我从来不追星，但一直景仰史铁生。那一刻，我眼前浮现出的却是《奶奶的星星》里"赶快下地，穿鞋，逃跑……"还有《老海棠树》里"奶奶把盛好的饭菜举过头顶，我两腿攀紧树丫，一个海底捞月把碗筷接上来"那个聪明、可爱、淘气、顽皮的小男孩。

史铁生获过很多奖，但读者记住他，人们敬仰他，跟形形色色的奖项无关。萨特宣称："我的作品使我永恒，因为它就是我。"这句话可以套用到史铁生身上：他的作品使他永恒，因为它就是他。生命虽短暂，但精神永存，且薪火相传。

（原载《美文》2016年第3期）

中国诗坛流星雨

◎朱增泉

2013年2月至2015年8月，两年半时间，中国诗歌学会的四位负责人雷抒雁、韩作荣、李小雨、张同吾先后去世。雷抒雁、韩作荣是前后两任会长，李小雨是副会长兼秘书长，张同吾是名誉会长。四颗中国诗坛之星，在同一个单位，间隔那么短，接二连三，一颗接一颗地陨落，这是中国诗坛前所未见的一场流星雨。

新时期诗歌创作，曾经出现过花团锦簇的繁荣景象，有些诗歌曾一夜红遍全国。那时，中国刚刚从长期"左"的桎梏中解放出来，新一代诗人引吭高歌，佳作迭出，那是新时期诗歌的黄金时期。可是，新潮滚滚，泥沙俱下，随后就出现了许多新情况、新问题，新诗创作陷入了迷茫和困惑。正是在这样的背景下，他们四位一任接一任背负起了中国诗歌学会的领导责任。然而，他们却如勇士般前仆后继，接二连三倒下。他们四位的岁数都不算大，走得都太早了。

雷抒雁是成名很早的一位优秀诗人。在我的印象中，他做人、写诗都很严谨。他的诗歌高雅、沉静、精致，却又充满内在的激情，一首《小草在歌唱》就是经典。我似乎记得，艾青生前曾点评过他的诗，举的例子好像是他把夏天暴雨的雨滴形容成一颗颗晶莹成熟的葡萄。有一年初秋，我还在二十七集团军当政委，雷抒雁去石家庄，就住在我们招待所。他戴了一顶风帽，穿了一件风衣，很潇洒。晚上，我拿了长诗《前夜》的初稿去看他，请他指教。第二天早晨，我去陪他吃早饭，他把诗稿退还给我，对我说："你这首诗里有一股气，别的作者写不出，只是诗句还需要进一步打磨。"后来，这首长诗的上半部发表在《人民文学》，下半部发表在《昆仑》，两家杂志都给我颁发了优秀作品奖，由此可见雷抒雁的独到眼光。2012年4月25日，雷抒雁在中国诗歌学会第三次全国会员代表大会上当选为会长。那次会议我也参加了，选举结束后全体人员合影留念，照相结束，我从椅子上站起来同他握手，再次向他表示祝贺。我对他说："我下午有个会，午餐我就不参加了。"他不无遗憾地用另一只手拍拍我的右手说："啊呀，我们都希望你留下来一起就餐啊！"我使劲摇动一下和他握在一起的手，笑着对他说："来日方长啊！"谁知我和他这次握手竟成永别。

韩作荣是我诗歌创作道路上的重要引路人之一。2013年1月，四川文艺出版社为我出版了一套诗歌三卷集，一卷是政治抒情诗《中国船》，一卷是军旅诗《生命穿越死亡》，一卷是抒情诗《忧郁的科尔沁草原》。我为这套诗集写了一篇长长的后记，最后一小节写了我的许多位诗友。我对韩作荣是这样写的："我那时每次到北京来开会，只要晚上能抽出一点时间，都会到韩作荣家里去同他聊天。他抽烟很厉害，书房内满屋子都是烟，他不停地用茶壶喝着浓茶润嗓子。他在《人民文学》担任副主编、主编那些年，每年都要签发我一两组诗。韩作荣对诗要求比较严格，也很直率，我送去的稿子好就是好，不好就是不好，当面直说，我喜欢他这样。他的严格要求，迫使我每次给《人民文学》的诗稿都有要掂量一下是不是拿得出手。"韩作荣自己的诗歌圆熟、深刻，又不断追求新的突破，屡有面貌一新之作问世，给人带来惊叹。2013年6月某日晚上，为了祝贺韩作荣当选为中国诗歌学会会长，我邀请他和几位诗友一起聚餐。席间提到我新出的这套诗集，我说："出版座谈会我是不想开了，想组织几篇文章在报纸上发表一下，也算有个动静。"作荣回答得少有的爽快："可以啊，这也是诗歌学会应尽的责任。"他带头认领一篇，又亲自点将，张同吾、李小雨、刘立云、殷实各写一篇。稿子很快落实，6月28日在《文艺报》刊登了一整版，头条就是作荣写的《壮美的生命与军人情怀》，同时刊登的有张同吾的《英雄泪·诗人情·中国梦》，李小雨的《谈朱增泉诗歌的两个意象》，殷实的《直爽的性格坦率的主题》。刘立云的《飞来山上千寻塔》因当日版面放不下，是隔了些日子单独发表的。韩作荣是很内向的人，平时话语不多，但他对朋友如此实诚，令我难以忘怀。我到八宝山去向他的遗体告别时，遇到铁凝，我和她握手时说："作荣走得太早了！"她说："是啊，他刚刚交了一部30万字的《李白》书稿，他是不惜命的，他走得太可惜了！"

李小雨留在我脑海中的印象始终是女诗人的那种细腻、耐心、慢条斯理、轻声细语。有一年夏天，新疆马兰核试验基地的领导委托我邀请了十多位诗人、作家到基地去辅导基层业余作者，充实荒漠戈壁中的官兵业余文化生活，李小雨也在被邀之列。基地为了表达对客人的谢意，花了很大力气组织了一次寻访古楼兰的活动。我们采取夜行军方式，连夜坐车抵达罗布泊左岸，黎明时大家站在罗布泊岸边看日出，眼前呈现一幅从未见过的辉煌壮观景象。然后穿越平坦得像镜面一样的罗布泊干湖，中午前到达楼兰废墟，大家兴奋之状难以言表。可是地表温度高达59℃，逗留时间太长有风险，我下令撤出。上车前清点人数，少了李小雨。四处一望，只见她独自一人还在低头寻找着什么。大家齐声喊她，把她叫了回来，上车回撤。可是她始终对楼兰之旅意犹未尽，多年后还不止一次问我："还能组织一次楼兰游吗？"我笑着回答她说："那样的活动一辈子只能组织一次，风险太大了。"她每次都会笑着说："啊，太遗憾了。"这件事尽显她性格中的单纯和童心。回想当年一同探险楼兰的友人，已有王燕生、李小雨和张同吾三人先后作古，不胜感慨。著名老诗人李瑛上了年纪，我每次同他联系，都是通过他女儿李小雨，她每次都那样耐心细致地帮我办妥。我出版诗歌三卷集时拉大旗作虎皮，请李瑛、谢冕和吕进三位名家为我作序。李瑛手颤，写的字只有小雨能识。小雨边看边读，她女儿记录，录出后再交李瑛校改。祖孙三代齐动手，最后小雨把打印得清清楚楚的文稿交到我手里，令我异常感动。我要小雨代向她老爸李瑛致谢，小雨笑着回答说："啊呀，不用谢的。"她永远是那样笑容可掬、和颜悦色地待人。

张同吾跟踪评论我的诗歌创作二十余年，我和他的联系和接触也就更多。张同吾是我从老山前线回到后方以后认识的，第一次见面是在我们军部招待所，同去的还有王燕生。同吾和我同龄，他比我大几个月，互相一见如故，相谈甚欢。相识后，我每年都要到他家里去一两次。那时他家还住在北京东四演乐胡同，胡同较窄，一旦对面来辆车，要七挪八让折腾好一阵子才能交会过去。他家住的是老房子，狭长的客厅里两面堆满了书，中间放一张茶几，靠东面放了一张长沙发，茶几两头两张单人沙发。同吾拉着我坐在他身旁的长沙发上，他夫人孟繁琛从顶头右拐的厨房里出来，乐哈哈地和我打招呼。有一次我是带着老婆孩子一块去的，一家人把他家的小客厅坐满了。他后来搬到潘家园，我去的次数多一些。同吾每次和我交谈都敞开心扉，工作中的快事、难事、挠头事、窝心事都对我讲，一吐为快。他待人是真诚的，他为我写了那么多诗评，从没有在我面前说过一句表功的话。我身边的许多业余作者要出书时都请他作序，他统统满足他们的要求。对来自全国各地的求序者也是这样，我从未见他回绝过别人。他的诗论诗评甚丰，扶植了一大批在诗歌创作道路上摸索的新人，对新诗繁荣做出了很大贡献。他在中国诗歌学会主事长达十七年。他是知识分子作风，细致周到有余，大刀阔斧不足，杂务缠身却欲罢不能，遇到一些生气的事又如梗在喉，于是矛盾在他身上交集，也因此惹来一些物议，这是他的苦恼所在。但张同吾对中国诗歌学会的成立和运作功不可没，对团结大批新老诗人功不可没。我眼看他长年累月为诗歌学会和诗坛事务忙得不亦乐乎，累得几次病倒。他第一次病倒，住在北京医院，我买了一只花篮去看他，他很感动，从病床上欠起身子说："你那么忙，还来看我。"我见他气色不好，对他说："你不能摆脱一些嘛，何必累成这样？"他艰难一笑道："没有办法。"他后来动了手术，在电话里对我说："问题不大。"后来见面，见他恢复得不错，我为他高兴，他自己也很乐观。他最后一次住院，我自己也病了，我从301医院病房里给他打电话，明显听得出他有些气力不支，他在电话里对我感叹了一句："我们都老了。"这是他生前对我说的最后一句话。没有想到，他很快就走了。我和老伴一起到八宝山去向他的遗体告别，在门口遇到谢冕，我把谢冕先生让到前面。谢冕先生比张同吾年长，但看他身体甚健。年长者送年轻者，这是让人感慨的事。张同吾的遗像还是那样笑容可掬地看着我，我向他鞠了三个躬，在心里对他说："安息吧，同吾！"

他们四人接连谢世，全国众多诗人愕然长叹。逝者去矣，追思痛惜。生者何如，仍当奋发。三年前，我曾在《人民日报》发表过一篇小文：《新诗创作的期待》。如今，我对中国新诗充满新的期待。

（原载《诗选刊》2016年2月号）

椴树蜜

◎肖复兴

那年，我回北大荒，当车子跨过七星河，来到大兴岛，笔直朝南开出大约十里地，开到三队的路口——青春时节最重要的记忆，许多都埋藏在这里了。车子刚刚往东一拐弯，我犹豫了一下——是集体的行动，怕影响大家整体行程安排——但在那一瞬间，话还是忍不住脱口而出：要不让我下车去看看老孙家吧，下午我再到场部找你们。那声音突然响起，而且是那样的大，连我自己都有些吃惊。

打抱不平遭厄运

回北大荒看望老孙，一直是我心底里的一种愿望。这种愿望自登上北上的列车，就越来越强烈，在三队路口一拐弯，更加不可抑制。

老孙，是我们二队洪炉上的铁匠，名叫孙继胜。他人长得非常精神，身材高挑瘦削，却结实有力，脸膛也瘦长，却双目明朗，年轻时一定是个俊小伙儿，爱唱京戏，"文革"前曾和票友组织过业余的京戏社，他演程派青衣。

他是我们队上地地道道的老贫农、老党员，因此平时说话颇有分量。他打铁时，夏天爱光着脊梁，套一件帆布围裙，露出膀子上黝亮的腱子肉，铁锤挥舞之中，铁砧上火星四冒，像无数的萤火虫在他身边嬉戏萦绕。那是我们队上最美的一幅画。在队里的时候，我曾写过一首诗《二队的夜晚》，里面专门写了夜晚老孙打铁的美丽情景。令人欣慰的是，当时很多知青把这首诗抄在笔记本里，至今还有人能够背诵。其实，当时这首诗主要是为了写老孙，是记录我对老孙的一份感情。

这份感情，就像洪炉上淬火迸发出火热而明亮的火星一样，发生在1971年的冬天。那一年，我24岁。当时，我和同来北大荒的几个同学，看到队里批判三个所谓的"反革命"——其实都是普通老百姓。当我们看到队上的头头指使人，用铁丝勒着三块拖拉机的链轨板，挂在他们的脖子上批斗，真是于心不忍。要知道每一块链轨板是17斤半重，每一次批斗下来，他们的脖子上都是鲜血淋淋，铁丝在肉里勒下深深的血痕。

为此，我们路见不平，就为他们打抱不平，结果得罪了队上的头头。他们搬来了工作组，认为我是为首者，便准备枪打出头鸟，先是查抄了我的所有日记和写的诗。在那个鸡蛋里都能找出骨头的年代里，欲加之罪，何患无辞？他们轻而易举便找出了我写的这样的诗句："南指的炮群，又多了几层。"明明是指当时珍宝岛战役之后要警惕苏修对我们的侵犯，却被认为那"南指的炮群"指的是来自台湾，最后上纲到："如果蒋介石反攻大陆，咱们北大荒第一个举起白旗迎接老蒋的，就是肖复兴！"

现在听起来跟笑话似的，但那时，几乎所有人都像躲避瘟疫一样躲着我。这时候，我知道，厄运已经不可避免，就在前头等着我呢。

我成了丧家之犬

那一天收工之后，朋友悄悄告诉我，晚上要召开大会，要我注意一点儿，做好一些思想准备。我猜想到了，大概是要在这一晚上把我揪出来，和那三个"反革命"一勺烩了。因为几天前这样的舆论就已经雾一样弥漫开了。队上的头头走路都情不自禁地鹅一样昂起了头。

那一天晚上飘起了大雪。队上的头头和工作组组长都披着军大衣，威风凛凛地站在了食堂的台上，我知道躲过了初一躲不过十五，硬着头皮，强打着精神，来到食堂。就在前不久，也是在这里，我还慷慨激昂振振有词地为那三个"反革命"鸣冤叫屈，把当时的会场激荡得沸腾如同开了锅，如今我一下子却跌进了冰窖。我虽然做好了思想准备，心里还是忍不住瑟瑟发抖。我不知道待会儿真被揪到台上，自己会是怎样的狼狈。他们会不会也在我的脖子上挂链轨板？我真的一下子如同丧家之犬，只好无可奈何地等待着厄运的到来。这才知道，英雄和"反革命"，其实都不是那么好当的。

谁能够想到呢！那一晚，工作组组长声嘶力竭地大叫着，一会儿说阶级斗争的新动向，一会儿说如果蒋介石要反攻大陆真打过来了，咱们队头一个打白旗出去迎接的肯定是肖复兴……然后，又非常明确地点着我的名字说，就是过年的猪。总之，他讲了许多，讲得让人提心吊胆，但是一直讲到最后，讲到散会，也没有把我揪到台上去示众。我有些莫名其妙，以为今晚不揪了，也许放到明晚了？

铁匠老孙和椴树蜜

我坐在板凳上一动不动，等着所有人都走尽了，才拖着沉甸甸的步子走出食堂。这时，我忽然看见食堂门口唯一的一盏马灯下面，很显眼地站着一个大高个儿。他就是老孙。雪花已经飘落了他一身，就像是一尊白雪的雕像。

那时，四周还走着好多人，只听老孙故意大声地招呼着我："肖复兴！"那一声大喝，如同戏台上的念白，不像青衣，倒像是铜锤花脸，字正腔圆，回声荡漾，搅动得雪花乱舞。紧接着，他又大声说了一句："到我家喝酒去！"然后，大步走了过来，一把拉住我的胳膊，当着那么多人（其中包括队上的头头和工作组组长）的面，旁若无人似的把我拖到他家里。

炕桌上早摆好了酒菜——显然是准备好的。老孙让他老婆老邢又炒了两个热菜，打开一瓶酒，和我对饮起来。酒酣耳热之际，他对我说："我和好几个贫下中农都找了工作组。我对他们说了，肖复兴就是一个从北京来的小知青，如果谁敢把肖复兴揪出来批斗，我就立刻上台去陪斗！"

——谁肯艰难际，豁达露心肝？

算一算，四十四年过去了，许多事情，许多人，都已经忘却了，但铁匠老孙总让我无法忘怀。有他这样的一句话，会让我觉得北大荒所有的风雪所有的寒冷都变得温暖起来。对于我所做过的一切，不管是对是错，都不后悔。什么是青春？也许，这就叫作青春。青春就是傻小子睡凉炕，明知凉，也要躺下来是条汉子，站起来是棵树。

1982年，大学毕业那年夏天，我回北大荒一次。第一个找到的就是老孙。那是我和老孙分别八年后的第一次相见。当时，他正在炉上干活儿，系着帆布围裙，挥舞着铁锤。他的周围，火星四溅。一切是那样的熟悉，那一瞬间，像是回到那年找他为我打镰刀时的情景。他一眼看到我，停下手里的活儿。我上前一把握着他的手，一句话也说不出，泪水模糊了我的眼睛。

他把活儿交给徒弟，拉着我向家中走去，一路上，什么话也没有说，只是用他那结满老茧的大手紧紧握住我的手。那手那样有力，那样温暖。刚进院门，他就大喊一声："肖复兴来了！"那声音响亮如洪钟，让我一下子就想起那年冬天他那声洪钟大嗓的大喝："肖复兴！到我家喝酒去！"

进了屋，他的老婆老邢把早就用井水冲好的一罐子椴树蜜甜水端到我面前。一切，真像镜头回放一样，迅速地回溯到以前。自从那个风雪之夜老孙招呼我到他家喝了第一顿酒之后，在北大荒的那些日子里，冬天，我没少到他家喝酒吃饭打牙祭。他家暖得烫屁股的炕头，我没少和他脸碰脸地坐在一起。春天，到他家吃第一茬春韭包的饺子。夏天，到他家喝从井里冰镇好的椴树蜜，是我最难忘的记忆了。

那春韭嫩绿嫩绿，从他家屋后园子里割下来，常常还带着露珠儿，根根亭亭玉立，像从泥土里钻出来的小美人。只要听见老邢在柞木菜墩上剁韭菜馅，就能闻见清新的香味，那种带有春天湿润气息和一种淡淡草药的气味，特别的蹿，一下子就冲撞进我的鼻子里，然后像长上了翅膀一样，蹿得满屋子都是。老邢用自己家鸡新下的蛋，和韭菜和在一起做的饺子馅，真的特别好吃。返城以后，我从没吃过那么香的饺子。

未语泪先流

椴树蜜，是北大荒最好的蜜了。在大兴岛靠近七星河原始的老林子里，有一片茂密的椴树，夏天开小白花，别看花不大，但开满树，雪一样皑皑一片，清香的味道，荡漾在整片林子里。会有成群的蜜蜂飞过来，也有养蜂人拿着蜂箱，搭起帐篷，到林子里养蜂采蜜。那时候，椴树开花前后，老孙爱到那片老林子里养几箱蜜蜂，专门整些椴树蜜。他家菜园子里，有他自己打的一口机井。他常常把椴树蜜装进一个罐头瓶子里，然后放进井下面，等收工回来时，把椴树蜜从井里吊上来喝，冰凉沁人。这是那时候冰镇的最好法子，井就是他家的冰箱。

喝到这样清凉的椴树蜜，岁月一下子就倒流了回去，让你觉得一切都没有逝去，曾经的一切，都可以复活，保鲜至今。如今，又是那么多年头过去了，我不知道老孙变成什么样子。算一算，他有七十上下的年龄了。我真的分外想念他，感念他。

又到了三队，模样依旧，却又觉得面目全非，岁月仿佛无情地撕去了曾经拥有过的一切，只是顽固地定格在青春的时节里罢了。在场院上看见了现在三队的队长，他是我教过的学生。他带着我往西走，还是当年那条土路。路两旁，不少房子还是老样子，只是更显得低矮破旧。大概前几天下过雨，地翻浆得厉害，拖拉机链轨碾过的沟壑很深，不平的地就更加凹凸不平。由于是大中午，各家人都在屋子里吃饭休息，路上没有见一个人，只有一条狗和几只鸡。记忆中，1982年来时，也是走的这条路，老孙拉着我的手就往他家走，一路上洪亮的笑声，一路上激动的心情，恍若昨天。

如果没记错的话，前面就应该是老孙家。那么多年没来了，我不大敢保证，问了一下年轻的队长，队长说就是。正说着，走到老孙家前十来步远的时候，老孙家院子的栅栏门推开了，从里面走出来一个女人，正是老孙的老伴儿老邢。仿佛她知道我要来似的，正在出门迎我呢。我赶紧走了几步，走到她面前。她有些意外，愣愣地望着我。队长指着我问她："你还认识吗？看是谁？"她愣了那么一瞬间，就认出了我来，一把抓住我的胳膊，眼泪唰地流了出来，我也忍不住哭了起来。我们俩什么话也没有说出来，只能感到彼此的手都在颤抖。

走进老孙的家门，她才抽泣地对我说老孙不在了。我从她刚刚的眼泪里就已经意识到了。她说，老孙一直有高血压和心脏病，一直舍不得吃药，省下的钱，好贴补给小孙子用。那时，小孙子要到场部上小学，每天来回十八里路，都是老孙接送。那年的三月，夜里两点，老邢只听见老孙躺在炕上大叫了一声，人就不行了。小孙子整整哭了两天，舍不得爷爷走，谁劝都不行，就那么一直眼泪不断线地流着。

我想象着当时的情景，开春前后，正是心血管病的多发期。三月的北大荒，积雪没有化，天还很冷，就在这间弥散着泥土潮湿气的小屋里，就在我坐的这烧得很热的火炕上，老孙离开了这里，离开1959年他26岁从家乡山东日照支边来到这里就没有离开过的大兴岛。那一年，老孙才69岁，他完全可以活得再长一些。

一句话，一辈子

望着老孙曾经生活过那么久的小屋，我的心里很不是滋味。那年，我来看老孙时，就在这间小屋里。这么多年过去了，小屋没有什么变化，所有简单的家具，一个大衣柜、一张长桌子，还是老样子，也还是立在原来的地方。一铺火炕也还是在那里，灶眼里堵满了秫秸烧成的灰。家里的一切似乎都还保留着老孙在时的样子，只要一进门，仿佛老孙还在家里似的。

一扇大镜框还是挂在桌子所靠的墙上，只是镜框里面的照片发生了变化，多了孙子外孙子的照片，没有老孙的照片。我仔细瞅了瞅，以前我曾经看过的老孙穿军装的照片和一张虚光的人头像，都没有了。那两张照片，都是老孙年轻时照的，那张虚光的照片是老孙外出唱戏时在县城照相馆里照的。一定是老邢怕看见照片，触景生情，取下了吧？

我小心翼翼地问老邢：老孙的照片还在吗？

她说：还在。说着，从大衣柜里取出了一本相册，我看见在里面夹着那两张照片。还有好几张老孙吃饭的照片，老邢告诉我：那是前几年给他过生日时候照的。我看到了，炕桌上摆着一个大蛋糕，好几盘花花绿绿的菜，一大盘冒着热气的饺子，碗里倒满了啤酒。老孙是个左撇子，拿着筷子，很高兴的样子。那些照片中，老孙显得老了许多，隐隐约约的，能够看出一点病态来，他拿着筷子的手显得有些不大灵便。

我从相册中取出一张老孙拿着筷子、夹着饺子正往嘴里塞的照片，对老邢说：这张我拿走了啊！

她抹抹眼泪说：你拿走吧。

我把照片放进包里，望望后墙，还是那一扇明亮的窗户，透过窗户，能看见他家的菜园，菜园里有老孙自己打的一眼机井。我那次来喝的就是那眼机井里打上来的水冲的椴树蜜。似乎，老孙就在那菜园里忙着，一会儿就会走进屋里来，拉着我的手，笑眯眯地打量着我；如果高兴，他兴许还能够唱两句京戏，他的唱功不错，队里联欢会上，我听他唱过。

那一瞬间，我有些恍惚。人生沧桑中，世态炎凉里，让你难以忘怀的，往往是一些很小很小的小事，是一些看似和你不过萍水相逢的人物，或是一句能够打动你一生的话语。于是，你记住了他，他也记住了你，人生也才有了意义，才有了可以回忆的落脚点和支撑点。我一直以为回忆的感动与丰富，才是人一辈子最大的财富。

当我回过神来，发现老邢不在屋了。我忙起身出去找，看见她在外面的灶台上为我们洗香瓜。清清的水中，浮动着满满一大盆香瓜。白白的，玉似的晶莹剔透。这是北大荒的香瓜，还没吃，就能够闻到香味了。

我拽着她说：先不忙着吃瓜，带我看看菜园吧。菜园很大，足有半亩多，茄子、黄瓜、西红柿……姹紫嫣红，一垄一垄的，拾掇得利利索索，整整齐齐。只是老孙去世之后，那眼机井突然抽不出水来了。这让老邢，也让所有人感到奇怪。有些物件，和人一样，也是有感情的，有生命的。生死相依，一世相伴，有时候，并不只局限于人。

清醇滴至今

空旷的菜园里，只有我们两个人，午后的风也凉爽了许多，整个三队安静得像是远遁尘世的隐士。前排房子的烟囱里有烟冒出来，几缕，淡淡的，活了似的，精灵一般，袅袅地游弋着。远处，是蓝天，是北大荒才有的那样湛蓝湛蓝的天，干净得像是用眼泪洗过一样，安静得连蜜蜂飞过的声音都听得见。

那一刻，我的心一阵阵发紧——我才真正发现，我此次回大兴岛最想见的人，已经看不见了。搂着老邢的肩头，我很想安慰她几句，说几句心里话，但我发现我的嘴其实很笨拙，什么也说不出来，只是眼泪忍不住又落了下来。

倒是老邢握住我的手，劝起我来：老孙在时，常常念叨你。可惜，他没能再见到你。他死了以后，我就劝自己，别去想他了，想又有什么用？别去想了啊！你知道，我比老孙小整整十岁，我就拼命地干活儿，上外面打柴，回来收拾菜园子……

想一想，有时候，万言不值一杯水；有时候，一句话，能够让人记住一辈子。年轻的时候，我们并不怎么珍惜青春；年老了以后，我们再来谈青春，往往容易显得矫情和奢侈，但无论怎么说，一个人青春时节奠定的来自民间的情感和立场，却是能够影响人一辈子的。

那天下午，我从三队返回农场场部，从车上搬下来一大塑料袋子香瓜——尽管队长说到场部也有好多香瓜，不用带了，老邢坚持一定要把这些香瓜塞上车，让他们一定给我带回来。她说：你们的是你们的，那是我的。然后，她对我说：老孙要是在，还能给你带点儿椴树蜜的，老孙不在了，家里就再也不做椴树蜜了，就用这香瓜代替老孙的一点儿心意吧。一句话，说得我泪如雨下。我已经好久未曾落泪了，不知怎么搞的，那一天，我竟然无可抑制。

去年，是老孙，孙继胜逝世十三周年。我写下一首小诗："洪炉访老孙，未想遇新坟。万马喑将夜，一人挺且身。间从尝夜韭，频唤把春樽。椴树相知蜜，清醇滴至今。"谨以此文此诗纪念朋友老孙，铁匠老孙，北大荒人老孙。

（原载《今晚报》2016年4月8日）

南牌坊18号，永远珍藏在我心中

◎杨牧之

二十多年前，我家从古观象台对面的南牌坊18号院搬到了方庄小区芳古园。从平房搬到了楼房，冬天有暖气，做饭有厨房，厨房有煤气、上下水道，单元内有卫生间，真觉得一步上了天堂。没住过平房的人不会知道住平房的滋味，尤其是北京老院子的小平房，所以，不会体会我说的"上了天堂"的心情。但在这"天堂"里住了几个月之后，感觉这用水泥预制板搭建的天堂里听不到笑声，听不到谁家的男人高兴了吼的几嗓子京戏，也听不到邻居教训孩子不好好读书的训斥声。静静的楼房，似乎谁家跟谁家也不认识，好像就只有我一家住在这里。这让我又怀念起住平房大院的日子。

我原来住的地方全名是建国门内南牌坊18号大院。属于老北京人说的城墙根上的房子。旧社会，那里住的多是摆小摊的生意人、修东补西的工匠、肩挑背扛卖力气的苦力，总之，"三教九流"多是穷人。平房，前面说的楼房设施这里是"应有尽无"。室内个子高的伸起胳膊能触到棚顶，低矮。屋子里一年到头见不到多少阳光，潮湿。有一次我生病，一位同事去看我。用他的话说，大白天进门，不开灯，摸不着方向。

其实，那个大院的"本质"也并不是那么破旧。大家如果看过电影《锅碗瓢盆交响曲》，对故事主角孙淳扮演的牛宏、牛琢磨的家一定会有印象，红檐，灰瓦，中式的窗棂，房前房后半人高的红花绿草，院中绿荫如盖的老槐树，盛夏酷暑，蝉鸣不歇，一定会觉得这个环境古色古香，闲静幽雅！那就是我们居住的院子。但那是电影导演在院里选中的一套有味道的房子，又把搭建在屋前屋后的小棚子彻底拆光，露出的本来面目。这个样子还是挺好看的，很有老北京的味道，但居家过日子就不行了，解决不了过日子的最基本要求啊！本来这些平房没有暖气，没有煤气，没有上下水道，取暖靠煤炉，用水到院子角落里的水房去端，不论冬天下雪，夏天大雨，用一点水都得跑到院里的水房去。后来，条件改善，上面给各家配了煤气罐，又给各家装了上下水管，大家已经很知足了。但这平房屋内睡着人哪，不能放煤气罐，太危险。自来水也不能通到屋里去，水滴到地上，太潮湿。只好在屋前搭起小棚子。为了不占别人家的地方，只好挡在自家的窗前，这样屋内光线就更少了。小棚子很简陋，垒半截墙，再用几块破木板，几块油毡，盖个顶，有两三平方米大。垒墙的砖全是半截的，是外面工地上人家不要的碎砖头。把煤气灶、上下水管都放到小棚子里。院子的空地被这些奇形怪状的小棚子塞满了，那形象可想而知。谁不愿意整洁好看呢？但整洁好看解决不了做饭的煤气罐、饮用水的上下水道啊。那年头，就是这样的经济条件，有间房子住已经很不错了。所以，拍电影的一走，小棚子又恢复了原貌。

就是这样的居住环境，却让我深深地怀恋。有人也许会说，进了"天堂"了，还抱怨，还说怀恋那破院子，有点矫情吧！

其实，我的怀恋主要是因为那里的人，那里的邻居，那里，整个大院不分彼此、互相关照的气氛，那些简陋的房子反倒不在视野里了。后来，我们虽然搬走了，但只要听说原来住在大院的老邻居谁生病了，还要赶回大院里去探望。

那些年，我们整个院子真是亲如一家。谁家里有什么难事，谁家里来了客人，都能知道。谁家做了好吃的了，都会给邻家的孩子送上一碗。见了面，张爷爷、崔奶奶、虎子妈、春儿爸，就像一家人。

住在大院里的那种安全感，今天想起来那真是朗朗乾坤，太平世界。院子里都是平房，门窗都很简陋。门就是几块木板，门上方是木条隔开的四块玻璃，不用说用脚踢，使大劲一推，门就会开的。但我们从来没有担心过安全。离开家，一把小锁，一走一天。有时到胡同远处的小杂货铺打个酱油、买个醋，不用锁门，跟邻居招呼一声，抬腿就走。想一想，那时还真没听说谁家装防盗门、防盗窗的，也没听说谁家丢了东西。后来，我家搬到方庄住时，墙是水泥的，门窗是铝合金的，比平房安全百倍。就这样，门，还要装防盗铁门；窗，还要装防盗钢窗。一楼装了，二楼也装，二楼装了，三楼也要装，四楼、五楼、六楼整座楼一装到顶，真是固若金汤。站在窗前，透过防盗窗的铁栏杆望出去，仿佛自己住在监牢里，还有什么兴致？真是没法说啊！

想起南牌坊18号院的日子，一件件有意思的事就呈现在眼前。

我们刚搬到18号院的时候，冬天取暖，一年到头做饭，都用蜂窝煤炉。每天早上把黑黑的蜂窝煤搬进去，晚上，把烧透了的灰白色蜂窝煤搬出来，也是十分不让人高兴的事。但更为恼火的是下了班，压着的蜂窝煤火灭了。等再用炭煤把蜂窝煤引着了，着旺了，常常要一个小时。等吃上饭，不到8点，也得7点半，晚间新闻联播都已经结束了。这时，焦头烂额，人困马乏，还能干什么？还有什么心情读书、学习？连电视都不想看了。后来，大家熟了，下班回家，看炉子灭了，就夹着一块引火的炭煤，到邻居家煤炉上去烧，把烧红的炭煤放在自家的煤炉下，很快就可以把上面的煤烧红、烧旺，省去不少时间。可有时，自己把炭煤引着了，邻家的火却被弄灭了，反过来他们又到我们家的旺火上烧炭。一来一往，说说笑笑，也就让烦恼过去了。时间久了，就把家里的钥匙放在白天有人在家的邻家。他们总是估摸着我们下班快到家时，把煤炉上的盖火拿掉，让煤火着起来。我们一进家门，一股暖气扑来。那股暖气扑进心里，一种有人帮助、有人挂念的心情，一种不是亲人胜似亲人的感情，让你觉得这贫寒生活里的快乐，让你总想着怎样能帮助他们做点好事。这时，生活的拮据、住房的简陋，都已经不是重要的了。

还有一件有意思的事，也得和大家说一说。那时候，上面防疫系统很重视环境和家庭卫生，街道隔三岔五到家家户户查卫生。我们18号院都是出版口出版社的家属，是人民出版社、中华书局、商务印书馆、人民文学这些单位的，都是比较年轻的职工，都很忙。早晨上班时，急急忙忙吃一口外面买来的豆浆、油条，下班一进屋，就忙着做饭、检查孩子作业，没有时间收拾屋子。所以一说查卫生的来了，便忙个手忙脚乱，都怕检查不合格，影响全院的评比成绩。后来大家想出个"高招"，由平常家里有老人，又十分整洁的几户人家作代表，查卫生的来了，就查这几家。我们院的石家，两位老人都已退休，也只有五六十岁，身体好，爱整洁。孩子都大了，很知道帮家里干活，家里收拾得井井有条，一尘不染。还有陈家。陈阿姨早年在机关工作，为了照顾家，照顾孩子和丈夫，把工作辞了。家有四个女儿，个个秀气文雅，知书达理。先生是北京印刷业著名专家。陈阿姨把家收拾得窗明几净，虽住在大杂院，但屋里是另一番境界。你进去都不忍心坐下，生怕弄乱了人家的屋子。还有侯大爷家，侯阿姨生性好强，把家里收拾得舒舒服服。查卫生的来了，我们这些双职工就把家门一锁，街道负责人把上级检查卫生的人往这几家一引，我们年年被评为卫生标兵大院。当然，我们也都念他们的好，感谢他们，休息的时候打扫院子，清理公共环境，我们都尽量多用力。他们家里收拾得那么整洁，也带动了我们。星期天、节假日的时候，大家就拿出时间，彻底清理家里的卫生，拆洗被褥，不能辜负他们给我们得来的卫生标兵院红旗。

还有一件让我永远不会忘记的事是给孩子吃药。我儿子三四岁时，扁桃体爱发炎，一弄就是化脓性的，一烧就是39℃、40℃，脸烧得红红的，头耷拉着，好吓人啊！西药不见效，只好改用中药。那苦苦的汤药，哪个孩子爱吃？尽管加了不少的白糖、蜂蜜，想喂进去也难。三四岁的孩子本来是没有多大力气的，何况高烧几天了，但一闻到那药味，便紧紧闭着嘴，用力咬着牙，劲儿却老大，两个人根本喂不进去。特别是早晨，一边是高烧不退，药喂不进去，生怕烧坏了孩子的大脑；一边是急着上班，很怕迟到影响工作，急得火冒三丈，满屋乱转。每到这时，左邻右舍的"救兵"就到了。李阿姨抱着孩子的头，崔阿姨哄着孩子张嘴，我劲儿大抱住孩子不让他反抗乱动。姥姥却在旁边监督我们，嚷嚷着可别吓着孩子，叮别弄破孩子的嘴……那情景真是一场"世界大战"。好歹把药灌进去了，我提着包，蹬上车，便往单位疾驰。至今我都念着李阿姨、崔阿姨的好。只有我儿子，到现在还记着我怎么死抱着他，急了怎么打他，说我凶神恶煞。

当我回忆起我在18号大院居住时的这些零零碎碎的往事时，眼前便浮现着那些熟悉的面孔，想回到那个年月、那个环境，我多想再去住那大院、平房，过那邻里相近、相亲的日子啊！我多想把躺椅放在大槐树下，躺在上面，一边看书一边听蝉的欢快鸣叫啊！只要那平房有暖气、有煤气、有上下水道……我永远也不想搬走。但中国人这么多，房子不往高里建，都是四合院，铺的摊子越来越大，哪里有那么多土地呢？这个道理我也懂。可是，和煦温暖的邻里之风，相帮相助的邻里之情，如今何处可寻呢？

据老邻居告诉我，大牌坊18号院也拆得只剩几间房了。剩那几间房没拆的也空着，没人住了，等着拆呢。只是我耳朵里还回响着大院里的笑声、孩子的念书声、大人教训孩子的呵斥声，小两口的吵架声，还伴着飘过来的谁家红烧肉和炸带鱼的香味儿，总让我神往。陈阿姨、李阿姨、崔阿姨、侯大爷、张奶奶，邻居们都搬到哪里去住了呢？他们日子过得好吗？身体还健康吗？

南牌坊18号大院，它将永远珍藏在我心中。

（原载《北京文学》2016年第1期）

我家的猫和老鼠

◎毕飞宇

我有两个姐姐，大姐长我6岁，二姐只比我大一岁半。我们是在无休无止的吵闹和绵延不断的争斗中长大成人的。我们姐弟三个就像鼎立的三国，在交战的同时不停地结盟、宣战，宣战、结盟。真是天下大势，分久必合，合久必分。当然了，我们的"分合"都是以小时作为时间单位的。上午我刚刚和我的二姐同仇敌忾，一起讨伐我的大姐，而午饭过后，一切都好好的，我的二姐却突然和大姐结成了统一战线，一起向她们的弟弟宣战了。

总体说来，她们联合起来对付我的时候要多一些，因为父母多少有些偏心，对我格外好一些。这个我是知道的，在事态扩大、弄到父母那里"评理"的时候，父母虽说各打五十大板，但板子里头就有了轻与重的分别。比方说，在严厉地批评了我们之后，我的母亲总要教导我的两个姐姐："他比你们小哎，让着一点哎。"对我就不一样了，母亲说："下次不许这样了。"口气虽然凶，但说的是"下次"，"这一次"呢，当然就算了，事情到此结束。这在我是非常合算的买卖，因为"下次"是无穷无尽的。假如我的两个姐姐联起手来和我作对，在多数情况下，她们差不多就是那个叫"汤姆"的猫，而我则是老鼠"杰瑞"。我们家几乎每天都有美国卡通《猫和老鼠》式的故事，小姐俩气势汹汹的，占尽了优势，恨不得一脚就把她们的弟弟踢到太平洋里去，然而，到后来吃尽苦头的始终是她们。

我们为什么吵呢？为什么斗呢？不为什么。倘若一定要找一个符合逻辑的理由，那只能是为吵而吵、为斗而斗。举一个例子吧，比方说，现在正在吃饭，我和我的二姐坐在一条凳子上，不声不响地扒饭，这样的饭吃起来就有点无趣，为了打破这种沉闷的局面，在二姐伸筷子去夹咸菜的时候，我会用我的筷子把她的筷子夹住，二姐不动声色，突然抽出筷子又夹我的。噼噼啪啪的战争就这样开始了。母亲突然干咳一声，一切又安静了。所争夺的咸菜到底被谁夹走，并不重要，重要的是母亲的那一声干咳究竟落在哪一个节拍上，这全靠你的运气，有点像击鼓传花。如果咸菜归我，即使我并不想吃，我也会像叼着了天鹅肉，嚼得吧唧吧唧的，二姐的脸上就会有一脸的失败。反过来，二姐要是赢了，她会把咸菜含在嘴里，悄无声息地望着屋梁，那是胜利的眼神，赢了的眼神，内中的自鸣得意是不必说的。

我们姐弟三个现在都已人到中年。我长年在外，节日里偶尔团聚，我们谈得最多的恰恰是少年时期的"战争往事"，谈起来就笑声不断。这一点是我们始料不及的。有一次我把话题转了，说起了姐姐们对我的好处来：我6岁的那一年得了肾炎，不能走动，每天都由我的父亲背到五六里外的彭家庄去，注射青霉素和庆大霉素。有一次是我的大姐背我去的，那时候她其实也只是一个12岁的孩子，又瘦又小。她在那个晴朗的冬日背着我，步行了十多里地。快到家的时候大姐终于支持不住了，腿一软，姐弟两个顺着大堤的陡坡一直滚到了河边。我并没有摔着，反而开心极了，大姐满头满脸都是汗，她惊慌地拉起我，第一句话就是："不能告诉爸妈。"这件事都过去三十年了，可它时不时会窜到我的脑子里来。出乎我意料的是，随着年纪的增长，我回忆起来一次就感动一次。12岁的大姐，冬天里一头的汗，惊恐的眼神——我不知道我为什么在人到中年之后反而为这件事伤恸不已。那一回过年我说起了这件事，我并没有说完，大姐的眼眶突然红了，说："多少年了，怎么说起这个，你怎么还记得这个呢。"大姐显然也记得的，不然她不会那样。她把话题重又拉回到吵闹的事情上去了。

这样的吵闹本身就设置了一个温暖的前提：我们能够，我们可以。我们幼小的内心世界也许就是在一次又一次的"打斗"中拓宽开来、丰富起来的。时过境迁之后，我们意外地发现，兄弟姐妹之间的许多东西也许并不能构成我们的日常生活，它反而是隐匿的，疏于表达的。然而，它却格外地切肤，有一种打断骨头连着筋的牵扯。美国人通过《猫和老鼠》的卡通形象向全世界的少儿表达了这样一种典范人生：打吧，吵吧，闹吧，可你们永远是兄弟，永远是姐妹——你们永远不能生活在一起，但你们谁也不能离开谁。

我的儿子最喜欢我的侄女，他们在一起玩的时候几乎就是猫和老鼠，不是追逐，就是打闹。可是，他们毕竟天各一方。在他的姐姐和他说再见的时候，他漆黑的瞳孔是多么孤独，多么忧伤。我多么希望能做我儿子的好兄弟，和他争抢一块饼干、一个角落或一支蜡笔。但我的儿子显得相当勉强，因为他的爸爸后背上都起鸡皮疙瘩了，就是学不像一个孩子。

（原载《读者》2016年第11期）

中秋归途

◎郭文斌

我用小说的眼光打量过中秋，也以散文笔法写过中秋，但仍然觉得没有进入中秋。丙申中秋已近，强烈的中秋味道再次笼罩了我。是日深夜，沐浴在皎洁的月辉中，享受着一种难得的清凉，蓦然，一个特别的世界向我打开——中秋，原来是一条先祖给后人精心铺设的归途。

中秋之祭

《礼记·祭统》曰："凡治人之道，莫急于礼；礼有五经，莫重于祭。"古人把祭祀作为诸礼俗中的首重。依时有春祠、夏禘、秋尝、冬烝。流传至今的中元祭祖和中秋祭月，当是"秋尝"的重要内容。而无论是中元祭祖还是中秋祭月，都是为了合道，是趋吉避凶的方法论。

《易·系辞上》讲："一阴一阳之谓道"。《易·系辞下》讲："日往则月来，月往则日来，日月相推而明生焉。寒往则暑来，暑往则寒来，寒暑相推而岁成焉。往者屈也，来者信也，屈信相感而利生焉。"华夏先祖视太阳为寰宇之间阳性之最，名为太阳，视月亮为寰宇之间阴性之最，名为太阴。作为中国民间农时重要依据的阴历即是据月亮运行周期编成。既然月亮在天地间有如此重要的意义，有着祭祖传统的中华先祖当然就要献祭。《国语》记载："古者先王既有天下，又崇力于上帝明神而敬事之，于是乎有朝日、夕月，以教民事君。"所谓"夕月"就是祭祀月亮的仪式。不过当时祭祀月亮是在秋分这一天。据《周礼·春官》郑玄笺注："天子春分祭日，秋分祭月。"历代王朝也都把祭月列入国家祀典，严格执行。北京的月坛就是明代嘉靖年间为祭月修建的祭坛。

古人发现，秋分之日太阳行至赤道上空，昼夜相等。此后，白昼渐短，阳气渐衰；黑夜渐长，阴气渐增。所以，在秋分这个阴阳相当，阳气"屈也"阴气"信也"的时刻祭月，既是敬送阳气之往，又是恭迎阴气之来。正如《周礼·春官》所说："中春，昼击土鼓，龡欠豳诗，以逆暑；中秋夜迎寒，亦如是。"但秋分是据太阳的运行确定的，在农历中不固定，或在月初，或在月中，或在月末。若在月末，就很难见到明月，无从献祭，后遂演变为阴历八月十五进行。

在民间，中秋献月饱含着百姓浓烈的感恩之情。一年劳作，托福于天地护佑，风调雨顺，日清月丽，五谷和瓜果成熟了，作为受益者，就要首先把果实献给天地和祖先品尝，所谓"秋尝"。

在古人看来，祭就是吉。因为祭是人天中介。用今天的话说，就是能量通道。生命来自父母，父母又来自他们的父母，寻根究底，肯定有一个第一父母。这个第一生产力，应该就是老子讲的"道"。"道生一，一生二，二生三，三生万物。"人也是万物之一，自然也是由道生的。要保持生命力，无疑就要保持和道的联谊。古人用的方法是祭。可见祭是人类和宇宙能量保持畅通的一种形式。

按照现代科学的说法，任何事物都由三要素构成，即信息系统、能量系统、物质系统。月亮作为一个巨大的天体，肯定有它的信息系统和能量系统。这就是古人讲的"月神"。既然真有"月神"，《论语》中讲的"祭如在，祭神如神在"就显得必要。

古代国家和集体层面的月祭都是要诵读祝文的。向西设坛，由祭官或女性贤淑沐手恭诵祝文，然后向月焚化。祝文主要由两部分构成，先是歌颂，再是立志。作为阴性能量的载体，月亮有着太多值得人们歌颂的地方。想象一下，宇宙间如果只有太阳没有月亮该是一个什么情形。现代科学已经证明，月亮对地球有一定的保护和平衡作用。月辉更是重要的生长力。

为了让这种能量具有存在感，祭祀之后要分食祭品，古人名之为"饺"，我没有考证这是不是饺子的来源，但古人把饺子就称为"月亮馄饨"。随着祭礼的不断演进，月饼和瓜果就成了中秋的主要祭品。无疑，祭品是一种祝福化了的食品，用我们今天的话来说已经被磁化了。因此，在祭礼之后，我们看到，许多家长舍不得吃掉自己分得的祭品，要拿回家，让老人和小孩分享。

中秋之中

中秋有三个核心意象，一个是"中"，一个是"秋"，一个是"圆"。先说"中"。在我看来，它是中华文化的核心。《中庸》讲，"喜怒哀乐之未发谓之中，发而皆中节谓之和"。"中也者，天下之大本也；和也者，天下之达道也。致中和，天地位焉，万物育焉。"可见"中""和"之重要。"中""和"体现在状态上，就是阴阳和谐。阴阳和谐人就不生病，就没有灾难，就风调雨顺，就国泰民安。而阴阳和谐的大前提是"中"。从心性层面讲，大多祭礼都是把人心引向中道，中秋月祭也不例外。

在我理解，"中"有两层含义。一是反极端。中华民族之所以能够保持持久生命力，就是她的思维方式是"中"。我不消灭你，就不会埋下你消灭我的种子。我今天把你消灭了，终有一天你的后代会来消灭我。对应在养生上，去掉极端情绪，就能心平气和，自然健康长寿。"中"更加形而上的一个意思是贯通天地，正如"中"字的会意，它是一个贯通天地人的中线，这个中线，对应到人体上就是中脉，对应到心灵上就是现代心理学讲的零极限。而要保持这个"中"，就要"不以物喜，不以己悲"，就要心存"都一样"。人的痛苦来自"不一样"。古人为什么特别强调活在当下，因为忆往期来都不在"中"上，只有活在"这一刻"才在"中"上。

中国先祖讲的"中"。那是一种待在面缸里不出来的状态。一旦从面缸里出来，变成面包、面条、饼干、点心，就有了分别。有了分别，就有了喜好。有了喜好，就有了选择。有了选择，就有了争夺。有了争夺，就有了灾难。

而如何才能待在面缸里不出来，古人的经验是中道，而祭礼，是引导人们还原中道的重要方法。事实上，现代人已经很难体会古代祭礼中的那种大清净了。那怎么办？按照老子教的，向惯性生命相反的方向走，把我们可能的财富、体力、智慧分享给社会。渐渐就能接近中道。老子讲："多藏必厚亡。"为什么？因为"藏"把我们的生命力变成物质，积压在低频状态。如果奉献给社会，它就又被激活，还原为生命力。

中秋之秋

中秋的另一个核心意象是"秋"。它对应着"春种夏长秋收冬藏"的"收"。中秋作为节日给人们的心理关怀就是要引导人们进入收敛，把过分的欲望收起来，为了明春更好的播种。农民这时开始耱地护墒，把地力收起来冬藏，以备第二年春种。因此，这个节日是一个重要的心理暗示，是对人的重大关怀。如果说一辈子人活八十岁的话，不惑之年就要进入收的时候了。把能量存下来，传给下一个生命周期。对应到人伦，就是把能量转移给子孙后代，或者奉献给公益。在协助央视拍摄大型纪录片《记住乡愁》的时候，我惊讶地发现，古代有那么多官员，人生并未进入暮年，却主动告老还乡，或高堂尽孝，或从事农桑，或兴办义学，等等，足见古人是把"秋藏"作为一种自觉，也把"有福不享，留于后人"作为一种信念。

看看庄稼，看看果木，人们就会得到启示，它们一年辛苦，结出果实，自己却不享用，全部贡献给人类，这就是天演仁道。这种仁道，还通过生生不息的繁衍力体现出来，对此，看看种子就会明白。谁能知道，一粒粒小小的种子里，潜藏着那么巨大的生长力。那是一份收于秋藏于冬的慈悲，正是这种慈悲，形成一种生命相续之力。由此可见，种子是藏起来的花朵，也是一种藏起来的大仁大义。这也许就是古人以"仁"命名种子的原因，比如桃仁，杏仁。

这种宇宙大爱，投影于人，就是父慈子孝。日月没有按人的级别收取光租，空气也没有按人的级别收取气租，日光月华不但平均，而且免费。它们不但没有分别，更没有交换，没有索取。天下父母也没有谁向孩子收取过奶费，没有谁按给孩子换尿布的次数收取劳务，恰如日月之无私。

如果我们不能理解这一点，对"月神"的敬畏心就生不起来。敬畏心生不起来，中秋节的神圣感也就生不起来。神圣感生不起来，节日就变成娱乐，渐渐就会被人们淡忘，因为现在人们不缺娱乐。

中秋之圆

"中秋"的背后还隐藏着一个十分重要的意象，那就是"圆"，它是和谐宇宙的频率，也是吉祥如意的频率。大到宇宙，所有的天体是圆的，轨道是圆的，小到细胞，也是圆的。对应到人间，就是圆满不缺。既然不缺，那就不缺财富，不缺长寿，不缺康宁，不缺好德，不缺善终，所以"五福临门"。对应到"五伦"，有父母在，我们就能享受到来自上面的能量；有儿女在，就能享受到来自下面的能量；有夫妻兄妹在，就能享受到来自平行的能量。有祖先在，就能享受到纵坐标的能量；有国家在，就能享受到横坐标的能量，此谓"祖国"。因此，古人也把"五伦"形容为"五轮"，也是一个圆。

对应在文化上，它就是一个大团圆结构。因此，有人说中国的戏剧不够深刻，其实它才是真正的深刻，因为它是重要的心理暗示。中国古人早就知道，什么样的念头会形成什么样的结果，就像什么样的底片会投射什么样的影像。如果平时读的文学作品是大团圆，潜意识里就会形成无数个大团圆的底片，下一个生命周期播放出来的生命景象就是大团圆，当一个民族的集体意识是大团圆，她怎么能不长寿。

祖先们早把天理、地理、物理、人理、心理搞通了。

之所以用月饼献月，还是这个道理。古人讲，境由心造，反之，心也由境造。看到一个圆，心里就有一个圆；心里有一个圆，气就是圆的。气圆则和谐，和谐则健康。所以，月饼作为祭品，正是为了唤醒人们内心的圆满。纪录片《记住乡愁》中有一句台词非常经典，父亲给儿子讲，只有你的心是圆的，你手里的月饼才是圆的，如果你的心不圆，再高超的技术也无法把月饼做圆。可见经营并非为了经营，而是为了圆满心态。

如此看来，月饼上面的一切意象都是心灵底片：像玉兔那样没有暴力性；像嫦娥那样长生不老；像蟾蜍那样多子多孙；像"桂花"那样富贵芬芳。

如此，中秋赏月又何尝不是心理暗示，赏什么？无非是一个圆一个明。由圆和明对照之下的人生感叹就从文人墨客的笔下流出。核心话题无非是如何让生命有常。如何才能让生命有常呢？记着初心，存着归意，以一种面对天地祖先的真诚和虔敬，度过生命中的每一天。对应到文题上，就是止于秋，行到圆，回到中。

这是中秋节的四个主要元素：祭、中、秋、圆。它是古人一种极其重要的心理干预，也是一种极其重要的能量设计：但愿人长久，千里共婵娟。

（原载《人民日报》2016年9月15日）

青青子衿（节选）

◎刘　洁

从浮云到真章

多年前，在天津的一家著名的饭店"粤唯鲜"里，我和朋友正在笑语时，偶然转头间，看见了一个矮小的老太太被服务生搀扶着，慢慢地走到了最里面的包间里。旁边有个声音悄悄地："看，看，骆玉笙！"原来这就是早就闻名的"小彩舞"。

这个女人不寻常。

她曾经数次闻名。很年轻的时候，她是著名的京韵大鼓女艺人；曾经和天津南市恶霸有交情；曾经是新中国成立后"德艺双馨"的女演员；曾经是电视剧《四世同堂》中主题曲《重整河山待后生》的演唱者。她的经典曲目中，我非常喜欢的是《丑末寅初》。当我见到她的时候，知道了一个人的肺活量和她的身高的关系可能没那么直接。她被我知道，是因为有一本叫《新凤霞回忆录》的书，里面提到了许多耳熟能详的名角，有些还有照片。小彩舞就有一张和新凤霞的合影，两个人都还年轻，且都漂亮，当然，漂亮的方向不一样，可那份光彩，透着扎实。按照彼时我的审美观，毫无疑问亮眼的是新凤霞，这么多年过去，回想起来小彩舞有种流动的风情，这个很少见，如果非要和今天的哪个女演员挂一下，汤唯勉强凑合了。那本书给我留下深刻印象还因为里面有小丁的漫画，简单的几笔，就把人物订在纸面上，不得动弹。那本书是新凤霞写的，她显然不知道自己写的其实是散文，通篇都在讲故事，而且叙述平实而朴素。比如，她写到有两个女孩，其中的一个是演员，演员她妈担心她被某个不良少年拐走，于是拼命鼓励她和另外一个女孩交好，直到把两个女孩都耽误成老姑娘，自己也离开了这个世界。后来，两个姑娘就相依为命地过完了下半辈子。新凤霞在最后很简单地说了一下自己的想法：当妈的为了自己，把孩子耽误了。

我们今天的人多喜欢唐诗宋词，其中的许多句子让人欲罢不能。不过，那些灿若星辰的光辉，其中的各种技巧和语词的堆砌不可缺少，即使有些看来还朴素。本真有吗？恐怕要上溯到《古诗十九首》了。简单，直白，不乱绕弯子，那被无数次诟病的缩写句子，也是撇开浮云才出真章。新凤霞没受过完备的语文教育，不过她做到了。

从浮云到真章，这个距离，有如日和月。

手艺人的唯我独尊

话说当年，李渔在引《闲情偶寄》里说"人唯求旧，文唯求新"，其实李渔说的"人"和今天的"人"的概念几乎不是一个事了。倒是万事万物都是求新的这个事让他确实说对了。原始人当年在丛林里蹿上跳下的，食物本来都是美美的，偏偏有个把不着调的在树上待得腻了，非要下来看看地面上有什么，人类的历史因而改写。此即是"唯新"的一例。即使是旧的，也往往非要从其中找出来个新，告诉自己，还有别的好玩的东西能让自己快活，生活因而有了趣味。

欢看山本耀司的时装设计，每每从中找出来了新，可仔细看看，又全是旧的。这个人的最大长处就是会装那啥，把个骨子里是入世的自己包装成出世的模样，尽管如此，同行和有本事的人还都承认，他那个是行的。我也觉得他行，就是这两把刷子，舞成这样其实也是不善的。换一个试试，失败的如过江之鲫，满地都是，捡他们弯腰都嫌费事。

山本耀司是手艺人，和编筐、做皮球、盖房子的一样，除了分工不同，其他的没啥两样。仔细观察一下，老话说行行出状元，其实是对的。每个行业里都有状元，那些能把物件做得精又巧的，八成是人中龙凤、马中赤兔，各自有各自的绝招，后果呢，当然就导致了各种的盲目自大。这个盲目自大除了要被旁人讨厌外，于他们自己是非常重要的，也往往的，他们是在有了独立思考和独立动手的能力后，这种东西才会滋长会长大，会慢慢成为他自己，会让他们最终走向了"他之为他"。

没有这个行不行，其实不行，在精神上成为真正的手艺人之前，他们的谦虚往往还是存在的，当他们真正成了手艺人之后，他们就只有各种独立了。他们有了新的精神内核。

——他们有了唯我独尊。

写作的人，说到底，也是手艺人，他们的道路，和别的手艺人没本质区别，当他们有一日生成了唯我独尊后，他们就成了真的自己。这个，才是他们的经典道路。

磨脑子玩家群

走在或宽或窄的马路上，看到人流熙熙攘攘，忙忙碌碌，忍不住会停下来看他们。我观察过许多次，发现路上走着的人，男女老少不论，五官往往很不协调，表情都很焦虑，少见的面部表情轻松，更遑论能有笑容。情不自禁地琢磨眼前这些人的脑子里都在想什么呢，发生了什么让他们的脸上根本没有快乐的样子，而那架势明显已经成了惯性，天天如此这样的活着，乐趣貌似是没有，一脑门官司堵着，日久天长的，把五官都搞拧巴了。不过我坚信，一定有某种乐趣支持他们天天这样挨着，就像那些已经高寿的人，每个人都是人生斗士，太值得尊敬了。表达完对斗士的尊敬一点不耽误我埋怨科学家，他们发明的各色各样新物件，而关于这个，仍然落后。真想念汤姆汉克斯，还是他有办法看到人们的想法，接下来会随之生发出的各种想法层出不穷，于是这个念头折磨我，很多年。

自从电子游戏风行，有个词应运而生——玩家。这词和我们传统造词方式有点不一样，比如类似的表达我们用顽主、玩主，再不着调我们就用各类虫子了，比如房虫子、古玩虫子，等等。虽然被降到了非高等动物一路，但是专业的色彩显然是加重了。包括曾经的大腕这样的和身体有关的词，也重新启用，无他，说明性强，有针对性。有没有发现这些词的一个共性：都带着谦虚的意味，甭管用到谁身上，那些词的落脚点都是自动降格的，而且有贬义色彩。但是这个玩家的家，是定位到专业的水准，是一上来就承认了参与者的高水平，家嘛，必已经有了经过某种鉴定过程而后才确立的地位。所以玩家是什么，当然是玩的专家。与现在风行的认为电子游戏是擎现成的，游戏过程中完全不用参与者动脑子的观点不同，我是觉得那些参与者很辛苦，不仅有和传统游戏参与者一样要花大量的时间和精力，而且也有各种烦人托窍，金钱更是必不可少，会有虽遇百折仍然坚持不懈，最后到达游戏的终极过程。这是什么精神？那句词怎么说来着，没有人能随随便便成功。此之谓也。

以此思路，那些自谓爬格子的就是传统的命名方式了，他们有着过分的自谦，其实完全不用这样；反倒是那些一上来就说自己是作家的写作者，尽管他们可能只是和敲字亲密半个月的家伙让我觉得可疑。我一直怀疑这个作家是韩剧里的作家，只是称谓写作者的专有名词，而和我们的传统称谓"作家"根本不挨着。按照惯例，能被称为作家是要有过程的，先文学爱好者，接着写作者，然后才是作家。有意思的是，现在许多行里人也这样看那些只和有过文字亲密短时间的家伙，还能把他们举到挺高的位置。可见时代进步中，也是沉渣乱飞的。但是俏皮的是，那些经过长期磨炼才认可自己是作家的人群，养成了各种好玩的默契之一就是，他们以自己的方式壁垒了所在的群，让自己明确成了鹤，以貌似谦和的姿态俯视鸡们，形成一种大观，不用仔细琢磨，就能呵呵呵。这些作家，当然是历万千文字折磨而后成就，他们的脑子经过的磨砺通常是千回百转的，所以他们形成的群，简单地说就是磨脑子玩家群。

骨头需要仪式感

幼时，和现在对小朋友的要求还很不同，即使是城市的孩子，也没有多少父母在学习上提要求，孩子们在学习上的水平肯定比今天的孩子低许多，但是和天地自然接触多了，人生道理倒是不言自明了。那时候我喜欢登梯爬高，对各种滑梯和近似滑梯的物事都有超高的兴趣。八九岁时曾经有过跑数个街区的经历，只为听说那里有新奇的滑梯，"带波浪的"，于是完全无视安全等等事宜，和小朋友结伴去体验。后果产生了两个：一个是那天的滑梯打得很过瘾，另外一个是因为要体会出过瘾的感觉，时间一定要够，于是那天回家就比平时晚很多。就是那天，我对快乐这个事的认识有了理论高度的提升，发现要想获得比较彻底的能称得上过瘾的感受，时间往往起到了重要的作用，由于时间的长短导致的不同结果的区别还是很大的。

彼时，书籍都是遥远的存在，那些书架上的他们，与我的距离比孙悟空的筋斗云的里程还远。坏就坏在刘兰芳身上，她说的《岳飞传》实在好听，以至于后来听袁阔成评书的时候，抗拒了很久，很不适应。某天完全是巧合，发现书架上居然有本《说岳全传》，作者是清朝人，名钱彩。那个瞬间我的科学精神占了上风，一定要看看还没说的《说岳全传》都有哪些内容。如果说人生真有某个时刻是具有决定性的价值，那个时刻就是，而且真的不敢肯定那个时刻决定的东西就一定比其他的可能性更可爱。不过事情就是那样，在那个时刻那个电光火石的瞬间，决定了我的未来的走向。和说了这么多伟大性完全不搭的是，那本书一点都不好看，除了对牛皋的描写和评书比较接近，其他的，有些人索性都没出现，还有一些完全没听说的人在里面大显身手，他们凭什么啊？怀着要批判先了解对手的念头，我真的把那本书读完了，各种腹诽激荡，想和同学们交流，发现他们从来没听说这本书，而且不肯听我讲解其中的故事，因为找不到可以交流的伙伴，我沮丧无比。

直到许多年后，我惊喜地发现，这个成长中的过程在许多同行或者好朋友中是都存在的，于是当即释然。进而坚信，正是这样的过程，导致了今天的结果。或者说，目前的阶段性的结果。后面还有什么，谁能说得清呢。同样拥有类似经历的各色人中，有一类是有故事要讲出来的人，他们的故事是他们的立足点，为了讲得清楚明白，他们拼命做的是结构故事，各种结构法就此纷纷出炉，而这个时候许多以讲故事为着眼点的写作者是顾不上语言的；还有一批人就是要抒发某个情感或者思绪，他们也讲故事，或者说他们的讲述故事和立足与就要讲故事的那些人有很大的区别，他们的故事更像是附庸。曾经被问过关于写事的散文和小说的区别的问题，随着时间的推移，这个问题不是越来越容易回答而是越来越艰难了，好像数学家回答1+1的问题一定是终极问题一样，这样的问题，往往在简单的同时又复杂无比，具备了可以上天入海的能力，却偏偏做出一副平实质朴的样子来坑人，令无数人为之折腰。这一点和文学很像，再高大上的文学体裁，只要它归到文学这一类，既有骨头也有肉，形神兼备，具有仪式感，才能叫好的文学。

游戏何曾只是游戏

　　前两天刚刚颁发了今年的诺贝尔经济学奖，对于一贯更关心文学的人群，这个消息几乎可以忽略不计。只是我忽然想起来曾经特别喜欢的电子游戏《大富翁》，里面的阿土仔，后来成为了阿土伯，都是我特别爱用的人物，当年这个游戏曾经让我沉迷得一塌糊涂，对于不玩《魂斗罗》或者《枪手》的我，那个游戏的价值和许多名著匹敌，每次看到阿土伯洋洋得意地说"歹势了"，就不由得笑得前仰后合的，虽然到今天我也不明白这个词的意思。当真是特别想给发明《大富翁》游戏的人颁个奖，这个人用一个游戏就解释了许多非常繁复的经济问题，功莫大焉。

　　所有的游戏都是有教化作用的。比如小朋友都喜欢玩的"老鹰捉小鸡"，那几乎可以看作是现实社会的模板，一个人对抗世界，而且还要想方设法地把其中的一些人拿下。这就是让小朋友们从小就要考虑如何在对抗中赢得胜利，和传统教育中的一团和气完全背道而驰，激起了他们从小就奋斗的雄心。而在中国的传统游戏里，有个《升官图》，游戏的方式完全是按照一个人仕途旅程而设置的，毋庸讳言，就是潜移默化地让小朋友们照着这个方向前进的指路明灯。所以，知道了这些，想到以前东西方人民对人生追求的主旨各有不同，那西方人发明《大富翁》游戏，简直是天经地义的。

　　原始的《大富翁》游戏是纸板的，游戏方法和《斗兽棋》差不多，区别在于那个起始点的意义是特别的——每次经过这个点，都会得到酬劳，虽然不多，但是当游戏开始发的那些原始启动资金被逐渐花光后，这酬劳的价值就体现得非常重要。无论开始多么豪迈地东买西买，总会遇到手紧的时候，要有后续资金来救驾啊。和我们的现实生活多么的像，必须要有固定收入来应对日常生活，进而进行储蓄和投资，而这笔收入，一定是有时间性的，发薪水，高兴的日子呢。

　　现在，我们的许多写作者读的书可以车载斗量了，甚至已经成为某方面的专家，如果想把他们的心得用某种方式表达出来，往往也就给自己开拓了一个新的写作方向，新成就顺理成章地诞生了。只是，其中的一些人会不由自主地陷入另外一个陷阱，即被那些曾经引起自己注意，而最终被引领着走向了与写作的初心背离的另外一个方向而不能觉察。

仔细想想，有点让人伤心呢。

亲爱的小人儿

每年假期，都是电视剧播放的神秘之时，许多平时杳无音讯的电视剧，就像四季轮回一样轮回来了。如何让此时观剧的主力——学生们能看到完全无害的电视剧，肯定是所有安排剧目的人的第一要务。这些年有幸跟着他们看过了四百多遍《西游记》，一百多遍《还珠格格》，最近这几年看的多的是《潜伏》《甄嬛传》，这些也是神剧，和《红楼梦》相似的地方就是从哪集开始看，都能接着看下去，而且完全没有违和感，津津有味，乐在其中，和米饭一样，吃的多了也撑不坏，改吃馒头一样过得下去。南方人和北方人的区别显见得在一点点减少，米饭的功劳不能抹杀，尤其出差在外，各地都走，还是米饭更随意方便。只是米的区别很大，南北方的米，从某个角度来区别，简直都不能算一个物种了。这个时候就看出来人的适应性了，无论南北方的米，又或者是产自国门外的米，都一概吃得好着呢。

一样米养百样人，更别说米本身的区别也是大大的。只是说同是写作者，区别也很明显。见过长袖善舞的人，和各色人等都交际应酬的好着呢，参加他们组织的活动，感受到主办方的温暖周详细致，会让人以为这人就专门做接待工作的。也有不善言辞，照样和气周到细心亲切，和我一样不喝酒，但是一点不耽误让客人尽欢。都是人才。最厉害的还有，他们竟然都是写作上的上上人才，笔下的文字好着呢，中国的文学事业的大厦在逐渐增高，里面有他们的不能被无视的贡献。才子才女在我们视线消失的时候，也是他们在奋力写作的时候。当年王朔曾经被说道，当他出现的时候，是他的写作计划完成后出来放松的时候。写作者，他们的头脑中，可能有个小人儿，平时蛰伏着，写作时自动出现，把平时日积月累的东西，汩汩地倾泻到纸上。我猜，那个时候，写作者应该是有个统一的面目，是那个小人儿，让他们进入到精神领域的高度，背离世俗的自己远矣。正是这个亲爱的小人儿，让写作者知道了自己在自己之外，还有一个自己，而那个自己，有强烈的倾诉欲望要实现。

晴天丽日春光好

《长恨歌》中的著名诗句是"七月七日长生殿，夜半无人私语时"，这个是情境，还有"在天愿作比翼鸟，在地愿为连理枝"，这个更像愿景。多少读过点书，是要脑补此情此景无数次的。当爱情来临，更是许多人拿后两句做了誓言，表达对爱情的美好憧憬。浑不顾后面还有"宛转蛾眉马前死"，根本是此生都没到头，何况其他，原来说的那些话都是风一样地跑没了。也有看透这一切，只说"呼儿将出换美酒，与尔同销万古愁"，说了半天，还是酒靠谱。而对人生的要求，也低了许多，"相看两不厌，唯有敬亭山"，其实要做到也殊为不易。少年人多半是觉得这样的态度消极，想着人生的热烈和灿烂，少不得是要"学成文武艺，货卖帝王家"，踌躇满志的劲头直抵云霄，而沧海桑田后出现的"古今多少事，都付笑谈中"，真真的各种想象都在时间的变换中已经物是人非上下翻滚了无数的个了。经历了这些之后，当然就是求"寿"了，古人对寿数在七十岁以上的，有特别的说法"人生七十古来稀"，而对百岁的还有"期颐"，命名本身已经是态度，唯其难得，而需要特别关注。这一点中外倒很一致。

有意思的是无论文学史还是艺术史，都有过艺术形式上的此消彼长。唐诗宋词元杂剧明清小说，也只是当时文学的主流创作方向，一点不耽误各种文学形式共存，比如《搜神记》肯定不是当世文学的主流，而直到明清时期，小说才成了为普罗大众所喜爱的文学的表现形式。今天的写作者，许多也是跨界的，在文学形式间转换自如，而且，意味深长的是，非常可能出现一种情况，某种形式一段时间可能更光华夺目，过段时间又把老大的位置让出来了。所以，古人说的"三十年河东，三十年河西"是常态，就像变化是常态，静止反倒比较奇怪。安于等待，正是看到了万事万物的发展规律而作出的应对。许多事情，产生质变不仅和时间有关，和过程亦有密不可分的关系。

春田花花霾太大

又到了雾霾统治的时候。每天的天气预报已经成了雾霾预报，让人遗憾的是频繁听到坏消息，每每让人无可奈何。有办法的还是老天爷，他老人家过些日子就派一场大风逛一圈，空气好上几天，同时出现的还有气温降下几度，简直是鱼与熊掌之选择的天然难题。老百姓对此完全没有应对办法，只好安慰自己：所有人呼吸的还不是一样的空气。所以阿Q永远会存在，其实是人类自我保护的一个办法。而且这里面有着开玩笑的成分，透着乐观，不得不感慨人的生存能力的强大。雾霾产生有各种复杂的因素，而在这个季节反复出现，肯定是有季节原因的，既然这个季节不可能消失，那就只能说相当一段时间还要面对这样的情况，干脆把心态放平和得了。

根据研究，霾其实是人造的，或者说人决定了霾的出现和消失，人多伟大，不仅可以上天入地，还能创造出许多曾经出现在前人梦想中的东西，甚至通过自己的各种经济活动让霾这个天气现象频频出现。能让天气因人而生变，真是忍不住叹为观止。而雾霾更是厉害，这个东西的出现和消失的前例众多，还大多是发达国家，不由得令人怀疑难道这个是某种检测方式吗？

写作者之所以写作，往往有自觉独一无二的动因。从中外作家的传记来看，在他们的人生中往往有过孤独的阶段，虽长短不一，但是都引领他们的心灵走向了对人生、对世界甚至人本身的思考。这段孤独的经历是写作的引子，或者说是写作者最终走上写作道路的诱因。有趣的是，虽然各人有自己的人生之路，不同的际遇，且最后还殊途同归，但是他们的写作方向各个不同，各具特色，而追求与他人的不同，又是写作者天然的创作思想之一。心灵的力量有多么大，这里可见一斑，当然细细思来，也是妙极。

狐狸走在自己的道上

体育项目里，现在风靡世界的是足球，足球让多少人魂牵梦萦，做出了疯狂的事。更有人借着足球做着自己的事，而使得人生轨迹都有了巨变。曾几何时，篮球和排球也曾经有过这样的时候，还曾经因为一种精神鼓舞过中国人民。因体育项目而起到鼓舞国民士气，这个角度应该是当初发明这项运动的人完全想不到的。还有一个体育项目也有过这样的殊荣，甚至连"圣"都因此多了一个官封的。这就是围棋，围棋是个人运动，方格的棋盘上，在361个交叉点上，走出各种形状，在边边角角上争来夺去，最后往往是中盘决定了胜负，而收官又是有着高下区别，如果能收官做得好，可以扭转前面的弱势。李昌镐就曾经被视为收官大师，做出数个给人印象深刻的收官之战。围棋对下棋者的要求里，有一个在我看来比较不人道，就是这个人要绝对的静。不只是安静的静，是对一切的静，或者说有点静的没感觉，没反应，不像个人就对了，当然，这个观点可能更强调了围棋对下棋人的心境要求。只是曾经李昌镐结婚后，成绩一再下降，让多思的人会把生活和下棋对立起来也是可以理解的。围棋很适合东方人的性格，对西方人就比较让人怀疑。那些有着许多人一起上的运动，好像对西方人更适合些，三大球里，篮球和足球就很说明问题。至于排球，那基本上还是个人的能力展现，和对方没有身体接触，当然也就是毫无接触压力地把所有的气力集中到排球本身，就看谁能在己方把这个圆溜溜的东西把玩得到位。

写作也是个人活动，需要挖掘自身和周遭世界，往往出现各种辗转反复波折之后，文学艺术上会有反应，所以有人说愤怒出诗人。文学，或者说艺术，都是生活的反应，只是生活中包含的内容太繁杂了，许多现象出现时，往往不能立刻下结论，于是有些写作者的眼光就从眼下回望过去，可能是想着让历史告诉未来。敏感而有倾诉欲望的写作者们，在写作时也有被自己笔下那层出不穷的意外惊到的可能性，那个时候，是写作者本体超越了写作者自身而出现的。这样的时刻，也是神性出现的时刻。

这山也高那山也高

丁俊晖是台球世界里的强手，他的业绩和他一直在英国训练有很大的关系。同样的情况还有上次奥运会那个参加马术比赛的小伙子，穿戴整齐了坐在马背上，很有绅士的架势，也是在英国训练的。于是就会把这两件事情放到一起想，会有什么关系吗？英国出名的运动员太多了，台球世界里曾经有个人是传奇——亨得利，他的打球水平已经不在人类的通常指标里。光是单杆147杆的次数就已经是惊人的数字，因此得到伊丽莎白二世的嘉奖——人家是爵爷。当年这个人非常年轻，长得也顺溜，在球台前一站，自有威势铺天盖地而来，和他在一起打球的人，立刻气焰矮了许多，他的样子没什么起伏，无论对手的年纪和国籍，外表是否能过得去，他一概是冷冷的。他那时对胜负应该是很看重的，顺利地一杆打下来他也没欢呼，许多时候他的局面不好，也不放弃，特别有耐心地反复做球让对方罚分，那球像听他的指挥一样，他的杆只是碰了一下，那球就自己跑到了该在位置，准确地藏在某个球的后面，让对手在球台前面转上好几圈仍然不能找到合适的角度，甚至有几次对手索性放弃了让他接着打，就这样对手被罚分罚到他认为可以接受的时候才停下来，往往这种时候他的表情非常少，看着有点僵，后来在看围棋比赛的时候，李昌镐的脸，总让我想到了亨得利。按照当时看人的尺度，这个人的所作所为不是有一点无耻，是无耻大出边了，可每次他不屈不挠到最后成功的时候，全场都会响起来热烈的掌声，这样看应该是对他的表现认可了。一起看节目的人里，有人会说，一个玩，至于这样吗？换个角度想，如果连玩都不这样，那还有什么是真的让人能全力以赴的呢？更何况比赛都有奖金且数目并不少。

《石头记》和《红楼梦》哪个更好，这是个问题。一个写作者，是有可能为了作品或作品中的人物的名字而费神的。就像《月亮和六便士》，据说是毛姆特别喜欢的名字，他坚持给他的作品起这个名字，虽然有读者表示不喜欢，但是读者又能做什么呢？至于那些人物的名字，当然是作者命名的，许多作者在命名名字的时候，有暗示，比如《红楼梦》里的那些人物，都有命运在里面藏着，只待适当的时候跳出来吞掉人物。虽然生活不能尽善尽美，但是作品可以，写作者通过自己的想象和推演，可以把生活描写到提高了一个或几个层次的程度，直到把真正的生活扔到远远的远处。所以，名字是什么，其实，是作品的命运，是人物的命运，甚至，是写作者的命运。

青青子衿

2015年农历小雪那天，天津下了很大的雪。一时间满世界的白色，让一切都纯净了，晚上走在路上，月亮就那么挂着，月光自顾自地照耀，微微的黄色更添了安静。不由得想到几百年前张岱遇到的那场雪，正是崇祯五年十二月，那个时刻，应该是西历的新年前后。新年时节，看一场大雪，和三五知己做雪中游，不亦快哉。那一刻是要有酒有诗，参与者心里靠得近近的，但形必是遗世而独立，气氛必须是清冷的，可能半天才出点声响，就在静默中得了大自在。若果热烈起来就仿佛作词失了韵，完全不是那回事了。这样做的人总是少数，而现在流行养多肉植物，这类植物养起来技巧也是有的，往往求之而不得。花上几百块钱进的指甲盖大小的苗苗，精心呵护加各种养分，没一个月就死翘翘了，让看的人也难过。这多肉植物，追本溯源是从干旱的戈壁沙漠地方掘来的，人家自己在恶劣环境下长得好着呢，曾经在新闻上看到，有国家特意规定不允许挖了出口，只因为最近几年中国人爱上了养它们，做这行生意的人骤增，那些外国生意人也是唯利是图，或者说生活所迫，只管挖不管长，环境是否因此遭到破坏完全没有在他们的脑海里，政府只好定了制度不许这样的事情出现。可市场上总有新鲜或者更珍贵的品种出现，应了那句"河里没鱼市上见"，由此可见"爱杀"的事也是不分行业和国别的。我见过的多肉少，好像有个叫玫瑰的，形状极其像玫瑰，还有一个名字里有"屁股"二字，仔细看来，确实是像，只两瓣儿，匀实而且饱满，那一刻忍不住腹诽了一下造物主，这生生的不就是"七步之内必有芳草"吗。

编辑是个有态度的职业，可能开始没有感觉到，随着时间的推移，看稿量的增加，有态度几乎是必然的。常听写作者说某个编辑特别好，如何好，仔细分析起来其实是那个编辑的创作思想和该写作者搭得上，而这个搭得上，几乎就是思想搭得上，对世界的看法搭得起来。曾经听老编辑说过，有多大的作家就有多大的编辑。不过，作家的成长因为不可能只遇到一个编辑，而使这个话也有可以商榷的部分。我赞成的是，编辑在写作者的不同时期的分量和作用是不同的，那些能自我提升的写作者，是需要更能匹配的编辑来应和的，而好的编辑的作用到了高段，能给写作者的绝对是脱离了改错字的境界。而能和逐渐成长的写作者一起成长的编辑，往往最后也能和写作者成彼此赞赏的好朋友。许多佳话就是在此前提下出现的。

太阳出来笑成花

柯洁昨天战胜了李世石，夺得了他在十八岁上的第三个世界冠军，同时也是中国围棋史上最年轻的三冠王。此战他赢在规则上了，"粘劫收后"，如果没有这个，那就是李世石赢四分之一子。我的阴暗心理做了一下祟，想着反正在其他运动里中国曾经有过吃各种亏的时候，这次就当扳回一局。最近这些年来中国围棋的少年英雄出现了不少，像陈耀烨、范廷钰都是更小的世界冠军，他们的才华肯定毋庸置疑。应了张爱玲那句话：出名要趁早。许多时候不得不承认，少年成名确实有更多的机会登上更高的阶梯，做更多想做的事。这没有受过打击的人生，狂放肯定是有的，想象力一定比经历过无数艰辛的人要跳脱得多，也层出不穷得多。须知所有的打击最直接的后果都是想象力的扼杀，所以一个人的顽强是有代价的，也是有厚度的。中国围棋曾经落后于日本和韩国，当年的聂棋圣勇谋兼具，给中国围棋带来了"势"的通路，他的历史使命达成，也使他自己成为围棋史上永远不可能绕开的人物。每个下围棋的小朋友，都被老师教导过要明白一件事：围棋要做什么。我听过一种说法，围棋就是要围地。金角银边草肚皮，这说的是什么，是围地。而如何围，就进入"道"的范畴，拥有了"势"，就要和"道"相对应，不如此就不能使"势"与"道"互相拱卫，相生相长相辅相成，这也使围棋成为棋类运动中离"道"最近的。和下棋的小朋友谈这些"势""道"的，恐怕他们不会特别明白，但是他们应该是比较早明白这些的。当然是在他们遇到挫折之后，体育运动就有这个好处，曾经直面过赢和输，体会更深刻，对这些更淡定。

写作者有时候想着自己下过那么大的功夫在一个事上，应该得到相应的回报。可是，就有这些让人绕不开的令人憎恶的"可是"，努力过了，仍然没有该出现的回报临头。看着和自己一起奋斗的同道，有些已经功成名就了，而自己还行走在说不清楚位置的地方，当然就不免生出来沮丧。最多半小时，少不得劝说自己还是此志不渝，接着努力，谁知道后面到底是什么，也许还有无数个也许呢。更进而会想到人生，总不会都这么衰吧。乌云的出现都是有时有会儿的，太阳才是永恒的。这些，说起来已经是天道了，天道多半是没有道理，任何可以参照的原则，都是过去时，而将来时说不得就是轮回，本来以为轮也轮到了，其实命运的箭已经射到了另外的幸运儿那里，让人纠结的是没人知道谁能幸运地被选中。当然，也存在这样的可能性，被普遍看好的，结果最难预料。这又是怎么回事呢？

斜插在明亮的田野上

这个题目是罗斯玛丽·多布森的诗句，找来用在这里，表达一下我知道国奥队输球消息那一刻的感受——我的心啊，真是比不知道说什么看哪里还四顾无人上下够不着得紧。此前中国球迷对于足球已经怀有太多的爱怨，爱和怨都间杂在一起，而我们的国家队真是每次都不走空，必定次次痛下狠手，逐级让我们失望。话说，这是闹哪样呢？每次看过了欧洲杯和世界杯，只能更激起关心爱护足球的人更远的距离感和更深的悲伤。这真是个坑，除了失败引起来的悲伤，就是爱足球本身这个事让有爱的人更难过。当然，还有得了亚冠的俱乐部，可是，那个冠军的实质是什么，都摞在那里，核心完全不同，不同质又何必扯到一起，只能越发看出来各方面的缺筋少脑。商业思维在许多时候能成功，因为他们的出发点促使必须考虑投入产出比且忽视个人情感，想达到目的且成功实现，这个时候商业思维一点都不讨厌甚至讨喜。今年夏天欧洲杯又要来了，我肯定还会看的，看着喜欢的球队赢球，当然，绿色衬底上奔跑的健壮的男人，非常好看，一贯是"外貌协会"的保留曲目。最近这些年"外貌协会"不再是贬义词了，甚至小鲜肉也因为有"外貌协会"的支持才能占尽各种便宜，听说有粉丝为了让工作人员关照自家"爱豆"（偶像），而在野地搞一溜儿货柜车自备桌椅板凳锅碗瓢盆食材聚齐大排宴筵招待他们，这排场真不是一般人的思维方式能铺展开的。相对比的是即使那些最优秀的运动员，好像也没有这样的后援会，能不计成本地给"爱豆"做这样的应援。体育和文艺一向纠结得紧，其中的区别，这个也算一个，且是不小的区别。于是今天看见SMAP不解散了，各方一片欢腾，就可以理解了。组合能成常青树，还是比较少见，人多了，心思就容易生得分散，存在得艰难也就不奇怪了。

到底一个故事讲到什么程度才算合适呢？这个几乎无解。看过有作者写得非常用力，把个事情写得撕扯八角的，用了许多的心，却没有机会更上一层楼，是有点浪费材料浪费感情的意思。也有高手写个事情，没看出来有多大的费劲，观者叫好者甚众，各位评论家主动给写评论而不用约稿，到年底编年选的时候，还哪个版本都落不下，真真的气人的很。我们耳朵里于是就多了些问话，有可能转各种弯子，比如说某某作品没看出来咋好，是不是我的眼力不行？或者是道行差得远？多难回答的问题。明明是个复合问题，且牵涉的方面又多，哪里就能一句话说得到位。非要说，就一句，许多问题是解决了之后才能知道原因是什么。看着像敷衍的话，却是真话。

天冷必须戴草帽

每年大寒前后，都是最冷的时候。今年尤其甚之，许多地方都创了三十年或五十年的新低，要知道人民群众也是有知觉的，这样冷得没皮没脸，厄尔尼诺到底是怎么想的呢？尤其看到了北极涡流南下这样的话，回想起来往年的西伯利亚寒流，大小巫高下立现，小巫跑没了影是因为大巫驾到了，尤其报出来额尔古纳的温度到了零下五十度，热水泼出去分分钟变雾雨，瞬间有个念头自己跑出来，想摸一下那个人造雾，有爱戳刀子的家伙立刻指出来"你的手已经冻掉了"，真是让人情何以堪。不由得歌颂人的伟大，这么冷，所有的动植物都傻呆呆地冻着，只有人知道给自己创造温暖，这个智慧，和天地同高。温暖在这个时候相伴，眼睁睁是天下最好的礼物，不同意的打出去到呼伦贝尔室外待着去。温暖许多时候不是温度，而是感受。现在是春运时期，能拥有一张到达目的地的票，对许多人来说就是温暖。其间可能经历了百转千回，和12306的验证码战斗成功也是不容易，蓦然惊现天降好运气，机票和火车票的价钱都差不多，那个时候，如果身边再有相爱的人儿陪伴，涌上心头的暖流，直接就奔向沸腾了。年年看春运，年年看人潮，做旁观者慢慢生不出替他们着急的心情，这个事专门做鸡汤广告的家伙们应该负责，最近这两年很难被鸡汤广告感动了，某些时候不免想着要和那些搞创意的人交流一下，能不能换个角度下手，能打动看客的广告才是真鸡汤。此是忠告，应该谨记。

写作者都有第一次作品发表的时候，知道这个消息的渠道是多种多样的，也许是编辑，也许是别的什么人，总之是忽然之间得到了好消息，估计绝大多数应该是激动的。听过各种处理第一次稿费的故事，多半都是小数，精神慰藉远远大于物质鼓励。对于踏出的第一步，处理方式和精神上的感受，往往是有着预示作用，有些人是误打误撞进来，多半后来也就因为这样那样的什么原因走开了，那些坚持下来的，总是因为心里还是真喜欢。写作的过程说到根底处就是倾诉，倾诉的过程可以让人那么的热爱，割舍不下，对此写作者应该是最有体会的。做了编辑这么多年，整天看写作者来来往往，一拨一拨来了又消失，叙述方式也发生了翻天覆地的变化。感慨的同时，会想先人当初也曾面对过这样的情势，春秋、魏晋、唐、元、明、清，然后就慢慢到了现在，日子一天天过去，人也一天天变得更复杂，各种纷乱层出不穷之后，终于某一天安静下来，写作者获得了休养生息的机会，生长得最旺盛的时候到了。

春雨霏霏静夜听

年初五，按照惯例放炮崩小人。今天一直零零星星的鞭炮声比除夕那天都多，忽然息了，代之以淋漓的雨声，换了音频，舒服多了。猴年伊始，就发现了和往年不一样的地方。先是除夕晚上睡得很好，往年被鞭炮吵的，过了半夜一点才能真正入睡。今年早早的有一轮鞭炮声，还很弱，我抓紧时间将自我安眠法大作，很快入梦乡，一夜好眠。第二天猜环卫工人应该负担轻许多，果然，新闻上说天津的炮皮比往年少了三分之一。唯一让人沮丧的是，雾霾指数仍然超标。天津人民真的努力了！我推测，这个雾霾应该是外来的。继而发现无论我打算看电视还是网络上追剧，都不会被鞭炮的声音打扰，偶尔也没有，安静得很。话说往年那些零星的鞭炮声哪去了呢？最近迷上了自由搏击，不是自己上阵，专业围观。这个运动的参加者在比赛时每一下都全力以赴，全不顾对手的感受，甚至也不管自己的结果，他们是出击的人，也是被揍的家伙。和其他运动一样，也有技巧的，但是所有的技巧都是为了冲击，逃避和躲闪不太被赞许。最后赢得胜利的家伙，经常脸上挂彩，眉骨流血的。和咱们的武术太不像了。武术讲究的是闪转腾挪各种精妙技巧叠加，连绵不断地使出来，让对手挂彩而自己毫发无损。关键的地方是，武术中最被人称道的是四两拨千斤，出小力而得大回报，那些大力士往往被人尊敬，却又总是和四肢发达头脑简单联系。从这两个运动项目的区别，能看出来东西方的思维方式大不一样，西方人做事要给自己个限度，到什么地方就止住了，于是他们在倒计时的嘀嗒声里，力争每一下出击都势大力沉，给对手以猛烈的打击，从而能在有限的时间里完败对手。而中国武术给人的印象好像没有时间概念（比赛不算），都是回合，对手双方都不能肯定的知道他们要打到什么时候，于是就要想办法保存实力和体力，在争夺中尽力延长体力极限，才有可能制胜。推而广之，可能我们的日常生活里，也有了类似的痕迹和定式。

《西游记》最近又在各个电视台播放，作为永远不过时的剧目原作者，吴承恩老先生没赶上好时候，据说当初此书是第一禁书，全因为没放对了涉及的内容分量。直到今天，想看看人的想象力有多么的奇诡，完全可以仔细阅读这部小说，作者给出的故事情境既合情合理又突兀四起，人物奇模怪样又有本有源，而且还顺便介绍了地理历史等各个方面的知识，显示出了作家扎实的基本功。现在许多读者对穿越剧情有独钟，是否可以把这书想象成作者完成了一次穿越。按照某些科学观点，时间是可以折叠的，也许吴先生真的曾经偶然进入过折叠的时空，把普通人很难经历的事情报备出来，让世人知道，曾经有过这样的生活和这样的追求，以及为了追求有人做了怎样的努力。成功不易得，本领是一方面，还有许多因素非人力所能达到，更像冥冥中有天意。

（原载《黄河文学》2016年第2—3期）

遥远的春节

◎杨晓升

时序的春节日渐临近，记忆中的春节却越来越远。

的确，对我来说，儿时的春节是一年中最令人激动的节日。那时候是"文革"，物质极度匮乏。日常生活中每天都无法离开的粮油猪肉布匹肥皂等物资，都是定额供应、凭票证购买。居民每月定量的口粮根本不够每餐吃米饭，只能每餐用少量的米多兑些水煮粥。粥当然是稀粥，水多米少，煮出的粥近乎米汤。好在那时候农贸市场上还有廉价的红薯，一元钱能买十几斤，最便宜的时候一元钱能买到二十斤。红薯切成块煮成红薯粥，粥不那么稀了，红薯还补充了大量营养。及至如今生活水平大幅提高，众人才知红薯原来含有膳食纤维、胡萝卜素、维生素A、维生素B、维生素C、维生素E以及钾、铁、铜、硒、钙等10余种微量元素，营养价值很高，被营养学家们称为营养最均衡的保健食品，甚至有"抗癌之王"和"蔬菜冠军"美称，我才聊以自慰，感觉物质生活极度匮乏时的那种万幸。当然，这都是后话。

还是回到儿时的春节。

一年漫长的三百六十五天，除了元宵、端午和中秋等不多的几个节日或平日里偶尔来了重要的亲戚朋友，最幸福的时光莫过于春节，因为春节可以天天吃白米饭，而且可以连吃数天，从除夕到正月初五，天天如此。重要的是还天天开荤，一年中难得一见的鸡鸭鱼肉蛋，还有潮汕民俗中拜神祭祖准备的各色祭品（都是潮汕特色糕点、各色菜馅的米粉粿和各种水果），春节期间也天天可以吃到。馋疯了的人们仿佛报复性地选择在春节期间大吃大喝，直吃得满嘴流油饱嗝连连才甘愿罢休。也许是因为春节意味着吉祥，孕育着希望，再穷的人家也都要竭尽全力倾尽积蓄买回各种年货，让自己的家人吃个心满意足。仿佛这么吃，才会有好头彩、好兆头。仿佛不这么吃，就会被世人小瞧、来看时运不济。

对于小孩子来说，最兴奋的莫过于穿新衣。长年累月，平日里普通人家一般都买不起新衣，春节前则家家户户砸锅卖铁也要给自家的老老少少购置新衣，至少是每人一套，经济稍宽裕的人家每人会购置两套。即使经济所限难以做到大人们也购买新衣，小孩子们肯定是少不了的。因为春节孩子们天天聚在一起玩耍，谁穿新衣谁不穿新衣，那可事关一家人的脸面。贫穷百姓再穷也不能不给自家的孩子买新衣，那时候大都是买新布料自家做或找专业裁缝做。甭管面料好坏，新做的新衣孩子们都会高高兴兴穿上它，心满意足洋洋自得地在小伙伴们当中鲜鲜亮亮地显摆一番，以博取自得与欢乐。春节过后，新衣则成为每个孩子漫长岁月里不可或缺的装着，旧了也穿，破了则补。嫌小穿不进了，则退给自家的弟弟或妹妹继续穿，所谓"新三年旧三年，缝缝补补又三年"就是这个样子。那时候中国还鲜有独生子女家庭，谁家都有兄弟姐妹，旧衣旧鞋的"废旧利用"便无所不用其极，十分充分。从这个角度讲，拥有兄弟姐妹的家庭，穿着最不浪费，也最为环保。这是如今的独生子女家庭所不能想象的。

压岁钱则是孩子们春节中的另一种惊喜。贫穷人家，钱对孩子们来说非常奢侈。平日里，孩子们可不像今天的孩子这样幸福。如今的孩子钱可以随时找父母要，即使孩子不主动要钱，做父母的也会随时关爱有加地问孩子需不需要钱，唯恐孩子没钱出门受委屈，甚至百依百顺要什么给什么。那时候的孩子，平日里衣兜里很少有零花钱，偶尔有几个一两分或五分面额的硬币，那已是父母的极大恩赐，肯定是孩子做了什么好事或父母高兴时偶尔的奖赏。那时候普通百姓的孩子，春节得到的压岁钱也不像如今的孩子，动辄数百上千甚至上万，父母给的压岁钱少则几毛，多则几块，一般都是事先在银行换好的新票子，一角两角五角，一元两元五元，崭崭新新，整整齐齐，不留半点褶皱。如此崭新的钞票，孩子们拿了大都也舍不得花，大都小心翼翼地藏着掖着，唯恐丢失了或被别的孩子偷了，抑或生怕被大人们无意间拿走。有了压岁钱，春节里穿着新衣的孩子，底气更足了，情绪更加高涨了，笑容也更加灿烂。孩子们在一起耍闹追逐嬉戏的笑声，无拘无束，清澈爽朗，让"文革"压抑贫穷的日子有了难得一见的生机。

春节期间，走亲访友是大人们日复一日的节目，当然是要带上自己的孩子。潮汕地区，春节串门走亲访友，给对方的老人小孩压岁钱是必不可少的礼节，当然双方必须是沾亲带故的，要不就是平时来往较多关系较好的挚友。上门做客时，须事先备好红包，红包里装两角四角两元四元不等，多少都有，但必须是双数，意为好事成双。客人给主人家的老人小孩送红包，主人也需要给客人带来的孩子回送红包，礼尚往来，这是人情世故中的一种平衡，也是一种悠久的民俗文化。假若有谁敢打破这种平衡，比如只收礼不回礼，轻者背后会被责骂自私不懂规矩，重者会被世人鄙视冷落直至断绝来往。所以，春节串门带上自家的孩子，既是聚会凑热闹的需要，更是利益均衡的需要。假如上门做客红包只出不进，那可就亏大了。所以，春节上门做客的人一般都会带上自家的孩子，而且对方有多少孩子，自家一般也会带上数量相等的孩子。跟着父母串门做客，孩子们当然也乐意，好吃好喝、热热闹闹不说，还会收到装有压岁钱的红包，孩子们何乐不为？

只是孩子们收到的压岁钱，最终大都要收归父母所有。贫穷时代，经济拮据，谁家花钱都捉襟见肘。春节送出的红包也是平时节衣缩食挤出来的，孩子们的红包如果不上缴，春节一过，家里的生活就更加艰难了。所以，春节孩子们收到的红包，除了留下少许，最终大都得上交家长，家长美其名曰怕孩子弄丢了，交大人"保管"安全。家长当然还有更充足的理由：寒假一过，新学期开始需要买文具交学杂费，压岁钱还不是用到你的身上？如此理由，堂堂正正，孩子们一般也不会辩驳。穷惯的孩子早懂事，谁也不敢奢望压岁钱都会留给自己乱花。即使如此，谁也不能否认压岁钱给孩子们带来的欢乐。

我本人自小生在潮汕，长在潮汕。记忆中，儿时的春节便是在这种氛围中度过的。"文革"中清贫压抑的漫长日子里，只有春节才会让人体味到欢乐，也只有春节才能让人感受到幸福。尽管这种欢乐和幸福相对短暂，却让人向往，让人激动，让人难忘。唯其如此，春节的日子也才弥足珍贵，让人珍惜。

光阴荏苒，时过境迁。随着年龄的增长和社会生活翻天覆地的变化，如今的春节对我来说却已经淡漠，甚至已经越来越远，因为平日里我们都已经不缺吃不缺穿，日常的营养和生活需要早已得到满足。吃喝穿戴，基本上要什么有什么，可以说天天过生日，日日度春节，如此丰衣足食，儿时过的那种春节谁还稀罕？

何况如今的春节，狂轰滥炸的问候短信，应接不暇的朋友聚会，常常让人疲于应付、心生疲惫，以致内心深处反倒抵制春节。

要问如今的我对春节还有什么期望的话，倒是7天的长假中或多或少还能让我挤出一些时间读书写作。光阴似箭。日月如梭。人生苦短。平时公务缠身、终日忙忙碌碌的我，渴望有一点属于自己的时间，让自己停下忙碌的脚步，恢复生活的平静，也让灵魂得以稍稍的歇息，身心得以调整、放松，集中精力做一点自己想做的事。这大概就是我如今对春节的一点期盼。

（原载《香港商报》2016年2月21日）

等闲变却故人心

◎叶兆言

　　1968 年的初春，我在江阴农村上小学，有一天，在县城上班的舅舅回来了，脸色阴沉，带来一个很恐怖的消息。情况非常严重，远在南京的父亲检举揭发了母亲，母亲因此被打成"现行反革命"。现在重新说起这件事，好像也没什么大不了，可是在当时，在那个特定时间里，"现行反革命"的罪名十分严重，真有一种天都要塌下来的感觉。

　　史无前例的"文化大革命"中，夫妻之间无论怎么恩爱，斗私批修，相互检举揭发，并不是什么稀罕事。那年头批判某个人，大家矛头所指，群情激愤，作为亲属说几句大义灭亲的话，交待几个不痛不痒的小罪行，点到为止，敷衍一下也就过去。除非存心反目，不想再过下去，那就不好说了，夫妻本是同林鸟，大难临头各东西，破罐子破摔，恩断义绝很正常。

　　父亲对母亲的检举揭发有些特别，首先是时间点，1968 年春天，"文化大革命"已过了最激烈最冲动的年头，打砸抢基本上结束，造反派威风不再，文艺界掌权的是工宣队和军代表。被批斗被打倒的对象，关在牛棚里的牛鬼蛇神，开始逐步解放。母亲因为家庭成分好，出身贫农，又是老共产党员，根正而苗红，显然属于第一批应该解放的人。母亲即将解放的消息传到父亲那里，是什么人去传达的，为什么要去传达这个消息，现在已经无从考证。反正事情变得很戏剧化，处于隔离期间的父亲，经过深思熟虑，突然决定要检举揭发母亲。

　　父亲是个右派，像他这样的身份，在"文革"中基本上就是死狗，不用打便倒了。造反派也不会把他当回事，天生是坏人了，已被扫进历史的垃圾箱，根本犯不着再花气力把他整成一个坏人。父亲的检举揭发让事情变得不可收拾，他交待的母亲"现行反革命言行"，非常非常反动，性质非常非常恶劣，这样一来，眼看着就要被解放的母亲，又要再一次被批斗和打倒。这个批斗和打倒，与"文革"初期带有普遍性的大批判已经不一样，问题要严重得多。

　　父亲的交待主要是两条，在当时都属于罪大恶极。第一条，说毛主席他老人家老糊涂了，他身边怎么可能有那么多坏人。第二条，林彪长得很像个奸臣，他的眉毛是倒挂的，舞台上奸臣就是这样的扮相，会不会是个坏人呢。母亲曾经是很红火的名演员，出过一段风头，跟许多中央领导一起拍过照，经常接待外宾，她私下里会对父亲这么说，其实也是很朴素的，心里怎么想，就怎么说了。夫妻之间悄悄议论，有一些反动言论，在"文革"中恐怕也不能算绝无仅有，可是这话一旦放到桌面上，一旦公开化，就一定是很严重的"现行反革命"罪行，是在私下恶毒攻击伟大领袖毛主席和他的亲密战友。

我一直没弄明白父亲究竟是口头检举，还是书面揭发。几十年以后，重新提起此事，除了"戏剧性"三个字，找不到更好的词。一位工宣队员十分严肃地跟母亲谈话，说你要好好地想想，还有没有什么事没交待，还说过一些什么样的反动言论。那年头，有的工宣队员专门与人为恶，也有的愿意与人为善，这一位心肠特别好，他暗示我母亲，开弓没有回头箭，没说过的话，不可以瞎承认，什么话都要想想好再回答，要想想后果，要掂掂分量。事实上，母亲早忘了枕头边说过的话，工宣队说你丈夫已经揭发了你的反动言论，她想来想去，好像也没说过什么反动言论。工宣队就把这两条说了出来，点明要点，说你再想想，有没有这么说过，我们可以给你时间，你好好想。

因为都还在隔离期间，分别被关在不同的地方，母亲又不能去与父亲核实。她怎么能想到父亲会把"文革"初期说的话又翻出来，这事过去都快两年，大风大浪差不多过去了，没想到又会突然冒出这样一场戏。于是她一夜未眠，脑海中全是演过的各种古装旧戏，枕头都哭湿了，演过的现代戏中英雄人物形象已不起任何作用，她想到的是自己若咬死不承认，父亲就有诬陷之罪，就得吃不了兜着走。工宣队的意思很明显，让她保护自己，父亲反正是死猪不怕开水烫，多一点罪名，少一点罪名，无所谓。然而母亲不这么看，她觉得父亲罪上加罪，那就再也没救了。他已经跌到了悬崖下，山上的石头再压上去，便是彻底没有指望。自己如果承认了，父亲可以立功，这样一来，也算是为他分担一些罪名。1957年"反右"，父亲被打成右派，有人劝母亲离婚，她没有听，现在，母亲仍然是选择了再给父亲一个机会。

事实上，母亲也没多想自己承认了会怎么样，想得更多的是不承认会怎么样。她觉得自己根正苗红，历史清白，承担得起。也许是处于隔离审查状态，她对外面的形势并没有太多了解，并不知道一旦承认了，罪行会有多严重，她知道会被批判，会再次被批斗，会暂时影响自己的被解放，究竟可能严重到什么地步，并没有做好思想准备。她知道父亲很懦弱，在"文革"开始的时候，曾有过约她一起自杀的念头。她觉得很悲伤，恨父亲竟然会在背后捅自己一刀子，一日夫妻百日恩，百年修得同船渡，枕席之间的话，又没有第三个人知道，干吗非要把它说出来。天亮以后，她开始向工宣队坦白交待，承认确实说过类似的话，承认自己思想觉悟不高，没有文化，没认真学习马列主义毛泽东思想。她说自己究竟说过什么，已经记不清了，就以父亲的检举揭发为准吧。

结果的严重性完全出乎大家预料，也是母亲始料未及，大字报立刻铺天盖地，批判大会群情激愤，口号声直上云霄。顿时就有了一种要打入十八层地狱的恐怖气氛，"文革"中不少"现行反革命"分子就是这么被批捕的，然后被枪毙了。现在说起来很奇怪，让人难以理解，完全不敢相信，为什么会那样草菅人命，但是在当时却有可能顺理成章，见怪不怪。恶毒攻击就可以是死罪，如果你不认罪，如果你还敢狡辩，还敢继续抵赖，还要妄图继续恶毒攻击，那么很可能就是死路一条。

消息传到江阴农村，外婆　家都吓蒙了。本来很严重，加上流传中的夸大，已经无法收拾。舅舅那时候还没满三十岁，记得他反复念叨，说外公临死时曾关照过他，说我母亲命太硬，现在飞黄腾达，运交华盖，终会有落难的一天。残酷的现实印证了外公预言，结果外婆唠叨一夜，数落来数落去，无数遍地骂父亲是黑心肠，是恶魔，把所有怨恨都撒到无辜的外孙身上。当时我与外婆同住一个小房间，老太太开始数落我的不是，说父亲母亲都要去吃官司，都要送去劳动改造，而我呢，当然应该跟着父亲。大家的一致结论就是，母亲这辈子已经完了，父亲也完了，这个家土崩瓦解，彻底完蛋了。

"文革"一开始的时候，我们家被抄，收藏的图书被没收，父亲和母亲被批斗，被游街示众，与后来的被打成"现行反革命"相比，这些都算不上什么。那也是我一生中最黑暗的日子，一个寄人篱下的小男孩，一个被遗忘的多余者，一个在乡间连茅坑之地都没有的野种，几乎可以被所有的人欺负。老实说，我当时十分麻木，没有一点悲伤，在过去以及接下来的一段日子，没有来自父母的任何消息，他们也没有贴过一分钱的生活费。外婆对我的厌倦早已到极致，如果我有机会能够离开这里，无论去什么地方，肯定是毫不犹豫。

又过了一年多，我回到南京，父亲母亲仍然还在审查期间，已结束了全封闭隔离，重新生活在一起。仍然还是敌我矛盾，仍然要每周写一次思想汇报，天天要去打扫厕所。最困难时期已经过去，母亲文化水平低，每次思想汇报都痛苦不堪，结果就是父亲先用她的口气拟一份草稿，再由母亲抄写。这种状态继续维持了相当长的一段时间，被审查对象一个接着一个解放，开始恢复普通革命群众身份，开始恢复党籍。具体日期记不太清楚，反正父亲和母亲都很晚，父亲虽然是右派，罪孽深重，也比认定有"现行反革命"罪行的母亲要略早一点。母亲是最晚的，等轮到她被解放，差不多已是林彪窜逃蒙古前后，已经属于典型的后"文革"时代。

父亲的这次检举揭发，对母亲的伤害无疑非常严重。我记忆里，为了这件事，母亲对父亲总是会有埋怨，常常这也不是，那也不是，父亲永远在为自己犯过的错误埋单，基本上就是这也不对，那也不对。随着时间流逝，这事终于慢慢地过去了，越来越淡，越来越微不足道，又好像永远也过不去。大家都想把它给忘了，有意无意地又会提到，埋怨声又会再起，就算母亲内心已经毫无恨意，她仍然会很随口来一句"我真被你害惨了"，说"为了这几句话，你让我吃了多少苦"。父亲像个犯错闯祸的小孩子，立刻愁眉苦脸，垂下头来无话可说，从来都不分辩，打死不吭声，最多也就是嘀咕一句，带着些不耐烦：

"好了，我确实是错了！"

熟悉父亲的人都知道他绝对是个善良的老好人，是公认的老实人。大家都觉得，只有像他这样的书呆子，才会不知轻重不计后果，才会这样大义灭亲。真相究竟是什么呢，很多细节究竟是怎么样的，我从来也没真正弄明白。父亲已过世二十多年，他在世时，我们什么话都可以聊，什么问题都可以争论，唯独这件事谈不下去，刚开始就结束，刚开始就转移了方向。他当时为什么要主动揭发交待，我们只能在背后议论，自以为是地分析动机，武断地猜想他的用心。简单的结论是破罐子破摔，他觉得自己反正没什么希望，因为绝望，所以绝情，索性拉着母亲给自己垫背。显然，他是知道这样的检举揭发，会有什么样的严重后果。知道母亲会因此被打成"现行反革命"，知道被打成"现行反革命"可能会有的惨重下场，他当然知道这么做是不仁不义。

事隔多年，完全没有再责备父亲的意思，在"文革"那个荒唐年代，荒唐事情实在太多了。我只是在回忆中寻找"文革"的痛点，重新触摸那段让人不堪回首的历史，隔着时间长河，再现已消逝的场景。"文革"中的伤痛可以有很多种，走资派被打倒，老干部被揪斗，武斗的血雨腥风，造反派被打成"五·一六"，珍贵的文物被损坏，亲情被割裂，知识青年上山下乡，城市居民被迫下放，所有这些一旦成为历史的一部分，都有可能变成亲切回忆。人们可以津津有味地回味当年，回味曾经的狼狈不堪，曾经的被打倒被揪斗被批判，曾经的贫穷和艰苦，所有这一切，都可以当作资本来炫耀，唯独对母亲的这次检举揭发，没办法放在桌面上，见不得太阳，永远处于深深的黑暗之中。对于父亲来说，这是一个永远都不能结痂的伤口，一直在悄悄地淌着血。

为什么要这么说呢，因为有些事搁别人身上，做了就做了，过去也就过去，偏偏搁在父亲身上，永远不会过去。一个好人与一个坏人的最大区别，往往表现在心理承受能力上，坏人总是让别人难受，好人总是让自己难受。好人会自责内疚，坏人则不会。伤害别人，不只是会给别人带来痛苦，同样也更会伤害自己，给自己带来更大的痛苦。我知道父亲为这次背叛，自责了一辈子，从此以后，他始终都处在负罪之中。1976年9月9日毛主席他老人家逝世，父亲从外面哭着回来，像个孩子那样完全失去控制，进了门还在一个劲流眼泪。我觉得很奇怪，说了句不该说的话，他立刻有些尴尬，目瞪口呆地看着我，半天说不出话来。结果还是母亲在一旁打圆场，说小孩子不懂事，说话没有轻重，不知天高地厚在瞎说八道。"文革"开始的时候，我只有九岁，经过"十年浩劫"，此时已经十九岁，再也不是什么小孩子。

我显然已经长大了，父亲却好像还没有。毫无疑问，父亲当时是真的感到悲伤，与当时大多数的老百姓一样。他从来都不是一个虚伪的人，几年后右派平反，父亲又是发自内心地高兴，二十多年过去，一口怨气恶气终于吐出来。说老实话，父亲这一代人，基本上都是被政治运动搞糊涂了。在一次次的政治运动中，他们永远都在顺应时代潮流，一次次在潮流中迷失自己。反右的时候，父亲降了四级工资，到平反时再折算，损失人民币差不多一万多块。上世纪七十年代末，万元户比今天资产几千万的人还神气活现，父亲提到这笔被扣的巨额薪水，总是表现得十分大度，说国家也很困难，打了那么多右派，一下子怎么可能拿得出那么多钱来赔偿。

父亲真的一点都不在乎，能够为右派平反，已经很感恩戴德。这钱究竟有多少，应该不应该赔偿，根本不重要。在过去的岁月，他付出了最沉重代价，浪费了青春；失去的东西，应该汲取的教训，远比金钱要多得多。父亲最得意的人生是去解放区参加革命，很年轻的时候就加入了共产党，他一生都在要求进步，都在追求光明，然而结局太让人失望。逆来顺受也好，忍辱负重也好，"文化大革命"是政治运动的最极端，它的开始和结束，都不是偶然。"文革"中的人性泯灭，从来不是一蹴而就，反胡风，反右，四清运动，都是"文革"的催化剂。防微杜渐，勿以恶小而为之，人心的坠落往往没有底线，从开始时不知不觉，到后来别有用心，看上去好像漫长，很曲折，又完全可能只是在刹那之间。

世异时移，回顾当年重温历史，过来人几乎都可以是"文革"受难者，都可能受过迫害，但究竟有多少人在扪心自问，在自责反思忏悔，在回想自己有没有参加过迫害，有没有助纣为虐为虎作伥，这个还真不太好说。事隔多年，虽然新时期新气象，关于"文革"的叙事难免夸张和变形，角度不同，结论也不尽相同。左右两派都带有自己目的，都会有明显的个人诉求，但是不管怎么说，底线终究是底线，都必须要防止"文革"再次发生。

（原载《收获》2016年第5期）

在武汉

◎林　白

据说武汉的冬天比南极还要冷，南极我没有去过，不过看了一篇去过南极的武汉人写的文章，说北京人一到南极就冻感冒了，而她半夜走出帐篷去酒店小解，也不过像在家里起夜而已。以我在武汉过冬的体会，觉得此话可以两说。

19岁至23岁在武汉上学，印象至深的寒冬情景是：三个人挤在同一张床上盖三床棉被大背辩证唯物主义——那时每人仅一张被子，要凑够三床被子就得凑够三个人。在窄小的单人床上，并排只能容下两人，有一个得坐在床尾。如此紧张的态势，好在是一闪就过，考完试即放寒假，各自回家。

我从未在寒假回过家。年轻时淡漠家庭，想来是潜意识里个人主义和无政府主义的双重叠加。总之我从不觉得不回家过年有何不妥，我喜欢一种空茫、空旷的感觉，在寝室里独自一人，我开始写诗，并把这种感觉上升为某种内心的辽远和澄澈。

怀着空茫和辽远之心情我在武汉度过了四个冬天。现在想起来，最冷的寒假似乎没那么冷。人的记忆真是奇怪，明明是滴水成冰，早上出门，宿舍檐头挂下来的冰柱有几尺长，端着饭碗往饭堂走，一路走过去，踩在雪地上嘎吱嘎吱响，寒气直逼鞋袜，锋利地穿过牛皮和棉花杀进我的骨头。我看见了自己三十多年前穿的那双皮鞋，一双八成新的皮棉鞋，是我的小姑姑寄给我的，她从桂林无线电学校毕业，分配到遥远而寒冷的东北齐齐哈尔，"没有皮棉鞋，你的脚就没法要了"，这是她的经验之谈。于是从亚热带的广西北流县出发前，我收到了她寄来的包裹，除了这双皮棉鞋，还有一件崭新的呢子上衣，绿色有暗格纹，宽松端正，刚好能套在棉衣的外面。棉衣是学校发给南方同学的，一分钱不要。

此外学校还发了用稻草编成的床垫，厚而有弹性，透气，保暖性能不比棉褥子差，而且是我小时就用惯的。在干爽的稻草垫之上建立起来的被窝，带着草香和轻微的唰唰声，堪比世界上最有效的堡垒。除了打饭不必出门，也不用上课和考试，在广大的寒冷中守着身上的暖，胡乱看书，再胡乱涂写。而窗外大雪纷飞，万物枯瘦。

大雪纷飞中我看见了武汉大学的小操场，那是露天放映场，是我每周热切翘盼之地。在寒假中我多次冒着大雪坐在露天的雪地里，在台阶上，坐着自己带来的小板凳，双脚陷在雪中。脑后白色的光柱射到正前方的露天银幕上，那些或黑白或彩色的影像在他们的故事中。我丝毫也不觉得冷。散场时我看到了自己陷在雪地里的脚印，以及，另一双靴子。那是军队中的靴子，翻毛、高帮、棕黄色，质量极好。初放寒假时我们班的郝治平同学跟我说：小林，这双靴子留给你穿吧，还是很管用的。她尽量轻描淡写，免得对我有任何心理上的伤害。她是军队大院子弟，戴一副深度近视眼镜，常年穿一件四个口袋的旧军装，朴素、严谨、温和。她与我不同一个宿舍，我跟她也无特别交情。我高兴地穿上这双翻毛皮靴去露天电影场，雪陷过了靴帮和靴底的缝合线，但雪水丝毫没渗进，脚底干爽暖和，我踩在散场后杂乱的雪地上，人靴一体，披荆斩棘（那些寒冷的棘条）。

武汉的冷度与南极大概真有一拼吧，不过我还是特别喜欢武大图书馆飞檐下那些经久不化的冰柱，当然还有数学楼、理科楼、老斋舍、食堂的冰柱，我热爱所有绿色琉璃瓦（也包括行政楼的蓝色琉璃瓦）檐下的冰柱，早晚晨昏，抬头看见那些长长短短粗细不一的冰柱，它们晶莹透亮，像倒挂的竹笋，有突起的节以及拔节的生长态势，从而超越了冰的脆弱。它们在灰蓝色的天空下闪闪发光。多年来我常常认为大学四年是自己一生中的暗淡时段，但现在，那些日子被往昔的冰柱所照耀，仿佛容貌一新。

四十多岁时到武汉工作，先在武昌东湖附近租房居住。东湖风景很好，时值深秋，湖面辽阔，树木斑斓纷纷，大群花喜鹊飞起飞落，湖边寂然无人。我又开始写长篇，写累了到湖边散步，每次看见一个中年男人在湖边练美声，心中安宁。后来天渐冷，湖边萧瑟。室内最冷是卫生间，抽水马桶的圈垫有蚀骨之冰感。我居然没有想到要给自己买一个绒布套套在圈垫上。傍晚时分寒气最重，这时候我就到饭堂去。我租住的房子在单位大院，院内有食堂，一日三餐不必自己开火。晚餐时分，食堂只留一位师傅值班，饭菜大多是中午剩下的，食客寥寥，常常五六排餐桌仅我一人。不过饭堂里比我租的房子暖和多了，此外饭堂师傅的孩子这时候会来玩，他告诉我他叫什么名字，他最爱吃什么菜，他们班上谁跟他最好，等等，这使我的就餐气氛不至于太枯索。

我向往一种来去无牵挂的境界，同时我却对独自吃饭深恶痛绝。年纪越大越喜欢和家人一起吃饭，喜欢晚餐时的家庭餐桌，有荤有素有汤，明亮的灯下孩子大口大口往嘴里送饭菜……不过清冷的生活给生命以张力，我清晨出发，要从武昌跨越长江到汉口的单位去，长江浩荡，长风猎猎，一天两次跨过扬子江。好在长江二桥已经修成，从我的住处徐东大街一路直行，过二桥、黄浦大道，在一个转盘处左拐，就到了（想当年，从武昌到汉口，要先坐公交到江边轮渡，买票，排队，等候踏到渡轮的铁板上。然后汽笛呜呜，渡轮摇晃，就像是贴在江面上渡过长江）。

一天两过长江，心中无端有豪情。回来晚了错过饭点，抬腿就到黄鹂路的中百超市去，那里的入口处摆着两口冒着热气的大锅，一口锅里蒸着糯玉米，另一口，是紫米粥。买上一根玉米啃光，然后冒着寒风，回到租住的新华社湖北分社大院。走过空旷冷清的前院，到宿舍区的楼下，一楼的住家正冒出炒菜的滋啦声，油烟腾腾，落到楼前的冬青树上——它们向我馈赠了浓稠的人间气息。我很想写一首诗。我一直想写诗，没有句子盘桓，写不出。记得诗评家耿占春曾经对我说过（那是1997年，《花城》茂名笔会的事），写诗需要沉默。果然就是这样。我沉默着回到我的一居室，写下了一首诗：《在武汉过冬》。过了两年，我改了一稿，题目也变成《回忆二〇〇四年在武汉过冬》。

在汉口买了房子之后我反倒不太常去武汉了，单位宽松，我尽量不在最冷和最热的季节去武汉，因此一直没在新居安装冷暖空调。有一年，在隆冬时节我得回武汉开会，开会期间住酒店，自然是温暖如春。散会是在中午，回北京的返程票是在晚上，我需要在没有任何取暖设备的房子里度过整个下午。

这一次，武汉的严冬才真正向我露出了它的狰狞。从外面进屋，温度骤然低了几度，除了从北京来时穿在身上的羽绒衣外，我用衣柜里留在武汉御寒的所有衣物把自己裹了起来，厚袜子、厚手套、居家穿的长棉衣——棉和毛层层堆叠，令我透不过气来。我打算坚持到下午五点，然后出门找一家饭馆吃饭，饭后再慢吞吞关上水电门窗，火车是八点多的，还很早。但是仅仅过了半个小时就不行了，我开始发抖，全身冻得像冰棍，无端想起卖火柴的小女孩，开始担心自己冻僵。这样的冷法实在出乎意料，当年明明比现在冷啊，而且没有羽绒服，宿舍里同样没有暖气。大概就是年纪到了，人一老，体内的火渐熄，寒气当然长驱直入打你个人仰马翻。那好吧，我三点多钟就出门找饭馆，找了一家有蒸饭有煲汤的江西馆子，吃了饭，喝了烫烫的热汤，磨蹭到五点。剩下的三小时再也不敢在家里呆着，早早地，把自己交给了汉口火车站候车室。

比起真正的北方，武汉的冬天并不长。三月份，学校刚开学春天就来了。天气透朗，草绿花开。既无北京的风沙尘霾，也没有广西的湿闷沉滞。身是轻的，心也便轻。如此就要出门照相了，三三两两，走到樱花下，人一笑，明亮动人。有樱花的春天当然是珞珈山上，在三十多年前的某一夜。所谓过去的永远都是最好的，那时候没有来观樱的人山人海，可以静赏老斋舍前繁盛的花——从这头望向那头，像密实的云层，一层浅红一层粉白，既是密的，又是轻的。尤其是夜晚，满月，一轮金黄色的大月亮垂着，不高也不低，一树繁盛的樱花浸满了月光，温润、神秘、难以企及。而你站在老斋舍的台阶下。然后，在记忆中，层层花瓣微微翕动，分泌着月光。跳荡，起伏，花朵汹涌——这些都是我曾经写过的。

今年春天，我办妥了退休手续，无论冬春，我与武汉的缘分就越发稀薄了吧。我将卖掉武汉的房子，和武汉渐行渐远。2004年五月份我到武汉报到，之后同邓一光、李修文、张执浩到洪湖老湾乡，一路斜风细雨，万物青翠，山河浩荡。棉花苗已经长到一拃长，油菜正在收。因为下雨不干活，我在小学校二楼的一个教室里开始了《妇女闲聊录》的采访。第一个妇女在我的本子上写下了自己的名字：张三英。她以前放鸭子，现在开米厂，80年代扫盲，学会了写自己名字。汤仁美、黄四新、李小菊、马喜善……她们一一出现在我的本子上。然后我们去了红安七里坪，去了利川。一切历历在目。自2004年春至今，已整整11年了。

（原载《作家》2016年第1期）

诗文里的徽州

◎刘　琼

　　"欲识金银气，多从黄白游。一生痴绝处，无梦到徽州。"每个人的心中都有不能实现的梦，这种欠缺感在当时是痛楚，在事后便是美感，比如汤显祖。

　　生在四百年前一个江西小城，却被我们念念不忘，从"扬名""立万"的角度，汤大师倘若地下有灵，该是何等满足？但汤显祖生前怀有不能为常人道的若干不满足，所以写出《临川四梦》。从这"四梦"，淘气的今人又繁衍出若干轶事野史。若无轶事，做人还有何意趣？好吧，且不说野史，说说正史。四百多年前，汤显祖僻居临川一隅，窗对"柳色青青""花光灼灼"，挥笔写下无缘痴绝的徽州梦，不料想竟成为后人关于徽州书写和徽州向往的诗歌符号。临川距离徽州不足六百公里，虽需车马劳顿，何以竟不能往？好事者望文生义，推说汤显祖潦倒一生，临终恨恨不绝，因无"黄白"做旅资，所以不能踏足徽州。这样的解文是典型的不学无术。汤显祖何以不能至徽州，今人虽无法知悉，但至少可以肯定一点，即用赋比兴抒情表意，乃诗歌本事，也是诗人的本能。作为诗人的汤显祖写这首诗时，显然起用了一贯的浪漫主义写作技法，先从"黄（黄山）白（齐云山）游"起兴，到"无梦到徽州"递进铺陈，用"梦"这个汤式典型意象，书写对美好事物极度向往之情。此处，这个极度向往之美好事物，便是水墨徽州。

　　清康熙六年（1667），正式撤销江南省，将其分为安徽、江苏两省。安徽是因其江北有安庆，江南有徽州，取二地之首字而称安徽。我从小生活的芜湖夹在安庆、宣州与徽州中间，小的时候，常站在江边看扯着风帆的货运船压得低低地从青弋江驶进长江，船上堆着簇青的毛竹和山笋，从山里来的船老大说的话一句也听不懂，山里便成为许多疑问。这个山里，便是汤显祖心向往之的徽州。

　　山环水绕的徽州固然长路崎岖，却非生在深山人不知。

　　早在唐宋两朝，徽州的美名凭借文人墨客的诗文不胫而走。诗文传播最得力者，应属平生最喜欢游山玩水又懂传播表达的李白李青莲，根据《李白全集编年注释》初步统计，李白一生游历安徽多达十余次。从时间上看，自诗人二十岁"仗剑去国，辞亲远游"，江行初经安徽，到晚年六十多岁至安徽南陵投亲，终因"此间乐"，不思归，埋骨当涂青山脚下。从地域范围上，诗人先后到过皖北、皖中、皖西和皖南，涉及亳州、和州、庐州、宣州和歙州。尤其是地处江南的宣州，诗人往来最多、盘旋最久，当时宣州所属诸县均留下诗人流连忘返的足迹。在李白现存的一千首左右的诗歌中，能够考证出来的就有二百多首诗在安徽写的。

从青山驱车，不到一小时，即"碧水东流至此回"的开阔楚江。再驱车两小时，便是"相看两不厌，唯有敬亭山"的敬亭山。从敬亭山出发，半小时车程便是桃花潭……水墨江山，显然激发了诗人的滔滔诗情。书生人情一张纸，层层叠叠的诗句冠以李白的诗名，从盛唐流传到南宋、明清乃至今日——南宋以后，兼有徽商不遗余力的人际传播，徽州成为天下人的痴绝梦。

不同的文化地图上，徽州都会成为一种向往，起初只是水墨江山，后来是民居建筑、雕塑艺术、文房四宝。徽州的好，是无法排遣的好。生在徽州知道它本来就好，客经徽州看到它那出人意料的好。

碧水，郁林，黛瓦，飞檐，这些诗文里千百遍吟咏的物象，还是一等一地停留在时光里。就连大大小小的村落，姓名也被呼唤了几百年。一千年前也罢，今天也好，徽州都斯文得像诗文。

在"八分半山一分水，半分农田和庄园"的徽州，这一分水的地方，诞生了一种捕鱼设施，即在河流中间某个流速恰当的位置用木桩或柴枝、编网等横砌成栅栏，把水流拦截起来，鱼游至此彷徨不定之际，正好张网捕捞。这道堤坝因这种捕鱼功用，拥有了一个形象的姓名：鱼梁。比如鱼梁古埠，这是当年徽商出山最古老的码头。但鱼梁，比我们想象得还要古老。《诗经·邶风·谷风》里弃妇以愤恨口吻出现的一句"毋逝我梁"，在东汉《毛诗序》里注为"梁，鱼梁"。唐宋诗文里，鱼梁一词出镜率很高，比如，李白有"江祖出鱼梁"（《秋浦歌十七首》），杜甫有"晒翅满鱼梁"（《田舍》），特别在南宋诗人陆游的笔下，鱼梁简直是专宠，"山路猎鬼收兔网，水滨农隙架鱼梁"（《初冬从文老饮村酒有作》）、"云开韩日上鱼梁"（《冬晴闲步东村有故塘还舍》）、

"我归蟹舍过鱼梁"《湖堤暮归》、"处处起鱼梁"（《稽山行》）、"绿树暗鱼梁"（《追凉小酌》），难以一一而足。

由鱼梁，我甚至想起了浮梁。浮梁一地，今人考证为江苏西景德浮梁镇。"商人重利轻离别，前日浮梁买茶去"，白居易的《琵琶行》里琵琶女痛恨的浮梁，乃市茶之地。明清以来茶叶买卖基本被徽商垄断，而景德镇恰是古徽州的紧邻，今天，景德镇麾下的婺源又是当年徽州最基本的成员。由此，可以推测，琵琶女所嫁商人大概是某一徽州茶商，"前日浮梁买茶去"，说的也是徽州地界的事。"浮梁"，本义河水中凸起的堤坝，成为地名应是后来的事。

又比如黟县南屏村，这个始建于元明年间的古村，因村南有一道屏障似的南屏山而得名。提到南屏，我们想到了南屏晚钟。虽然全国有许多曾经叫南屏的地方，最有名者还数杭州的南屏晚钟，但我更愿意相信，这个词始发源于徽州。徽商出山，沿新安江往东，杭州是最繁华的落脚处。也是从绩溪上庄走出去的红顶商人胡雪岩，走到杭州，把买卖做大了，以至今人误其为杭州人氏。杭州城里前三十年还特别著名的张小泉剪刀，它的创始人张小泉也是从新安江摆渡出去的徽州人。徽商进了繁华闹市，除了带去城里人喜欢的各种山货，也带去了浓浓的乡音，包括移情别用的地名。

又比如堂樾和甘棠。想到了什么？当然是《诗经》的《国风·召南·甘棠》。"蔽芾甘棠，勿剪勿伐，召伯所茇。蔽芾甘棠，勿剪勿败，召伯所憩。蔽芾甘棠，勿剪勿拜，召伯所说"。甘棠即棠梨。这首诗记录的是西周贤相台伯的故事。台伯为了推行文王政令，深入基层，在一棵甘棠树下办公。台伯"三贴近"的作风深得民心，台伯走后，在百姓的自觉维护下，那棵甘棠树枝繁叶茂、清阴历历，人称"堂樾"或"唐樾"，樾即树荫。此即典故"甘棠遗爱"的由来。"甘棠遗爱"也作"召公遗泽"，意在颂扬贤明仁爱的朝政。典故原发地陕西岐山刘家塬村今有召公祠，祠内有甘棠树以及当年慈禧太后和光绪皇帝避难至此题赐的"甘棠遗爱"匾额。甘棠远荫是岐山八景之一。

地名也是文化。远隔崇山峻岭的徽州，从陕西一个典故化出两个地名，沿用至今，其间古意开枝散叶，与青山绿水水乳交融。甘棠属于太平，是太平最大的镇，今天的太平属于黄山区。太平设县于唐天宝四年，县名来自《庄子·天道》中的"太平，治之至也"。宋乐史在《太平寰宇记》里说："以地居（宣城）郡东南僻远，游民多结聚为盗，邑人患之，因安抚使奏，非别立郡邑，无以遏此浇竟。时以天下晏然，立为太平县。"环太平县的那条碧水也叫太平湖。据史载，太平立县不久就爆发王万敌领导的农民起义，为加强治理，朝廷又割太平九乡新置旌德县，"冀其邑人从此被化"，而能"旌德礼贤"。这些记载与唐代宪宗时的宰相李吉甫在《元和郡县志》的记录一致。永治是执政者的愿望。太平才是天下人的愿望。

徽州人对于生为徽州人，有着异乎寻常的自觉，他们对徽州是"与有荣焉"，只念"生死相依"。李白的诗歌固然令人浮想不已，但毕竟是客居的创作，是游历的心境，少了些植入血液的深情。"故园东望路漫漫，双袖龙钟泪不干"，还是胡适这句诗入心入肺。至于在江西和安徽两省之间几番进出的婺源，近一百年来不断地发起"返徽"运动，便是例证。当年蒋介石政府出于"剿共"需求，于1934年将徽州的老成员婺源划入江西，后因婺源民众不断发起返徽运动及同乡胡适等人奔走努力，抗战胜利后的1947年重新划回徽州。但仅仅两年之后，新成立的中华人民共和国又将婺源划入江西。半个多世纪过去了，今天的婺源人还坚称自己是安徽人。

面对这样的坚持，不知为什么，我想到了徽州驴。

（原载《泰山晚报》2016 年 8 月 10 日—20 日）

我们都要脸

◎白　琳

一

　　燕妮脸上的青春痘终于在三十三岁那年败落下来。它们霸占住一个女孩子最耀眼的时光，让她仿佛还没有美过，就开始老了。这样子的老用海蓝之谜、雅诗兰黛都拦截不住，她的眼角开始有了深浅不一的几道皱纹，两颊的肌肉也有松动的趋势，而且战斗还远远没有结束，她开始对付痘痘遗留的疤痕。战争偃旗息鼓，收拾残局的时光却更显得漫长。所以，她每次来我这儿小住，讨论的都是怎么拥有完美的PP肌。

　　PP肌标榜的是如同小朋友屁股一样的丝滑质感。其实哪怕没有小朋友那么娇嫩，有自己的PP那么滑也好。女人颌下、乳房、臀部，大概没有受到日光粉尘化妆品的侵害，所以总是最滑嫩的地方，有时连自己都爱不释手。看着她买回来的各种中草药膏、化学制剂，形形色色瓶瓶罐罐……总之我的兴趣也跟着高涨起来。十年前我对着燕妮满脸的痘痘叹息时，肯定没想到自己也有长残的一天。突然，毫无预兆间，我的脸上也开始冒出各种粉刺。我知道这些糟糕的东西其实源自内里。我的身体开始腐败，囤积了难以计数的毒素要找一个出口。它们选择从我光洁的脸蛋上开始排泄，从不考虑雅不雅观。

　　燕妮每次从上海回来，都要在我家住几天。我喜欢看她穿着香芋条纹打底裤晃着两条小细腿在我的沙发上抹一罐有浓浓薰衣草味道的药膏。她抹得很仔细，可以持续我们整个聊天的过程。有时候她把嘴张开撑成O形，好让两颊的皮肤更加紧绷，这样才能涂得更均匀。我们小的时候都非常嫌弃自己婴儿肥的大饼脸，现在反而恨不得去打玻尿酸让自己凹下去的脸颊更饱满一些。

　　过了三十岁之后，我也开始狠狠对自己的脸进行大量投资，尽管有时深切明白会毫无进益，仍然忍不住去专柜看看还有什么能够阻挡岁月的侵蚀和雾霾的磨搓。学中医的燕妮讲发毛肌腠为表，脏腑为里，六淫外感多由表入，七情内伤总由里发。所以你身体不干净再怎么美容都没有用。

对这个我深以为然。但是，明明她心如明镜，自己却仍然管不住两千多块的乳霜用了一瓶又一瓶。女人的盲目、狠毒与哀伤在对付脸的时候就这么一目了然，要知道，在这个看脸的时代，千刀万剐也是值得。

我知道自己的身体是从哪一个时刻开始变化的。明明白白。几乎是一夜之间，我的脸上冒出了难以计数的小颗粒，在那之前，我不知道痘痘如何惹人讨厌，也不知道它们是多么的自强不息。它们从我的两颊蔓延开来，只留下一双眼睛。我想，如果眼睛上也有足够多的皮肤，它们一定也会霸据上来。在胶原蛋白尚且富饶的那几年，我的皮肤光洁挺立，把它们赖以生存的土地养得肥沃无比，所以，等第一颗毒瘤盛开，剩下的种子就呼啸着开始狂欢。

我的脸，是因为和着泪入睡而毁掉的。我不太清楚它的毁掉，究竟是我哭完就睡没洗脸，还是那悲伤击破了身体的抵抗，在血脉里种下了毒液？

至于我的眼泪，毫无疑问是心怀屈辱与愤慨的结果。但这愤怒的余威并没有就此结束，它燃烧在我的细胞里，释放了多年被囚禁的恶徒，让我第二天在镜子中看到了更为恐怖的自己。

我的身体也由此开始变化，以前从未有过的病菌都活活泼泼跳跃出来。我扎了一个月的各种液体，才控制住这一波猛兽的袭击。对痘痘一无所知的我，那时候还不懂得即将面临的是怎样的麻烦，我以为它们会像某一天突然来到那样某一天自然消失。我不知道我脸上是痘痘界声名最恶的一种，它的名字叫：闭合粉刺。

二

我完美的皮肤终结于二十四岁。

在此之前，生活的大部分，是轻松的。我陪一个满脸痘痘的女朋友去我家附近的中医研究所看脸。她是学钢琴的，很多时候要化浓妆上舞台表演。那时候她的脸也糟糕得不行，所以她总是恨恨盯着我的皮肤说，你怎么这么光滑！

中医研究所皮肤科总是挤满了各种形状的痘痘，红白紫黑深浅不一，有的势如破竹马上就要爆浆，有的隐蔽内向闷骚地默默生长。有的聚集在两颊，有的密布于额上。也有一些吹毛求疵的姑娘，脸上才冒出来两颗若有若无的痘痘，就跑来问医生怎么办。后来我才明白，这就是对自己的爱。

我的朋友接受了各种医生建议的治疗，每天都从包里拽出一包中成药喝。这药有时候是酸的，喝完嗳气，有时候是苦的，喝完排气。有一阵我觉得她的身体就像一条长长的甬道，两头都以通风为要。她自信地喝着药，定期去挤冒出来的痘痘，顶着一脸红色的疤痕上课。我可以从那些小伤口的缝隙里看到皮肤下面隐藏的肉质，鲜红而生动。她开始给我传达各种关于皮肤的知识，她说，完蛋了，伤到真皮层，脸上以后肯定都是疤。

她还常常借着挤痘的理由不来上课。她是大学老师，这大学位于太原最偏远的一个角落，她每次挤完痘都要在这个角落里休养生息好几天，等自己的脸结痂蜕皮。她像修炼中的蛇妖，过一阵就脱胎一次，只是脸上的状况在我看来，似乎从来没有好转过。

其实她所面临的最糟糕的问题并不是躲避城市里肮脏的尾气与浑浊的空气，她总是疑心那些粉尘与细菌会落在新挖开的伤口里变成一个更大的脓包。但是她无法逃避掉每周五的音乐会。这个音乐会是音乐学院借以表达自己与庸俗乏味的普系的区别而进行的例行表演。从大学开始，不知道是谁先出了这么个主意，音乐会就成了定期的技术考核，关涉学分的获得，那些女孩子们把每一次表演都当作正式的登台，服装梳化一律到位，很有形式感。学院里也有专门的音乐厅，我们被命令去当座客，捧个人场。实际上这完全没有必要，因为场地往往被别系的男同学控制，以至于后来不得不凭票入座。

所以我的女朋友迫于无奈，压力把头皮顶破了也不得不参加这种表演，即便是念到研究生，每学期也至少要参加三到五次。

化妆是对痘痘肌的最大考验，尤其是炎症肆虐的时候。可是舞台就是那么一个鬼地方，你必须顶着一张假脸才显得神采四射。在舞台上，让观众感到赏心悦目也是表演者的职业素质。所以当我对着浓妆艳抹的她说你可不可以素颜？她就一边拿遮瑕笔点那几天前刚挖的坑一边叹气。她的脸在粉底的修饰下渐渐匀整起来，她在凹下去的疤痕处重点修饰，渐渐它们也就不那么突兀。可是我总是很担心这些化学物质会渗透到她的皮肤里。它们看上去非常浓厚，会不会填满那颗被挖掉的痘痘的深坑？会不会长成一颗粉底痘？会不会挤出来的液体就如粉底一样浓稠？

<h2 style="text-align:center">三</h2>

我总能回想起少年气盛时期对自己皮肤的自信。各种光线放胆而来谁怕谁。可是我如今要躲着强光行走，恨不得重要时刻都在阴天中进行。

我最怕在电梯里和人聊天。电梯的光不知道打向哪一个方向，总之每一个毛孔都会暴露在对方的眼中。我在电梯里讲话时总会不自觉的把头扭向一个不那么明快的角度，或者借由两边的长发做一个挡牌。

我曾经也是别人咨询的对象：你的皮肤怎么保养的啊？怎么这么滑也没毛孔？对于这一点我那时还是有点得意的。虽然肤色偏黑，但是质地很好，像绸缎一样。我现在还记得一个学长，他是众多咨询者中唯一的男性，有一阵我很爱和他一起看他做的3D动画，研究他买的各种服装设计杂志。

他学设计，每天就在电脑前趴着。他日语很好，全是粘在电脑上看日本动漫学的。他靠着自学的动漫日语拿到了去日本留学的签证，走之前突然一夜变成了斑点狗。

因为这张脸，他竟然放弃了去日本的打算，老老实实留下来签进了高校。本来一毕业就留学的安排被搅得粉碎，等我去看他的时候，他好像抓住了最后一根救命稻草，不停地问我该怎么办。

他的脸那时候确实有点糟糕。大大小小的黑斑长了一整脸，每一块都有小拇指甲盖大。如同后来的我一样，也是一夜之间毁掉的。为了给申请的学校做出设计稿，他在电脑前没日没夜整整折腾了两个月。别人身上发生的事，再怎么令人唏嘘，也难以给自己敲响警钟。如果我那时候多体会一下人生的道理，说不定如今还能貌美如花。总之我的学长就是因为在电脑前吃饭睡觉晚上还不洗脸，莫名其妙就得了这么一个毛病。他跑遍太原各个医院的皮肤科都没人能说明白这到底是怎么个病症。所以这斑就在他的脸上整整挂了五年。

五年间，学长一直没找对象，连曾经热爱的动画设计也踢到一边去了，看到电脑就恶寒。每一次遇见，都还是会聊一聊怎么治病的问题，后来看到我渐渐烂掉的脸，他反而感到前所未有的慰藉。接着光子嫩肤什么的开始流行起来，我们兴冲冲地想要去试一试，各自解决一下困扰的麻烦。其实我也就是说说而已，哪知道他真的找时间去咨询了。还好他找到了一家正规医院，医生给他做了检查后说，要不我们来做个试验。

所谓的试验就是从他最嫩的皮肤上切下来一厘米长的一小截，拿刀划开他脸上的一块斑，然后再把切下来的皮肤埋进去，学长死马当作活马医，狠狠心还是冒着更加毁容的恐惧从自己胳膊内侧切了一块皮肤下来埋在了脸上。于是接下来的两个月时间他脸上顶着个大疤去给学生上课——他对美好皮肤的向往已经连即将到来的暑假都等不到。他长得本来有点猥琐，脸上又多了一道疤，活像江湖混混。

等我们再次见面的时候，就是见证奇迹的时刻。他的脸完完全全好了，甚至光滑细嫩。对着我一副残破的花容，他笑得尤其灿烂。没用的，你那种和我的情况不一样。他恶狠狠地说。一如当年我事不关己的嘴脸。

四

医院是所有长痘痘的人都难以绕过去的一个存在。

我对医院始终存有一种敬畏，避之唯恐不及。自从长痘之后，皮肤时好时坏，偶尔还可控制。它凶猛攻击我脸颊的一次，是用错了防晒霜，我如以往一样在自己脸上折腾个天翻地覆，却迎来了更加富裕的闭合粉刺。它们像蟾蜍的表皮，在阳光下刺激着我的视觉。形势渐趋不妙，我终于硬着头皮去看医生。

我跑到据说太原市最好的皮肤科，期望自己能够改头换面。下午的时光燥热难安，我失去了从前陪同他人前来的泰然，心中升起往事不堪回首的悲伤。我的病历簿被塞在很深的一个角落，它干净整洁的身体上摞着相当有分量的一叠履历。

我在两个多小时之后才见到医生。为了救治得更彻底，我挂了个愚蠢的专家号，我打算聆听专家对我皮肤的仔细诊断与告诫，我期望她一下子就说出了妙手回春的法子，让我被成功的火花点燃。

我进到诊疗室的时候，里面还有一个年轻女生，她脸上十分光洁，看不出有任何需要改变的理由。一个五十岁上下的女医生正低头看病例，她脸色蜡黄，油脂分泌旺盛，额头上渗着一层黏稠的油液，在午后的阳光下闪闪发亮。那一瞬间我突然对自己的前来产生了怀疑，我想到我学长说的话。他说他就是瞎猫碰着死耗子，天上掉馅饼正好被他张口接住，我以为那是他嘚瑟的小人嘴脸，但这一刻我明白了他所言不虚。

脱！女医生抬头后就说了这么一个字。我瞬时石化，目瞪口呆搞不清自己身在何方。我指着自己的鼻尖正胆战心惊犹犹疑疑准备问一句：是我吗？前面的女孩倒也像受惊的小鹿一样低声下气地问：就在这？

不在这你在哪？脱光。把胸罩带子也解开。女医生雷厉风行地说。

女孩和我尴尬地对视了一下，最终她还是选择转过身去，背对着我扭扭捏捏却脱了个一干二净。

不要偷窥别人的隐私。尽管一个高素质的声音叫嚣着，偷窥成癖的我还是忍不住将眼睛扭向她的背影。那是怎样壮观的一片土地啊！至今想起来我都忍不住发自内心地感叹。她的背上布满了黑色的小山和紫色的丘陵，在小山是要喷发的火山，丘陵是被熔岩覆盖的土地。我终于还是默默把眼睛转回自己的脚尖，在肃穆中体会人生的无奈。我关上耳朵，把注意力集中到别处，我不想要听到更令人沮丧的关于疾病的对谈，我宁愿做事不关己高高挂起的小人。

即便是大工程的检查，女医生前后也没有消耗掉五分钟的时间。轮到我时，她用抚摸过上一位患者脊背的手指，捏着我的下巴转来转去把我看了两遍。闭合粉刺，她极为肯定地下了定论，然后急喇喇在病历上写开了药品。我一脸急促地问她这病症发病的原因以及治愈的可能，她干脆利索地说，发病原因有多种不能概论，吃上药先看看。讲完她又开始了对下一位病患的约见，不再给我见缝插针的可能。

结束为时两分钟的检查之后，我拿着针清单子和购药清单下楼花钱。排在我身后的那个患者也跟着下楼了。是要有多神速？我心里禁不住感到可疑。那女孩和我并排站着取药，她把我手上的单子拿去看了一遍，跟我讲她也吃了哪几种。然后她指着自己满脸的疤说：我恨死针清了！接着她十分老到地跟我说明这药的吃法，然后恨恨告诉我：你吃吧，吃完你就知道这根本没有用！

我将信将疑地领了一大堆药回家吞了两个多月，终于明白那女孩说的真是金玉良言。

五

办法似乎还有很多。淘宝上就有各种你想要的改变皮肤的秘方，对我而言，最有吸引力的莫过于：祛痘、收毛孔、除疤。

我心心念念在上面买了火山泥水杨酸冻干粉，明明知道白白当了小白鼠还是收不住手。眼见自己往深渊走去，我转念想还不如把银子投入到现实中去，于是开始打听太原市有名的祛痘除疤美容院。

我和一个吹毛求疵有几个小痘的朋友一起踩点，然后发现了一个包治愈的美容院。非痘痘界人士怎么晓得"包治愈"二字的分量呢？久经沙场的我们马上进店咨询。原来是要签一份协议，三千六百元的治愈费，店家尽量在一年之间满足顾客的要求，还你漂漂肌。一般没有不能治愈的例子，但若是不能达到效果，店家会返还所有的签约金额。

这真是天人的恩赐，包赚不赔的买卖！对于为自己的脸往医院往化妆品上扔了大价钱的人们，真是一个便宜得要死的美事。我朋友痛痛快快付了钱打头阵，我自己却阴险地想等等看她效果的究竟。

事实证明阴险的人才不会倒霉。我朋友开始美滋滋沉浸在自己进入美丽肌肤倒计时的幻想里，却不知道自己正掉进一个无底洞。等她兴冲冲以为自己可以无限次去做脸的时候，美容院告诉她三千六百元不过是人工服务费，要想达到去痘的目的，必须买两个主要的产品，店里可以在每次做脸的时候赠送九十九元一片的面膜。于是朋友咬咬牙买了两瓶20ml合约三千元的液体，心想这下总成了吧，哪料到20ml这么不耐用啊，八九次之后就见了底。给她做脸的小妹说，姐姐，你的脸现在刚起效果，放弃太可惜了，还是继续做吧。朋友想，自动放弃那三千六百元也拿不回来了，于是一跺脚又买了一套。

所以我这位凄惨的朋友在一年期限到来的时候整整花掉了两万多，而她的脸在生理期来临之际还是会长痘。我跟着她一起去美容店要签约赔偿金，店家以她不遵守饮食等无理的说法只愿意赔偿五百元。朋友拿着五百元去铜锣湾买了双鞋请我吃了个冰激凌。她拿着冰激凌仰天大笑要多悲催有多悲催。她说他妈的两万我能买多少双鞋多少个冰激凌！你知道吗？最扯的是那九十九元的面膜，一张泡了水的破纸知道吗？是破纸！

六

好多人都说，痘痘等年纪大一点就慢慢没了。我想，这绝对是个暗喻。它其实是在说，等你的胶原蛋白流失掉之后，痘痘也就没有营养可以吸收了。

我没有像朋友们那样几经折腾，但是也绝对没有少当小白鼠。我也喝过一点药做过几次针清，但一切手段都抵不住岁月的攻击。并没有经历太多求医的过程，我的痘痘就已经不像从前那么肆虐了。可是身体却不能承受突然的恩宠，伴随着痘痘的干瘪，我的脸也饥渴起来，干燥、粗糙，想尽一切办法敷面膜，结果还是颜色暗沉、毛孔粗大、痘疤遍布。

封闭性粉刺是最闷骚的痤疮。一颗一颗的小颗粒死守在整洁的皮肤下就是不出来。好多别的开口性粉刺只要发出来就好啦，可是封闭性粉刺永远雷打不动地沉睡在表皮之下。

封闭性粉刺让人抓狂。你没有任何对抗它的办法。尤其是，它们还会转移阵地。如果对局部进行针清用药，它们在此地消失但是几个月之后，你会发现自己更光滑的地方又有了它们的身影。

我年少气盛的那一阵，看过一个化妆品广告，说这玩意可以遮盖毛孔。我对着镜子研究了一下自己的脸，搞不明白什么叫毛孔为什么还要遮盖。我的脸上肌肤紧凑，哪有需要遮盖的地方，伴随着好笑与自得，我就把那宣传纸扔进了垃圾桶。

三十岁这年，我常常被毛孔这个字眼吸住。哪种护肤品标榜着收缩毛孔的功效我总要买来试一试。事实证明一切都是徒劳，撑大的毛孔要缩回去不过就是痴人说梦。微整形倒是可以试一试，所以我总是在论坛流连。可是哀鸿遍野的惨状让我更失去了拯救自己的信心，网友们控诉整形医院的无能以及自己受到各种光束击打之后的后遗症，让畏缩胆小的我最终还是老老实实地放弃了心中蓬勃的念头。

随着毛孔老化的，还有我整个的身体。我的腰围从一尺七缓慢攀升到了二尺二，游泳圈不可避免地套了两只。臀部和大腿几乎塞不下牛仔裤，走起路来两只腿还磨得疼。当然，体重更是到达了前所未有的高度。但这一切都不过是表象而已，更多时候，我体验到的是免疫力的逃离、钙质的流失，以及一切美好而健康事物的遗弃。表现在皮肤上，就是以前很快愈合的伤口，现在如蜗牛一样缓慢。然后有一天，我开始过敏。先是对膏药，接着对金属。

七

其实我们所遇到的一切，都是一个警讯。我们所遭受的一切，都是对自己的教训。

每一个毁了容颜的人，一定都不那么无辜。

燕妮的脸毁在一个男人手里，也毁在她自己手里。念大学那会儿她有一个叫乔治的男朋友在劈腿，但是他们始终没分手，就那么藕断丝连整整拉扯了两年，燕妮的脸就在这中间烂掉了。她内分泌失调，中西医看了个遍，天天往嘴里灌药，还求助广告打得山响的渣牌祛痘膏。我跟她一起去医院，看医生把脓包戳破，挤出黄白的汁液，看她的脸渐渐冒出一个个小针孔。她每一次都痛得不得了，涂着消毒膏的脸油亮又晦暗，劈腿男就在我心中沦落为人渣。

我还知道一个女生毁在一盒别人用过的散粉里。有一个下午我们一同去见导师，平时不化妆的她为了精神一点就用了舍友的粉盒扑了一点珠光绿色的散粉。那粉确实使她的脸看上去光彩四溢，绿色中和了暗黄的皮肤，珠光明媚了颜上的色泽。那一天她出奇好看。可等我们与导师分别之后在小餐厅落座下来，我看到她的下巴出现了一排密密麻麻的红颗粒。

如果那只是过敏就好了，如同我们当时想的那样。她崩溃于一个星期之后，红颗粒没有消失反而长得更大，并且往脖子上伸展而去，她和众多经历过痤疮折磨的人们一样沿着既定的故事情节发展下去，开始走上自怨自艾、买药看病的老路。

其实，在太原这种恶劣环境之下，很难看到完美的皮肤。我偶尔也专门去看看别的女生的缺陷，以缓和自己越来越浓烈的自卑。或者捏着阴暗心把几个有名的女明星烂脸照拷贝下来，做桌面背景。但是这些女明星不知道用了什么法子，脸烂成那样也能很快变好。也有的时候，人们会彼此羡慕。即便是我开始长痘之后，正盯着没有毛孔的朋友的脸羡慕她的平整，她反而说你真好怎么就没有斑呢？

八

有话说，长得丑不是你的错，但出来吓人就是你的不对了。相貌不仅给自己带来诸多不便，也会给社会和人民带来麻烦。猪八戒遭人嫌，唐僧即便做了和尚仍旧令天下美女心动不已，心甘情愿投怀送抱。神仙尚且如此。脸不好，别说嫁人难，做二奶都难。

据说中国男人就看脸和身材。所以中国女人要在第一时间吸引男人只有靠脸和身材。而在这中间，脸是最最重要的，所谓芙蓉如面柳如眉，爱美之心人皆有。

其实西方男人也爱美女。唯有不同的，是他们也往往越过美来感受女性的魅力。中国人总说，老外没眼光，总选一些歪瓜裂枣。北美留学生日报上有过这么一篇文章，《为什么美国人娶的中国太太多数不漂亮？》里面讲到，美国男人并不是看不到自己身旁女人脸上的皱纹和斑点。好莱坞和百老汇对女人的审美观，与中国男人并无二致。美国男人年少时受生物本能的驱使，同样会追求外表漂亮的靓女，而一旦等他们成长、受到良好的教育以后，就不再满足仅仅追求漂亮的外表，而是更看重心灵的撞击、思想的交流。这是他们在生物本能之上的一个超越。

这一种见解，好似福塞尔在《格调》一书中提到的，新贵们喜欢开着闪闪发亮的新奔驰招摇过市，而"老钱"们反而乐意低调地坐在一辆落满灰尘的普利茅斯中。

我唯一嫁给老外的朋友，是被小三PK掉的正室。那个手无缚鸡之力的男人从她的孕期开始出轨，和一个刚签进单位的小白兔妹妹疯狂滚床单。朋友本身并不够漂亮，产后脸上还长了好多蝴蝶斑，一直没有消下去。一年之后，当她遇到了来宁波洽谈生意的奥地利人耶利内克，彼此都找到了soulmate，就很快办妥了离婚手续，带着女儿移民奥地利。

九

每个女孩子都爱美，这一点毋庸置疑。但是在二十四岁之前，或者更晚一点，到了二十六七岁，虽然脸上渐渐呈现颓败的态势，我仍然没有把它太当回事。

我对自己脸的关注，攀升到顶峰时大约是在二十八岁。那个时候，我正陷在对未来的茫然与恐惧里。

有好一段时间，我常常手里握着电话，滑着通讯簿，滑好几个来回，让屏幕亮了又暗。然后，还是起身走到镜前，看着自己说话，接着不由自主地开始研究脸上的每一个毛孔和小丘。

有一个已入老年的化妆品界名女人说过，如果实在管不住自己的手，就把镜子扔掉。等我开始发现挤痘痘成为生活常态，甚至成为无聊中间的乐趣时，我开始盘算要不要继续对着镜子说魔镜魔镜我为什么脸上会这样？

那几年里我一直有自己努力的研究方向，心心念念去做学者。我总是把自己想象得无比聪明，觉得那一隅的学术缺了我还真的没有办法往下做。我由衷觉得自己伟大光荣，如果这辈子不把脑袋里的几个设想搞出什么惊天动地的大阵仗，就太对不起老天恩赐的智商。后来回想，发现自己原来并没有那么聪明不是一件痛苦的事，真正让人心疼的是那几年坐在家里"做学问"荒废的青春。有一天晚上，读了一阵古代画论，临了一会帖，在不大的书房里来回走走，在书柜前乱翻书，时光过得缓慢而绵长。那几年我好像就是这么过日子的。重复过多少个像那样的片段，是数不清楚了。总之，最后我坐在书柜前面，披头散发，妖怪一样。

我有和家具们说话的习惯。在最无所事事的时候，每一个物体都成为我倾诉的对象。这一天，我对着一只折叠沙发，讲我无头无脑的未来人生。沙发的侧面有一只镜子，讲话中间，偶尔回头，就看见一张松弛的脸，一顶乱七八糟被烫得焦黄的"梨花头"，糟糕的紫色花点点旧T恤，穿得都起了球的玫红运动裤。我看到这情景的时候，嘴巴还没有合住，平时就有点突起的门牙现在就更突出来。我就这样张着嘴，故意摆出各种恶劣的姿势，把自己想象成为一个面目狰狞的怪兽。

碰巧我那几天在看书，古本的《聊斋志异》。第一次注意到画皮的男主角是"太原王生"。原来是发生在太原人氏身上的故事，这让我更加有代入感了。小的时候，我本是希望自己像仙女一样，但是这个愿望一直都没有实现，渐渐长大之后学会了退而求其次，哪怕变成一个女妖也好，至少学过美容美发，懂得画皮。

突然孤独得像一片秋天的落叶一样，我躺在书房的沙发上，这些稀奇古怪的念头就从指缝、发梢、鼻孔呼出的气流中散发出来。它们淌遍了整个房间，塞满了怪异的凄惶。

我开始琢磨自己究竟该怎么办。

我最先忙的是去医院矫正我的牙齿。然后再买护肤品去美容院与我的糟糕皮肤做一个对抗。我实在是想改变自己的内里，却只能先着手于外表的振作。我想借着脸面的改观让自己渐渐颓唐的自信心起立，尽管这是个治标不治本的办法，但是我要说，这确实是女人在泥沼中求生的本能。

十

有一个和我一样活得一团渣的朋友，今年终于去了美国，据说不再回来。

我们认识没有半年的时候，因为气味相投，成为无话不说的好友。有一天她说她要去做双眼皮手术，那时候她完全是为了追求一个男人。这个和她哥儿们一样的男人对她说自己喜欢有着深深双眼皮的女孩，所以花木兰眼的她就开始动了整形的小念头。

我们为缝还是割讨论了一整个夏天，缝的话自然，但是很容易就塌下来，而割很冒险，一不小心就是大小眼。还没等到我们讨论出来一个结果，她的好哥儿们就恋上了一个单眼皮的女孩。那个女孩很会画眼线，把自己的眼睛描摹得顾盼生姿。我的女朋友莫名其妙愤愤不平了好一阵子，才懂得恋爱和想象的差距。之后的几年，她心心念念的是到底缝还是割。

就像是一个小兽，在沉睡之际被惊扰，就渐渐不安分起来，也像是一团线球，被扯开一颗头，后面就拖得长长一时半会见不着尾。明白的是，单眼皮显然已经成为我这个朋友的一种障碍，你不管再怎么跟她说有特点她也把这当成缺陷，渐渐这个缺陷使她不自信起来，于是更加纠结。

在她三十岁之际，她终于在一团烂泥的生活里冒出头来，她做的第一件事是割双眼皮，第二件事是离婚。

我不知道见多识广的民政局大姐们有没有经历过一个还没拆纱布的女人和老公去离婚。但是我得承认，虽然没花大价钱但是我的朋友确实手术成功了。手术成功的她整个人开始散发出不一样的气息，她积极面对了一切从前她逃避的事件，并且深刻发觉到，等她以另一种姿态来面对它们的时候，生活中就多了许多意想不到的好事。我的另外一个神神叨叨的朋友说，那绝对是这样，因为你身上散发出的气是好的气，这些好气运自然让你如鱼得水。

十一

最开始我们放在脸上的注意力，也许只是那一点点变美的驱力。但是这些驱力不至于持续成为我们追求动态平衡的埋由。那理由里面还有那么多那么多各不相同的诱因。

找到这个诱因很重要，也许这样才会知道自己为何这么要脸。

我对我的痘痘的兴趣消失了，开始把注意力放在别的事物上的时候，它们反而渐次消退，不再吱声。我的脸虽然回不去从前，但慢慢好转，然而我所明确的是，因为我的精神的好转，才显得自己不那么面目狰狞。

好多女生会用美颜工具来拍照，不用P直接就是零瑕疵的美肤。很多妹妹喜欢把自己的美照放到网上供大家阅览，去哪个好地方玩，放一张自己的大头美照；什么什么东西好吃，放一张大头美照；哪部电影真好看，还是一张大头美照……不知何时，大家开始沉浸在自欺欺人的游戏中了。

我偶尔看台湾八卦节目，有几期网络美女大揭秘的话题足以告诫各位宅男网上的照片还是不要太相信。当然，为了有足够的谈资，综艺节目一定会选择差距较大的面貌来进行比对。所以before与after的区别就显得极为惊悚。卸了妆的美眉与失去美颜拍摄器的美眉顿时成为恐怖故事，浓妆时候的气势也陡然全失。这时候她们就像是被收了元魂的妖精，现出原形。所以我想，女人对自己脸的要求，还在于给自己底气——尤其当她并没有别的优长的时候，更是迫切需要。

等我明白自己在脸上的纠结，就几乎解决了那些纠结。有时候照照镜子，觉得自己也并没有到达惨不忍睹的境地，十次里面三次，对自己长成这般模样还是比较欣慰的。

我翻从前的照片，回到最精彩的那个年代。在我的想象中，光洁的皮肤、青春的气息一定成就了这一生最美丽的自己，看完之后，不知是失望还是喜悦拥住了我，探取到了我一线深深的叹息。光滑的脸蛋，却是无知的一脸蠢相，哪有一点点诱人的影子在？

我当然希望经过生活的面庞不但带着故事而更能保留青春。上帝是公平的，为了不使女人过于悲伤，让她们最美丽的时候青涩，不那么美丽的时候精彩。2013年巴黎高级定制时装周Stephane Rolland品牌秀场上，出生于1931年的美国模特卡门·戴尔·奥利菲斯压轴出场，她的脸已经深深老去，可是她的气场连照片也圈不住。我想我们大概都误解了我们的表面，真正正确的是，不应只以青春走台。

我在芽庄见到了很多穿比基尼的外国老太太。她们总有七十上下的年纪。我坐在海边的推车早餐铺前啃面包的时候，她们一个个从我身边经过，然后消失在粉蓝色的海水里。她们有着不同的形体，但是比基尼下的肉体并不能成为她们自卑羞涩的理由。那些身体已经不那么美丽了，有一些像枯萎的树枝，有一些像发得过头的面团，还有一些像逐渐融化的冰激凌。

在中国的海边，女人们往往忙着打伞，她们为了保持男人喜悦的白色肌肤而舍去了体验自在的快感。可这些外国老太太们一点儿也没觉得自己的身体有什么不妥，她们的肚皮上留着生产的疤痕，还有岁月冲刷的各种褶皱，我想她们更懂得身体对自己的意义。

有一位很老的女士从海里出来，将一条花色长丝巾搭在两肩，她拎着一只蓝色潜水袋，很优雅地从里面掏出墨镜戴上，走向岸边。她感受到我对她的注视，微笑着扬起一只胳膊朝我说"Hi"。她的手臂只剩下枯皱的皮肤和细弱的骨头，可是她挥手的动作透露着沉着的美感。我注意到她的胸部并不平整，一只高一只低，那显然是乳腺癌带来的结果。她失去了作为女人的肉身的标志，却没有失去一个女性的灵魂。

2013年的冬天，我那位弹钢琴的朋友举办了她第一场双钢琴音乐会。在两千余名观众面前，她弹得自信又激越。她的脸最终还是没有好多少，并且她仍然在努力。所有人都有使自己变得更好的权利。可是，即便失去了颜，她也有骄傲的理由。她表演的时候，散发出的是专业的强大气势，以及一个人想要成为什么的决心。

十二

有一次和年龄相近的同事在单位餐厅吃饭，从画眼线开始讲起，大聊女人的种种琐碎。听到我们聊天的男领导也忍不住说你们的话题还真是丰富。男人不太明白女人在自己身体上各种细节性的折腾，不会了解她们对着自己的一颗痘就可以烦三五天甚至好多年，但是她们又无一例外喜爱美丽。浓妆显得太做作和刻意，裸妆就诞生了。这个装束如清水白菜一样，越简单越艰难。

当人们真正开始打扮，实际上是想要获得内心想要得到的事物。可以是婚姻、金钱、前途，或者对自我的要求与满足。

我接受了自己的不完美，却也并没有放弃变得更好的追求。

我常常把自己的嘴涂得鲜红去上班，其实内心很惶惑，深怕别人跳出来说，一个丑八怪你折腾个鬼！尽管深深恐惧着，但我是坚定了自己奇怪的审美，因为这世上没什么比坚定自己更令人雀跃。

就是这一只红唇，哪怕没有任何其他的装饰，也足以让我沉浸在自己美丽的虚无幻想之中，缓缓壮大那信心，说服自己没有蹚不过的河流，没有到不了的彼岸。

（原载《天涯》2016年第5期）

坐在菩提树下听雨

◎古　岳

　　老家宅院里有三棵树，一棵是丁香，另两棵也是丁香。只是一棵是紫丁香，另两棵是暴马丁香。暴马丁香在青海也叫菩提树，此菩提非彼菩提。它应该不是当年释迦牟尼坐在树下觉悟成佛时的那种菩提树，那种树原名叫荜钵罗树，因释迦牟尼在树下证得觉悟而得菩提之名。在植物学分类上，那是一种常绿阔叶乔木，在青海这等高寒之地绝难成活。不过，暴马丁香的确也叫菩提树，塔尔寺就有一棵这样的菩提树。塔尔寺原本是宗喀巴大师的出生地，他被佛界誉为第二佛陀。如此说来，又当是，此亦菩提，彼亦菩提。

　　乙未年四月，母亲病重，医院告知已无良方。其间，好友提供信息，说云南有良医，便急赴昆明求医问药。回到西宁，遂护送母亲至故土老宅，整日陪伴左右，煎药熬汤，希望能出现奇迹，让母亲转危为安。三年前，比这个季节稍晚些时候，父亲也病重，医院也曾告知已无良方，我也将父亲护送至故土老宅静养。一个星期后，他居然能下地走路了，之后，一天天好将起来，我感觉是故土的滋养起了作用。所以，护送母亲回去时，我丝毫没有犹豫过。

　　其时，芒种刚过，夏至将至，正是百花盛开的季节，老宅庭前屋外，也是一派缤纷艳丽。这使我想到了母亲，由母亲又想到了一个听来的故事，说的是一个俄罗斯盲人乞丐，正坐在莫斯科大街上乞讨，身前摆放着一块牌子，上面有一行文字，只字未提乞讨的事，却写着一句诗一样的话：虽然已是百花盛开的季节，可是我什么都看不到。所有行人都被这句话吸引，便停住脚步，向他伸出友爱之手。母亲虽然眼不盲，但因为一直躺在病床上无法起身，也看不到百花盛开的样子。所以，一天午后，我们把母亲小心地抱到一张轮椅上，推到门外，让她看花开的样子，晒晒太阳。在一块开满油菜花的地边，还稍稍停留了一会儿。再次回到屋里躺下后，母亲告诉我，现在她一闭上眼睛，眼前全是油菜花，一片金黄。之后的几天里，只要天气晴好，我们都会推着她到田野上转转，有时候，也会在院内的花园前坐上一会儿。直到有一天推她回来之后，她好像很累的样子，才停了一两天。

老宅门前，除了绿树花园就是庄稼地；庭院里面，除了一小块水泥地坪就是一座花园。房前屋后的绿树少说也有二十几种，大都是乔本类开花植物，其中也有多棵菩提树，有两棵还在开花，其香仿佛紫丁香，却远比紫丁香沉着幽远，清雅耐人。花园里也有十几种植物，都是草本和木本类观赏花卉。这些绿树花草是父亲与我共同经营培养的结果，父亲栽种的大多是中用的品种，而我栽种的那些几乎都是中看不中用的。所有绿树花草，平日里都由父亲照看，而我只在回到老家的时候才有机会打理它们。所以，在老家陪伴母亲的这些日子里，除去守在慈母身边的时间，其余时间，我大多在这些树木花草跟前，给它们松土浇水。

忙完了这些事，而母亲也正好睡着的时候，我就会静静地坐在花园前的那棵菩提树下，喝茶歇息一会儿。几乎每天，我都会有好几次坐在那菩提树下的空闲时间。第一次坐到那菩提树下时，几滴雨落了下来，打在树叶上发出沙沙的声音。我抬头看了看天，天上几乎没有云彩，初夏的阳光照彻山野。侧耳倾听，已经没有了雨声。就那么稀稀拉拉地落了几滴之后，雨再没落下来，但我依然在静静地听，希望能听到雨声，可是没有听到。再听，又似乎听到了，雨声好像并不在近旁，而是在很远的地方——感觉在一个很遥远的地方，正有大雨滂沱。

我忽然想到了两个字：听雨。近一段时间里，这是我第二次想到这两个字，第一次想到这两个字是在一个人的葬礼上。那天，当人们把他的骨灰安放在刚挖好的地穴里，准备填土的时候，我突然想到那地穴深处或许有一扇门，那扇门隔开了两个世界。一扇门特地为一个人打开了，从那里进去之后，他就去了另一个世界。地穴所在的山坡上哭声一片，泪雨纷飞。这时，"听雨"两个字就出现在我的脑海中，雨声来自另一个世界。故乡有一种说法，一个人亡故之后，送葬的队伍里最好没有哭声和泪水，说生者的每一滴眼泪都会化作冰冷的雨点打在亡者的身上，那是凄苦的雨。可是，顷刻间骨肉分离，生者无法挡住眼泪。

不知道为什么，我感觉亡者正在一个门洞里，回过头来望着我们微笑。一束阴冷的光从那门洞的另一侧照进来，很刺眼。那光芒塞满了整个门洞，以至于他看上去就像是被那一束光托举着。那门洞很深，像一个隧道——抑或是时光隧道吧。很显然，那门洞的这边就是我们所在的这个世界，那么，门洞的那边又是一个什么样的世界呢？他或许已经看见了那个世界，所以，才回眸一笑。可是，除了那一束光芒和那个门洞之外，我们什么也看不到。当然，这只是我的凭空想象，也许那光芒的实质不是光明，而是黑暗，它挡住了一切，阻隔了一切，使我们无法看到里面的真相——那也许就是死亡的真相，也是生命的真相。

我很清楚，这只是一刹那间闪现在脑海中的一个景象。佛经上说，一念之中有九十刹那，一刹那又有九百生灭。生生死死的轮回随时都在进行，须臾不曾停歇过。而在那一刹那里，我甚至想到过，站在那门洞里回头微笑的那个人不是我所熟悉的那个孩子，而是我自己。我在我自己的葬礼上。我听到了雨声。雨季如期而至，雨铺天盖地，大大小小的雨滴落下来，我在无边无际的雨中艰难前行。那个世界里没有动物，没有植物，甚至没有泥土，没有你曾熟悉的任何物质——那个世界里的物质看上去更像意识。雨落下来，却不知道落到哪儿去了，没有在地上溅起水花，也没有漂起水泡，它们好像直接钻进地缝儿里，穿越而过，落进了另一个世界里。雨滴不停地落在我的身上，我知道，那其实并不是真的雨，而是另一个世界里人们的眼泪。它穿越时空，纷飞而至，飘落在另一个世界里就成了雨。它从我的身内穿过去，像子弹那样，我甚至能听到它从我身体里呼啸而过的声音。

可能与自己的年龄有关，感觉一过了五十岁，生活中的葬礼一下就多了起来，好像刚刚从一个葬礼上回到家里，又听到另一个葬礼要举行的消息。这当然不是现在亡故的人比以前多了，以前也一定有人从这个世界上不断地离开，而是因为你还年轻，从你身边离开的人还不是很多。即使有，也是隔了足够长的时间，会让你有一个从悲伤中走出来的间隙。可是，这两年不一样了，好像随时都有一个葬礼在等着你。于是，雨声不断，生命中的雨季已经来临。

宅院里有两排木头房屋，一排朝南，一排向东。坐在菩提树下时，我面朝向南的屋子，背靠花园。花园中间有一棵碧桃长得茂盛，它先开花，后长叶子，花早已败去，现在只剩叶子了。还有六棵牡丹，三棵芍药，一棵野生皂角，两棵野生核桃，五六棵大丽花，两棵荷包花，一棵圆柏和一棵大叶杜鹃。

点缀其间的是几棵菊花和一溜金银花。有几棵牡丹是今年新栽的，刚长了新叶子，其余几棵牡丹，花也早已开败，最后的一两朵牡丹也在那两天败落了。所有开花的植物，现在只有那几棵芍药。刚回到家时，它们才开始打花骨朵，只几天时间，都已竞相开放。花园的墙上爬满了一种藤类植物，有十几株，是我从城里买回来种在那里的。当时，我是能叫出它们的名字的，现在却都已经忘了。它们有五片像花瓣样很大的叶子，厚厚地覆盖着砖墙。菩提树冠如伞盖，再强的阳光都照不到树下。树下放了两块平整的石头，正好当茶几，搬一把椅子、端一杯香茶坐在树下，就可以安静下来了。

从四月底到五月初的好些天里，都会落下几滴雨来，却一直没有像样地下过。只有两次，淅淅沥沥地下了不到半个时辰。我都站在那菩提树下听过雨，仔细听过之后，我发现，它落在不同的地方所发出的声音是不一样的。在那树下，我所听到的其实并不是雨声，而是树叶的声音。雨滴落在水泥地上时，一开始，一落下就干了，慢慢的，水泥地都被淋湿了。再后来，竟然积了薄薄一层雨水。而落在花园泥土里的雨滴，一落下就钻进泥土里不见了。因为久旱未雨，那点细雨对土地来说起不了什么作用，半个时辰之后，那泥土也才泛起一点潮气。

有一次下雨时，我还走出院子，到前面的田埂上去听过雨声。一走出门前的花园和菜地，就是大片的庄稼地，大部分种着麦子，也种了几块油菜。麦子正在抽穗，油菜刚进入花期，金灿灿的油菜花开得正艳。我俯身麦田，将耳朵伸到麦地里细听，听到的是很轻柔的雨声。雨滴顺着麦秆滑到下层的叶片上，结成了露珠。少顷，又侧身油菜花地倾听，听到的却是很清脆的雨声。雨滴先落在顶端的花瓣上，而后从那里轻轻滑落，落到下层宽硕的叶片上，汪在那里，像一颗颗珍珠，晶莹剔透。想来，那雨滴落下来时一定非常细碎，因为，它落在那一片露珠大小的花瓣上时，那花瓣只是轻微地颤抖了一下，不仔细看，甚至看不出它曾颤动过。

从田野上回到院中，再次站在那棵菩提树下时，雨已经停了。望着花园里的那些开花植物，我想到一句青海"花儿"的唱词：花开花败年年有，人身才有几遭哩？这是一个设问的句式，但它并无意追问，而是在慨叹人世间的聚散何其珍贵。它提醒人们，对芸芸众生而言，无论你经历过多少次的生死轮回，人生都可能只有一次，转瞬即逝。还不如那些开花植物，无论时间过去多久，只要到了开花的季节，它们都会如期开放。由此想到母亲，想到父亲，想到一家老小十几口人，今生今世能聚在一个小小的院落里是何等的奇缘和造化呢？有道是：百年修得同船渡。我们一大家子要在一起生活一辈子，这该是怎样漫长的修炼才能得来的缘分和福报呢？

我是个俗人，俗人总是放不下各种烦恼。母亲病中，守在病榻前，回想母亲一生的经历时，感觉她的烦恼要比快乐多很多，为饥荒、为儿女、为家庭、为年景和收成，甚至为牛羊和天气烦恼。可是，我相信，在她生命最后的这些日子里，她一定感觉到了正是这无尽的烦恼才构成了她珍贵的人生记忆。如果把这些烦恼一下从她的记忆中抹掉了，她会更加烦恼，而不会只剩下快乐。对一个肉身俗人来说，没有任何烦恼的人生不是真正的人生，能放下一切烦恼的人也能放下一切快乐。我想，那就是觉悟了的人，而觉悟了的人就是佛了。

当然，我并没有像佛祖一样一直坐在那菩提树下。每天，我还有一小段时间是坐在自己屋里的。这一小段时间里，一般我都会做同一件事，就是用一管小楷毛笔在一张早已裁好的宣纸上抄写《心经》，至少每天一遍，有时候也会多抄一遍，有一两幅抄好以后就贴在墙上了。《心经》上说："诸法空相，不生、不灭，不垢、不净，不增、不减。是故空中无色，无受、想、行、识；无眼、耳、鼻、舌、身、意，无色、声、香、味、触、法；无眼界乃至无意识界。无无明亦无无明尽，乃至无老死亦无老死尽。无苦、集、灭、道。无智亦无得。"很多时候，快乐就是烦恼，烦恼亦是快乐。没有烦恼何来快乐，没有快乐又何来烦恼？

这样下来，一天当中的闲暇时光已经所剩不多，我就利用这点有限的时间观察花草树木、鸟虫飞絮。一天午后，我看到一朵盛开的粉白色芍药里有一只很小的蜜蜂，想必是去采蜜的。它先是向纵深探寻而去，后又在花蕊中间穿行，之后又在一片花瓣上向上攀爬，几经努力，均无功而返，跌落在花心里。它显得很紧张，像是要急着逃出来的样子。我决定帮它一下，便拿一根很细的树枝伸到它的面前，它像是抓到了救命的稻草一样，一下就抱住了小树枝，我轻轻地取出树枝，刚一到外面，它就飞走了。看来，它真是在逃命。可我不知就里，蜜蜂采蜜应该是一件快乐的事情，它怎么会心生恐惧呢？过了一两个时辰，再去看那一朵芍药时，我仿佛明白了其中的道理。那朵盛开的芍药所有的花瓣已经再次闭合，将花蕊深藏在里面。也许它会再次盛开，也许这是败落的一个前兆。如果那只蜜蜂还在里面，它肯定是逃不掉了。于是，对它心生敬畏，它竟然在几个时辰之前就能预知危险的降临，我对此却一无所知。后来的几天里，我才发现，一朵盛开的芍药，每天傍晚来临前就会重新闭合，至次日早上太阳出来时，又会重新绽放。很显然，蜜蜂们早在我之前就已深谙其中的奥妙。

也是在这天下午，我刚坐在那棵菩提树下，便被几声悦耳的鸟鸣声所吸引，确切地说是两只鸟的鸣叫，一只是布谷鸟，另一只是喜鹊，它们的鸣叫声均来自屋后那一排高大的白杨。那几天，每天的某一个时刻，它们总会站在中间的那棵杨树上叫个不停。那棵树上有一个喜鹊窝，好几年前就已经在那里了。当布谷鸟站在一根树枝上开始鸣叫时，又总会听到喜鹊的声音。我猜想，喜鹊可能正在孵小鹊，而布谷鸟说不定已将自己的蛋偷偷产在了鹊巢里，盼着孵卵的喜鹊替自己孵出一只小布谷来——这是布谷鸟一贯的习性和做法。喜鹊则不知所以然，还以为布谷鸟眼馋它的鸟蛋——其实，布谷鸟偷梁换柱、狸猫换太子的阴谋可能早已实施完毕——于是，喜鹊在自家门口叫骂，让布谷鸟离远点，布谷鸟却装出一副被冤枉的样子大呼小叫，无论喜鹊怎么威胁，它就是不肯离开。

我可能有十几年没有听到布谷鸟叫了，这次回老家再次听到布谷鸟叫，感觉是一个吉兆，我希望与母亲的安康有关。这些年因为封山育林等一系列工程的实施，故乡的山野又一派葱茏，曾经砍伐殆尽的树木又重新长满了山坡。加之，农田里施用的农药比以前也有所减少，一些记忆中的鸟儿又回到了故乡的山野。除了麻雀没有以前那么多之外，鸟的种类和数量甚至比我小时候还要多。其中有好些长着五彩羽毛的鸟儿，以前，我只在深山老林中才见过的，现在却在房前屋后飞翔着，鸣叫着。一种俗名野鸡的雉鸟，甚至常常飞到人家的院子里咯咯地叫着。有一天，我还看到两只胖嘟嘟的布谷鸟就在门前的空地上悠闲地漫步，我跟在后面走了好远，它们只是回过头来看了我一眼，而后依然不紧不慢地径自走去，直走到一块油菜地边上，才晃晃悠悠地钻进了油菜花丛中。无论是对故乡的山野，还是对那山野以外的大千世界，这都称得上一件值得庆幸的事。

　　将目光从屋后的白杨树上收回时，又被庭院中飞来飞去的一群小精灵给截住了。便侧目望向庭院上方，这一看却令我大吃一惊。那个小小的庭院中竟然飞舞着无数个幼小的生命，这还是肉眼所能看到的——而肉眼所无法看到的一定会更多。这些飞行者大都是一些飞虫，但也有一些杨絮之类的飞行物，其中有一只像蜻蜓那么大的黑色蚊子，它是小院飞虫中的独行侠。杨絮如果漫天飞舞，是一件令人讨厌的事，它们会落得到处都是，像雪花，却远没有雪花那样讨人喜欢。但是，如果只有几点杨絮在半空中轻轻盈盈地飞舞，那却是一件赏心悦目的事情。它居然也能自由地飞翔，甚至在落到地面之后也能重新飞舞起来。

　　坐在那棵菩提树下时，不断有五颜六色的飞虫落在你的手上、脸上、鼻子上，甚至直接飞进耳朵里，发出轰隆隆的声音。有的甚至会叮咬，让你感到轻微的疼痛。这天下午，无意间，我还看到一条足有三四米长的蜘蛛拉的丝线，从一棵丁香树直接拉到了对面的屋顶上，看上去就像是一丝流云，令人叹为观止。且不说它拉这样一条直线有什么用——也许是一座蜘蛛用的高架桥吧。我惊讶的是，它是怎么做到的，难道它能凌空飞渡不成？要么它们一定也有远距离高空作业的特殊装置了，要不，以人类的常识而言，这是绝难做到的。

　　很多时候，坐在那菩提树下的并不是我一个人，还有其他人，有老有少。但大部分时间里，除了我，只有父亲。与他坐在那树下时，他只默默地坐着，不说话。我能看出来，他很担心母亲的病，但并不表现出来。有一天下午，我在那树下对他说，你去看看母亲呗。他先是装作若无其事的样子，像是没有听见。我看了他一眼，他才轻轻点了点头，之后向母亲的屋子方向望了一眼，便不作声了，我也没再说什么。我知道父亲的秉性，他能把天大的事都装在心里，而不露出半点神色。沉默。再沉默。这是他不变的神态。任世界风云变幻，潮起潮落，他自岿然不动。

　　五月初的一天，又下了一点雨，前后也不到半个时辰，下得也不大。我又坐到那菩提树下听雨，直到雨过天晴。雨停的时候，一只小蜜蜂一直停在我眼前，飞快地拍打着一对小翅膀，好让自己能保持飞翔的状态而停留在半空中。如果你不细看，根本看不出它是在飞，而更像是被一根看不见的细线吊在了半空中。它朝着我发出轻柔的嗡嗡声，两只小眼睛一直定定地盯着我看。我觉得，它就是几天前我帮着从花心里逃生的那只小蜜蜂。后来，我才发现，它也并非一直停在一个地方不动，只要有什么蚊虫飞近它的领空，它会立即作出反应予以攻击。那反应之敏捷、攻击速度之快，令人瞠目。攻击之前，它几乎不做任何准备，需要攻击时，直接弹射出去，像一支箭。它所攻击的对象，有些我是能看见的，有些我是看不见的。所以，它在我面前停留飞舞的那一会儿里，其他蚊虫皆不得靠近。只有一只黑蚊子在它下方超低空飞行——那可能是一种隐蔽方式——它比前几日看到的那一只黑蚊子稍小一点，但也有一只小蜻蜓那么大了。

足足有半个多月时间里，尽管很多天的天气预报都说次日有雨，但是，雨一直没有下下来。我想，它可能落在了远方，譬如法兰克福或巴黎，譬如巴西高原或智利山地。这使我想到，智利有一种民间手工艺品或者说是一种民间乐器，它有一个好听的名字：听雨。它是用仙人掌的枝干做成的，里面装有细沙，两端封死之后，拿起来置于耳边，使其倾斜，便会发出沙沙的声音，那声音就像是雨点落在树叶上发出的声音，美妙至极。那年去上海看世博会，在智利馆巧遇此物，很是喜欢，买了一根把玩，至今爱不释手。有它在，即使看不到雨，即使在没有雨的季节，我也能听到雨声了。

直到端午节前一日，一场像模像样的雨才下了起来，从大清早开始到午夜时分一直在不停地下，虽然不大，却也细密。临睡前，我还煞有介事地到那菩提树下站了一会儿，听雨。因为有菩提树的伞盖，雨滴不会直接落在身上，落到身上的是菩提树叶上的雨水。这时，我所听到的雨声已不那么清脆悦耳了，因为树叶都被淋湿了的缘故，雨滴落在菩提树上所发出的声音，多了些零乱，而少了些韵致。

人生苦短，行色匆匆，难得有专门听雨落、听雪落、听风过、听花开、听鸟鸣的时间。久而久之，我们已然忘怀了雨落、雪落的声音，也想不起风吹、花开和鸟鸣的声音了。可是，也许这些才是生命里最值得聆听的声音。

我无法预知，母亲能否过得了这个坎儿——也许是命中早已注定的一个坎儿，也不知道日后，我还会不会坐在那棵菩提树下听雨，但可以肯定的是，父亲、母亲，还有我自己，最终都会走进一场如期而至的雨，消失在绵绵不绝的雨幕中，无影无踪。那么，谁还会坐在那菩提树下听雨呢？谁又会站在那雨幕中回眸，拈花微笑呢？好在那棵菩提树一直会在那里，只要有人坐在那树底下，就会听到雨声自远方纷纷而至。

（原载《青海湖》2016年5期）

北站以南

◎陈蔚文

一

"发票发票发票……"像播放录好的磁带,她们机械地循环往复,冲来往路人一遍遍说着。苏北口音,"票"字发音独特,扁嘴形,拖着迸溅的仄声尾音。不少女人抱着孩子,幼小,脏乎乎的,有的女人腆着大肚子——孩子学会的第一个音节可能不是爸爸妈妈,而是"发票"?

有回一个男人从对面走来,快与我擦肩时,他忽然喊:"发票,发票!"我吓一跳,不习惯这词从一个西装齐整的男人嘴里说出。它应当与妇女以及抱在妇女怀中的孩子连在一起,像燠闷地气与错综地铁连在一起。

从未见有人买过,甚至停下询问者也无。那回荡在整个火车站南广场上方的发票都被哪些人买去了?一定是有人买的,不然这"发票发票发票……"声不会周而复始,成为火车站广场的一部分。

某个春天起,我的上班路线变成每周三次经过上海火车站:从轻轨3号线出口穿过一条拥挤的地下商街,自东南出口到地面,穿越车站南广场,上天桥。天桥两侧玻璃挡板上涂写着"办证电话131……",下天桥,走十分钟,到恒丰路218号的现代交通商务大厦,供职杂志的办公地点。

下天桥后,迎面电线杆上贴着"某酒店直招公关"的油印广告:"某酒店直招男公关,学历不限,18~35岁,月薪8000元,另有提成,要求身高不低于1.72米,思想开放大胆,有良好敬业精神……"一男子脸凑向广告,边看边记下什么,油亮背头,高个,急于求成的脸——像为这张广告内容而定制。

他看得很坦然。"打自己的车,让别人走路去吧!"没准他会碰上一条渴盼已久的捷径。他的神色分明已满含对现状的不耐烦。若干年前,在重庆碰到一帅男,在嘉陵江边开了家专卖明星与动漫海报的店,我为当时供职的青年刊物采访他的创业，以为会听到则励志故事。不料他说，他的起家不具参考性，他不想再提南方那段生活。他一言带过与夜店、男色消费有关的信息，我按捺住惊讶，做出见多识广、心领神会的样子。至少，他是坦诚的。

"苏州—无锡，杭州—宁波"，沿恒丰路往前，长途客运站，揽活司机不停地吆喝。杭州去过多次，宁波从没去过。印象中，它是个老练的港口城市。苏青、娘姨、鲞鱼、汤团、象山港、向天空直矗的参差高桅、空气中鼓荡的咸湿气味。被符号化的宁波，就像说起西藏会联想到高原、神秘主义、晒佛、旗幡这些意象，每个城市都有它的"所指"烙印。

司机的吆喝声让宁波以及周边城市变得很近，仿佛一抬脚的事。每回进马路对面的大厦前，司机们都要再问我一遍要否去宁波——我真的确定不去？

进大厦，摁亮电梯"10"层打卡，掀开电脑，去茶水间泡咖啡，在第一缕升腾的热气中开始又一天。

二

她异乎沉静，端坐于火车站南广场露天长椅。灰袄，帽子一直拉至头顶，帽子有圈毛边，她坐着，像专心抵御一场暴风雪来临。事实上，此刻风和日丽，阳光让走得急的路人背上起了层汗，体味在空气中发酵。

她捂那么严密，端坐气温之外。毛边帽子烘托得她的脸周正清穆。近旁，广场右侧大屏幕电视在播放新闻，那对她来说，是被屏蔽的另一个世界的影像。

在她身上，发生过什么？一场怎样锋利的往事将她与这尘世划隔开？她沉思着，或者，什么也没思。她只是空旷地坐着，像头顶不是一轮公共的太阳，而是旧年月光。

这张脸，岁月静好，没有被摧磨的痕迹，细长眉目带有一种柔和的家族特征。她脚边是旧行囊，对她这年纪的女人来说过于简陋的行李。

身上这件长袄是她最重要的行李吧，灰绿的一所屋子，每个扣襻都系牢了，她住在里头，脸在那圈人造毛皮的掩映下有池水的静，失忆症的静。

"历史在那里中断了。这张脸无论对未来还是对过去都搭不上一句话。"——到底，发生了什么？

阳光燠热。她年轻的身体正接受周遭眼光的打量，有些目光凶婪，野地里饥兽瞳中的一点邪气绿火——车站广场如此混杂，彻夜游荡着各种可疑形迹……她置身事外地坐着。"外界"这种物质的现实被取消了，你几乎可以确定，不再有什么能使她走出内心世界而进入外物世界。

她的脸，适合画进油画中。不是漂亮，漂亮轻佻了，漂亮里有流行成分，她的脸在时间之外，是在油画里可以住上许多年的脸。

入冬了，这天的热只是寒潮来临前的信号。就在前天，地铁派送的报纸上说，几个外来务工人员夜宿火车站南广场的花坛内，被邻近酒店设置在此的排气口突然冒出的蒸气烫伤！有个伤势较严重，被抬出后一直在喊痛……

那个高高的广场花坛，正离她几米之距。

"这个女人，却让我无法忘记她——也就是说，无法用一句简单的'神经病'就把她从我心里打发出去，我做不到，做不到。"一位女子描述另个闯进她北京××大街×号编辑部的穿睡袍的女人。长椅上的她，让我想起这隐含痛感的一句话。

三

下午六点多，从办公室出来，天已有些昏暗。去南广场坐轻轨3号线，偶一抬头，月亮奇异——半轮，齐崭崭的！像被锋利水果刀切开，切得不偏不倚，妈妈分月饼给俩孩子，一点不偏袒哪个，仔细揣度后才落的刀。刀口利落，让再刁赖的孩子也没话说。

从地下通道去向3号线入口。通道两旁是各色店铺，兜售各类廉价玩意儿：手表皮包服饰鲜艳可疑的零食饮料玩具……它们卖给"过路客"，南来北往的外乡客。人流以竞走速度奔向出口，像有礼品派发。溽热的大地内腹，被缺氧裹挟的人们，似乎脚下有条隐形传输带。"它令每一个进入其中者最终成为漩涡本身，无限地运转，在惯性中为避免被高速抛出而努力向心，无限地沉沦。"

穹顶的阴影。空气中的压强已达饱和，到处弥散激动的、吵闹的、不连贯的、神经质的波动。这条地下商业街写照着现代化的另一些特质：困守、精疲力竭的欲望与奋争……

每一次，进入这条地下通道，我的步伐也越来越快，尽管没什么可慌张的，却被一股气流不由分说地裹挟。

头顶隐隐传来沉闷的铁轨声响，上海诗人肖开愚在《北站》中写道：

> 我感到我是一群人 / 走在废弃的铁道上，踢着铁轨的卷锈 / 哦，身体里拥挤不堪 / 好像有人上车 / 有人下车 / 一辆火车迎面开来 / 另一辆从我的身体里呼啸而出

多年后，我在上海中山公园旁的一家咖啡馆见到诗人，我提起这首诗，问他写的是否就是这个北站，答案却不是，虽然《北站》中写道"在老北站的天桥上"。

这条过道，人工光源的世界，白与昼被取消。除了人群密度，光源大概也是令人焦虑的原因，"人工光源会导致生物体内大量的细胞遗传变异，它会无形中扰乱生物钟，造成人体心理节律失调，精神烦躁"，我还只是匆匆过客。那些店主，每天要在这光源中从早待到晚，冲着熙攘旅客不停地推销他们的生意。我比任何时候都感到自己的幸运。

没有阳光照拂的空间，有种无根性的恐慌。我奔走在地道内，像行进在一头兽隆隆作响的体腔。

四

检票口外，他们忙乱地最后一次收拾确认：蛇皮袋桶盆铺盖双肩包大提卫生纸……这些行李体积如此庞大（价值成反比），是在外谋生的保证。

行李上堆了一摞盒饭，打工者上车后的晚餐。天逐渐在黑下去，他们排队进站，有人腾出手拎牢那摞盒饭。这些盒饭不久后会充弥在硬座车厢，同泡面味纠缠一处。

相较起来，泡面味似更"高级"一点。电视剧《蜗居》中海萍为购房连吃五天清水挂面，老公苏淳忍无可忍地抗议："我不想吃挂面，我要吃方便面！"的确，盒装泡面至少挺括，包装上热气袅袅的美图让人哈喇子直流，虽然，谁

都知道这些图片近似意淫。盒子上的乌托邦。整只的虾，大片火腿，温良母鸡依偎着香菇，面上铺陈的牛肉用量慷慨——这一切，泡开后的现实是语焉不详的脱水颗粒。

谁真以为仅小半注沸水就能泡开一个幻景？"此图案仅供参考"，若一厢情愿认为图片与盒中物对应，幻灭会如发胀的泡面。厂商会说，难道你以为购"老婆饼"就送个老婆？方便面盒上印个明星代言人，明星就得来陪你吃面？

"仅供参考"，还包括打工者将奔赴的都会，那些高楼广厦，霓虹闪烁，全都是"仅供参考"。

"一切以实物为准，最终解释权归商家所有！"对这个时代里纷纭的出门人，谁又拥有"最终解释权"？

摄影师王竞拍了部电影《方便面时代》，主人公丁宝（李亚鹏饰）为留京，被分至京郊文化馆工作，日子不咸不淡，成天吃方便面，他几乎吃遍所有牌子的方便面。认识了家境殷实的本地女孩小春后，丁宝吃上了她做的晚餐，却不甘小春说的"日子不就是这样过么？"理想与现实的博弈中，他想考研突围，不想被这种"多数人的日子"套牢。和小春分手，他上车走了，前路未卜。电影最后一个镜头，车来车往的公路旁，路标牌上写着——距离北京18公里。

这18公里，要吃掉多少泡面才可抵达？

时代旅途中，到处充满丁宝们的身影，也到处充弥着泡面味——黏附在时代胃壁上最顽固的气味。

泡面，它对应着都市凌乱逼仄的租房，隆隆轮辐与庞杂车站——车站广场神秘的游荡者，月台凄惶的分别，车厢内永远亮红灯的厕所，呼噜声，脚臭味，孩子哭闹，黑色大塑胶袋内堆积的泡面盒，单调的轴承哐当声，上铺半天不挪窝的女孩，坦裸的田野，热衷交谈而又彼此警惕的旅客……

弥漫于整节车厢熟烂的泡面味，调味包中挤出的黏稠的世俗生活，过道里走来小心翼翼端面碗的人。即将到嘴的滚烫，旅途中的一点儿贪婪激情，这点儿来自火车锅炉中的烫货真价实！虽然它一并融解了面碗中的聚苯乙烯——服点儿毒是难免的，沿途，正因那些不同剂量、性质的毒，出门人最终才变得百毒不侵。

五

火车站广场，钟摆下，一家三口正拍照留念。边扯平臃肿的衣物，挤出"茄子"的笑容，边冲拍摄者比画：一定要摄下"上海火车站"几个大字，人小点没关系。

骄傲的城市地标。作为抵达一座城市的入口，"上海"两字使照片有了镀亮的性质，它使这个寻常的公共建筑有了不寻常的意味，使抵达本身（即便是风尘仆仆，蓬头垢面）具有了"与有荣焉"的光彩。

我的相册里，没有一张以火车站为背景的照片。车站对我从不是个适宜留影之处。无论是童年、青春期，车站对我意味着离散、叵测、冲突……有很长日子，我患上了"车站恐慌症"，它像"医院恐慌症"一样，是伴随我多年的症候。我一旦置身这两个地点，被施咒般，血液深处的慌乱带来生理的各种不适。

日常中，我不耐烦被地理规限的单调薄瘠的生活，真来到通往远方的车站，却如惊弓之鸟。单调至少是熟悉的，动荡却暗藏叵测。在"远方"表面的浪漫属性（吉他、麦浪、牛仔裤）之下，现实袒露着它驳杂的重口味。

那些年的春节，父母捆扎好大袋小包，领我们踏上回浙江老家的路途。车厢里永远人满为患，烟雾中夹杂着孩子的哭闹。有次车将开时，窗外有人从开着的车窗中猛一把夺走桌上的拎包，飞快猫腰穿过铁轨消失。丢包者呆若木鸡，甚至来不及发出一声惊叫。另一次，深夜行驶的列车突然一串趔趄慢下，停住，车厢里传来消息：前方有人卧轨导致列车紧急减速。据说是位中年男子。一个多钟头后，列车重驶，车速匀稳，似什么都不曾发生。

这充满混乱与卑微的两幕，构筑了车站在我记忆中的基调。

在车站，很少看到微笑松弛的面孔。即使离发车尚有足够时间，旅客脚步依旧踩出误点的凌乱。如同医院，到处是白色消毒水的表情。

人真正与世相接榫，大概正从这两处地方始。

超越障碍的训练场不在别处，就在造成恐慌的地点。频繁接近，直至消除它神秘的残酷性。这种训练使"接受"成为常态。所有惊慌，无非来自对离丧的抗拒——那原本如洪流不可逆的生命现象！因为不肯接受，车站与医院呈现的面目便是一场劈头抽打的暴雨。当某天，接受了这所有，像接受世间有酷暑也有寒冬，离与丧就转成暴雨后色彩丰富的苍茫天际。

上海的这五年"训练"，我一次次穿过火车站南广场，像穿过童年、少年的车站。我的心跳渐趋平稳，准确地沿着既定路线来回，有那么些恍神瞬间，我甚至体会到当年惶惧中夹杂的诗意——譬如，不经由飞驰的火车窗口你无以得见绵亘山峰与陌生河流，无以得见"鸽哨在蓝天上飞过／有人回到故乡"；不经由亲人与他者之死，不会深谙新生与腐烂的互文……

那曾在灰色中定格的铁路画面，有了另一种意味——小学暑假，我和姐姐每次回浙江老家，都由在铁路工作的三姑父（他长年穿蓝灰制服，胸前吊枚笛哨，钢轨般瘦长的腿）来金华站接。到站已是夜晚，姑父还没下班，匆忙地去和同事交接。我们在长而空荡的月台等，守着行李。夜色与间或驶过的火车隆隆声响，使周遭一如荒原，此际想起严厉的父母竟也是可亲的了。

也许时间并没过去多久，但它显得如此漫长。我们焦急等待姑父的出现，在我们几乎以为他忘了我俩的存在时，他跨过铁轨现身了！我们跟在他身后，跨过枕木，去向对面月台。四周灯光昏黄，像为了不惊动一次微小的成长……

（原载《北京文学》2016年第7期）

季节，混乱而严整

◎陈　原

世界在秩序里呈现出美。——歌德

春天，地门大开，万簇光芒从泥土中射出，照亮所有越冬而来的枝干，和所有埋在土地中的种子。

春天，绿色和花朵的暴动将至。这是春天的程序，一个古老的程序。一场无声的惊雷将以视野的方式出现，在每一粒土的内部滚涌。暴动发生，泥土复活，沉默的泥土中深藏暴力。泥土成为伟大的雕塑。我望着万物，身体虚弱，呼吸衰竭，奄奄一息。我不参与暴动，我沉入泥土与根缠绕，并甘心背负暴动策划者的罪名。

春天的力量在树根和树梢之间奔跑。树梢是树的一部分，但树梢和树却更像两种事物，我不知那条神秘的分界线在哪里，但坚信它的存在。而树梢与鸟儿或云朵更可以构成一种事物，而如若它与天空构成一种事物，似乎更加完整——它多么像天空的血管和掌纹！所以树梢生长在树上，却似乎不属于树。我总是觉得树梢属于神性之物，有神迹。树梢如同树的一种果实，被天空采撷，被秘密窃走。而有些事物之间看似最清晰明确的、铁律一样的分界线，其实是完全不存在的。比如树梢和鸟儿之间，和云朵之间，和天空之间。裂痕，有时只是一个美丽的沙画的纹路，轻轻一擦便无。在世界内部，其统一性更大于差异性和分割性。一切分界线都是连接线。所以，重新确定一切事物之间的分界线，就是在改变世界。

春天的空气里隐隐有种发情和死亡的气息。发情的气息在每一件事物上都能闻得到，更容易从自己的内心里感受到。而死亡的气息并不是来自正在发生的死亡本身，而是从逃过了死亡的人与事物的呼吸中散发出来的。这其实也就是万物发轫的力量所在。没有比生与死靠得更近的了。正如一切的生长皆是从死亡之中而来。没有结束，哪有万物之始！

在春天的山野里遇到树的人是幸运的。——山野里到处都是树,所以,山野里到处都是幸福的人。这株站在山脚下的槐树,我几乎从所有方向凝望过它。在大山里,看惯了密密麻麻大片大片的树,突然遇到一株这么有风骨的独立的树,我承认我被它征服了。春天的树,在经历了激越和萌动之后,枝繁叶茂,郁郁葱葱,姿态高岸。但走近它,才发现它树干比我想象得更遒劲,充满结实的力量。它是树中的美男子,它的背景也俊秀。树下一条模糊的小径像述说也像留白。我似乎在前世已经见过它。它像从岁月中伸出来的一只手臂,有力地钳制住了我。那枝头的光泽,幽暗而饱满。就像植物的血色和气色,含着一种被压抑的力量。那是沉入土地中的阳光,在沉默、酝酿之后,伴着泥土之光,沿着从根开始的树干、树的方向重新生长出来了。阳光从来不是只有直射、折射,而是拥有无比丰富的照耀、循环、交融的方式——而我们只习惯于仰起头来阅读光芒。

初入夏门,艳阳高悬,大地繁茂,红隐绿肥。在山野徒步几十里,步子有缓有急。饮山泉乳,摘槐花香。坐硬石条,卧细沙地,仰躺柴草,背靠树身。见柴扉见果园见幼果见幽湖见怪石见野狗见遍野幼苗,遇农人问耕种,遇路人奉问候,亦自言自语。那浓密的树林间疏朗而斑驳的影子,是炙热的夏季最美的颜色,那简直就是晾晒在大地原野里的灵魂的衣衫。

但我一直不很喜欢夏天,这种感觉在我对四季产生评价之初一直到现在不曾改变。夏天过于滥情,在这个季节一切都那么易于腐烂,到处都散发着腐浊之气。食物那么不禁放,池塘里的水也生满绿萍。蚊子苍蝇以及各种螨虫、微生物充满世界的各个角落。世界浮躁而肤浅,心不安生。我们的身体也处于溽热的糟烂过程中。在夏天,生活中的女子更容易被勾引。这并不仅仅因为她们的裙子撩拨起来更容易,而是生命里湖心的水浅了,更容易被撩动。

从南山上下来的风带着微微热浪奔至我窗前,然后在扬起窗帘和植物的叶片之后,穿堂而过。我心情木木地坐在茶几前吃着酸甜的麦黄杏,想着田野里正在经历着的麦收,会突然感到一种自己被隐藏起来的人生况味。其实现在的麦收已完全不比我童年的麦收了,那时的麦收多么浩大啊!一想起童年故乡的麦收,我就想起忙碌的姥姥,想起生产队打麦场边上的糖精水和绿豆汤。我至今记得六七岁时，麦忙炎热之际，我在和伙伴疯玩之后，在几乎热得冒烟的打麦场旁的树荫下，姥姥给我舀了一碗清凉的糖精水，喝下后的爽快。现在人们认为糖精水对身体有害，但那时却是专给打场的汉子准备的。而在山野，我一直觉得喝生水才是真正喝水。撅着腚，趴在泉眼上，嘴唇和冰凉的石头碰在一起，骨头瞬间变凉。那样喝下的水，才是圣水琼浆。那样喝水，喝下那样的水的人，就是仙人。

在声势浩大的麦收之后，那遗落的麦穗，比麦垛上的麦穗更充满着耀眼的光辉，在我的童年，它对姥姥的意义更深刻，那也是泥土更深厚更细腻的情愫。我曾多次跟着姥姥去捡拾麦穗。在田埂上在麦垄间，我稚嫩的步子和姥姥沉实的步子一起丈量着麦地和夏天。我觉得，姥姥一直处于我和麦穗之间，我们三位一体，做着相同的姿势。一生不变。而处在我和麦穗之间的姥姥，那么瘦。

我虽然不很喜欢夏天，却喜闻夏日惊雷的轰隆和震响。只有雷声与乌云悬浮在空中的时候，才能看到一点夏日世界本来的庄严。除此之外，夏日让这个世界只剩下过敏的、燥热的、黏糊的肌肤，夏日只有蚊虫、浮苔、食物变质时的绿毛，而世界的魂魄已经丢失了。

夏风在力度上并不比冬天凛冽的寒风小，我曾在一个上午，在杨树林里，亲眼看到劲风吹断了一株直径十几厘米的杨树。开始是先听到一声巨响，几乎像石头砸在石头上的声音，顿时有恐惧感。当看到没有异样时，以经验立即判断是树断裂的声音。之后又有几声稍弱的断裂声传来。便向着那株树走去，我看到了数个树断裂的新茬口。因为压在了另一株树上才没有完全断裂开。

夏天喧嚣，其实是呈现着另一种沉默的特征，它释放所有声音，逼退一切发言者。蝉在密叶间殚精竭虑，石头和土壤正在融化。万物在生长中，抬高大地，曾板结的小径也重新开始生长野草，却把小径掩埋了弄丢了。心野蓬勃芜杂，迷茫阻挡光芒。大地上看不到脚印，翅膀只能在被遮挡的空中现出翅膀的局部。大地充血过度，生命遭遇另一种空前危机。远处悬挂的地平线，是激情昂扬还是绝望？夏天的疯狂和混乱其实包含了另一种法则和秩序。万物从容中，唯我慌张。我在想，是谁掌握着这一切？既然有万能掌握者，那么，我愿意将我的一切上缴，我放弃自己的一切权利，包括生与死亡，包括欢愉与痛苦、渴望与绝望、智慧与思想。以及呼吸的权利，我也不再执行，全由万能的掌握者代替。是的，这个世界上，不存在人的任何业力，没有尊卑，只有掌握者的意志是存在的唯一。

每一天的消逝，都让我无比慌张。只有我自己知道我是如何承受着内心每时每刻都发生着的战栗。在夏日疯狂的生长里，生命内部，是那么遥远，它以更接近真实的状态对抗着身外的虚空和假象。其实，即便这样，我仍然不能相信内心的真实。我的灵魂就像小径一样被掩埋被丢失。我已经放弃了追问我是谁，来自何处，去往哪里。因为我没有被追问者，甚至我亦不是追问者——我不在。

只有疼痛，能让我的生命固定，能让我感到自己隐约存在。

夏日，整个原野和世界都正忙于生长，植物向着高处奔跑。以对横向的否定，确定它们的高度和高贵的品格。秩序的遵守，让它们拥挤而不混乱。广袤的土地，知道如何约束每一株植物。向上和向下，是人类失去了的方向，直到最后，人类再也不配拥有这样的方向。而浩瀚的植物们在阳光引领下，在大地统一支撑下，万音颂唱。哦，天光，天光，天光。

我并不陶醉和迷恋夏日的疯狂生长。虽然我一直歌颂生长，但这生长和夏季都是世界的自然性，无须歌颂。它是四季更迭，时光滚动中的一环，是大地的受孕和孕育。是时间的消逝和谷物的逐渐呈现。你何曾见过世界如此充满光泽？但我一直不陶醉于其中，所以我在跟随世界静止的部分行走，而心灵不来到这夏日。所以我也是这个季节最早枯萎的那一株。所以，在我生命里，夏季从不到来。此时，我正绕过它。或者我是跟随别人来到别人的季节。时间里，我找不到另外的路径。

因为雨季到来，我走进原野深处的难度越来越大，次数会减少，这是一种对我的折磨。泥土一直那么泥泞，不能定型，无立足之地，只适合庄稼站立。而那些浓密的庄稼、野草、荆棘、灌木把整个原野封锁，连山路也全部占满掩藏，走进去，也是四面屏风，只能看到刀形的天空。但这都不是我不走进原野的理由。还是蛇、蜥蜴、豆虫等这些活物让我恐惧，一旦它们出现，四面屏风就会变成四面绝壁让我难逃。

夏风之凉，是农人最喜欢的。尤其从禾苗和麦浪上滚来的风，对农人来说，像一盘爽口的凉菜，像一杯通体透凉的冷饮。他望着禾苗和麦浪，像一个将军望着他的士兵。但农人心里仍然想的是新粮与粮囤与透明的胃之间的关系，以及收获之后播种玉米的忙碌。

秋天了。玉米是秋天的宏大象征。夏天的所有力量藏在庄稼里，与秋天汇合。那后面的路途，将变得庄严。立秋，这原野的盛事，将在明亮的苍穹下，悄悄完成。

秋色，最早是从石头上呈现出来的。比如南山。你会感觉到那石头上的阳光里也会有影子，而在春夏完全不会有。此时，万物更加繁茂，大地的光芒被遮蔽，更多的阳光悬浮在庄稼和树木的上空。此时，世界如此清晰，纹脉中的往事入心入髓。此时，身材颀长、皮肤白皙、长发飘飞的女子适合站在山冈上。我的美丽女人们，原野和秋天在呼唤，你们站到山冈上来吧，在秋光里沐浴，在晶蓝的天空下梳妆。从此大地与我都不感伤。

而美丽的农妇一直站在山冈上。

秋天明显比夏日静一些。我并不只是说人，而是包括动物、昆虫、植物，以及空气在内的一切。秋天，似乎一切都在整体地悬浮着，并在这悬浮中开始微微下沉垂落。包括一切生命，包括这个季节，包括尘土。所以，即便离开世界的人，这个季节也比夏季多些。那是生命的下沉。也只有在秋季，我允许自己获得少许快乐，并赦免自己快乐无罪。但绝不可轻薄和放纵。只有和情人相聚，可以得到我自己对自己彻底的赦免。

秋天的阳光像是被打了格子，清晰条理。万物的纹路肌理如同刚被洗过，世界的呈现更充满层次也更加充分，体现着格物之美。几乎可以在任何一件事物上，看到透明的影子，拨开记忆和回溯的通路。在秋日长空下凝望着的人，他的灵魂，亦像身体里活动的影子。此时，我们向精神内部的深处望去，视力优异。在秋分这天，目光毫无阻挡⋯⋯

无边的玉米地，浩瀚的青纱帐，总是能给予我们一种心情。穿行在玉米地里，你会感觉世界多么真实。是一种很有根据的真实。面对着庄稼之间那互相连接的小路，你是渴望远方，还是渴望归乡？

秋天，不仅仅谷物成熟，果实成熟，叶片也在成熟，没人收获叶片，会最终赠还大地。这是叶子的幸运。它将归根，或漂泊于风中，在远方归根，进入新一轮循环。成熟之后，下一个环节是酿造，并非只是农人家里开始了储存和酿造，而是整个世界开始了储存和酿造。所以整个世界在秋天满溢香气。

我们陶醉于收获，我们看不到土地下面，长粗了的根，和新生的根。根脉在泥土的深处，形状和火焰一样，并且像火焰一样，用它的温度烤着土地。在收获之后，所有的根依然沉默着，远离所有赞美。

对于今年的庄稼，去年的庄稼和所有的根正是它的史前。

在庄稼的根部，应该是生命的广场和坛城。广袤的大地，藏下的是根和声音。旺盛的生长，是一种超越我们听觉的轰鸣。在这沉实的秋天，已经找不到开放的力量。花瓣快乐地枯萎，花朵归梦。那是大梦，是永恒的梦境。永恒就是我们感知到的"无"。泥土一直给予我们生长的暗示。而远方，水泥和沥青构筑的世界已经不能再次生长。水泥的世界在打扮我们的死亡。因为它们是已经死亡的泥土。

天下是个圆环。因循环往复而永恒。因重复和失去意义而永恒。但当它成为困境的时候，天下，就是一个圆柱。我们像驴在磨道，永远围着它转，却爬不上去。就像里尔克说的，我们围绕着古塔，绕行了千年。

深秋，霜冷大地，无边原野上，所有的收获结束，最后的花期消失，花瓣崩溃，枯叶生脆。生长的力量，再次回到泥土自身的生长，回到泥土内部的生长。阳光透射层次分明的土壤，土地的精血需要补偿。分娩之后，大地要清理浊物和污血。节气像一个巫师，为土地的伤口念诵口诀。这是土地的威严，所以它慈祥而又冷酷地驱逐了人类。它巨大的忍耐，要整整一个冬天。

当一场冬雨从下午落下，这个冬天就真正地到达了我们的门外。世界灰暗而混沌。我站在中年的码头，会突然失去对一场雨的理解力和感受力。我躲在有暖气的房间里，听着有些坚硬的雨声，我渴望一盆通红的炉火。在火焰旁边，让自己像个怕冷的、哮喘的、意念呆滞的老人。烤着火，让血液不那么冷，仍然能汩汩流淌，却想不起所有的往事。遥远的青春在遥远的悬崖忍受荒凉。

冬天最耀眼的意象当然是雪。雪一直下着。早上醒来时已积了厚厚的一层，山野一片白茫茫，还没有化尽的残雪，被新的雪压在下面，形成记忆层次。雪静静地下的时候会给天地增加一种特殊的神韵，让我感到，即便今天已经没有了炉火，没有了火焰的跳跃，而内心的夹层里，似乎仍然能感受到火焰的辉映和氤氲。雪，火焰，生命，冬日的景象。

而在温暖的边沿和边沿之外，一切似乎都被冻僵。

在这个时代，在这样的现实中，在寒冷的城市中，我常常找不到语言开始的地方，也找不到语言结束的地方。城市更加僵硬，一切都如此分裂，如此混乱。人类，自从有了城市，便获得了更加巨大的罪恶的生产线，和盛放罪恶的容器。所以在这里，我们所看到的表达，是如此莽撞和武断，如此突兀和莫名其妙，他们根本不认识世界，不认识季节，不认识这个世界上的任何事物，他们看到的一切都是人类新造的事物。他们彻底地失去了自然的秩序，丧失了在美好的秩序中发现和获得美的能力，所以他们如此没有庄重没有教养，语言完全脱离了语境，他们最大限度地延续在无序和无逻辑的状态中。这也应该是粗暴语言肮脏语言横行的根源。

当天空变黄时，岁月也就变成黄色的了。所有新到来的时间也都散发着陈旧光泽。这也暗喻着无论正发生的现在，还是被我们命名的未来都是陈旧的——时间内部一直隐含着回溯的属性。也许时间里的我们，一直是退行的。即，一切皆已发生过，并已被定型。我们只是重新去经历。这也说明世界有定数，并可以被预言。

大地的枯萎，是生长的一个环节。循环，是一个真正伟大的意义。它甚至摧毁了所有局部的意义和过程的意义。死亡和降生在自然界衔接得那么完美，把造物主的意志呈现得如此合理和充分。而这一切，我们几乎觉察不到。所以，伟大的造物主，用呈现掩盖了一切。或者，也藐视了一切。而一切的藐视，皆是对人类的藐视。

在冬天，我喜欢那些从夜里下过来的雪，这样，当我从睡眠中醒来，一站在窗前就能看到它，并看到这美好的事物仍然在发生中。雪花的轨迹是垂直的，落在地上是横向铺展的。美好的、圣洁的雪铺过道路，铺过草地树林，铺过湖面，并随着渐渐升高的山坡一直铺满我的南山。世界被连在一起，沟壑和裂痕被抹去。只有站立的树干和电线杆在这洁白大地上画下直线。

一场雪，像一个素缟的梦，酝酿一次春天的苏醒。此时，最忙碌最活跃的是地下所有植物的根，这是一场地下风暴，所有的根像大地的筋络，把大地编织得更紧密。但我们看不到这一切，就像从没有看到世界的本相。根的伸展里，冬眠的动物们也在抖动的泥土中醒来，光出现在洞口，没有冬眠的人在洞口移动。

而冰凌，挂在房檐下。那是天空的嫩枝，宇宙的新芽。

山里的野湖，会被锁住整整一个冬天。冰是坚硬的枷锁。寒风一直吹它，雪一次次覆盖它。湖缩得很紧。期待春嫩阳暖，雪消冰融，一个断枝把湖砸醒，把明亮的眸子重新映入我们的眼帘。那一瞬间，在冰融的过程中似比看到初现的嫩绿和初开的花朵更令我惊奇。这是刚刚离开的冬天最后的尾部，最后一块冰，是冬天的最后一只脚印。它让我感到了大地上的不舍之意。比回忆和遥望更真实、怅然、缠绵。在融化中它静静的边缘部位的缩小，比将至的声势浩大的春天更强烈。

而不久之后的某一刻，当冰最终消失，那将是世界最深刻的一次告别和变奏。它将比对季节的迎接更能对灵魂产生触动，比不可阻挡的生长力量在大地深处的断裂更能产生隐隐的疼痛。我说过，我是一个很喜欢冬天和深秋的人，这几乎是从少年时代就确定了的。至今没变。去年的春天，我告诉自己，年龄越来越大了，该喜欢春天了。暗示的作用下，我真的比以前喜欢春天了。现在春天又来了，我想我会对春天喜欢得更多些。在春天的萌动里，复活自己生命中的春天。让自己跟随节气伴着万物一次次生长！

残雪犹存，春天已经从这里整装待发。四野的乡村里偶尔传来的农人莫名的鞭炮声，正如地下春天的滚雷。很快，大地的惊蛰就要来临。

花期即将到来，我暂时停止忧伤。让将至的最深的花之海埋藏绝望。与时光一起进入季节永恒的滚动和循环。

大地呈现生命的过程，人类忘记了感动。

看啊，在远山，乌云正在降临。春光也在降临。

四季衔接，并一直这样循环奔跑。

（原载《散文》2016年第4期）

在车上

◎郑小琼

一

打工者的年味是从一张小小的车票开始。

离过年还有两个月时间，计划回家的人便在盘算着如何找到车票回家。坐火车，还是汽车，怎样才能找到回家的车票，成为车间工友们最热闹的话题。十年前，我在车间，那时手机还不能上网，只能拨打电话订票，电话一次又一次拨通，显示总是无票。后来可以网上订票，再后来手机网上抢票，订票越来越方便与简单，春运的票总归紧张，特别是从广东北上的车票，更是一票难求。票虽难买，家总得回，何况回家计划早就安排好。除传统的回家相聚，年轻人有更多理由得回家。趁过年长假，有人回老家把结婚喜酒办了，假期长，不用请太多假，且亲朋好友都在，人多热闹；打算带在外面谈的对象回家，给父母亲戚过眼；另外，回家相亲也很重要。

腊月二十五，我从广州坐火车，跟一朋友去湖南。她25岁，家里催她过年回去相亲。临时用抢票软件抢票，未抢到朋友所在城市的车票。朋友家离长沙数百公里，在长沙下车，转乘汽车；下午4点出发，半夜抵达。

朋友18岁外出，七年间，先后在深圳、东莞、广州四家工厂做事。谈过一次恋爱，男生去了长三角打工，终没结果。她一直单着，在老家，这个年龄的女孩们已结婚生子。她不想回家，每回过年，在相亲中虚耗，她无法接受相亲结婚生子到终身的现实。相亲，她排斥，又无奈，但不得不遵从，父母的唠叨，难逃。QQ签名："择一城终老，遇一人白首"。她盼望一份爱情，却内向，老实，一次无终，再待新情感，极为戒备，不敢向前越一步。她属于那种好管理的员工，做事麻利，少与工友交流。我们认识数年，每次她跟我说起各种想法，很快又否定，害怕失败，害怕受伤，对爱情充满憧憬。她说起上次过年回家相亲的经过，她告诉我，每逢过年，村庄外出打工的年轻人都会返村，一些没有对象的会去相亲，多少有成功的，马上她又细数着外出打工嫁到外乡的女孩，或者娶了外乡姑娘的男孩。村里需要媒人介绍的不多，选择的机会少，她有些失落。瘦弱的身躯饱含乡村的羞涩与忧伤，出来七年，她小心得像只蜗牛，从阴凉的工厂探出柔软而湿漉的触角感受着外面世界，稍遇小小不顺，触角倏突缩了回去，躲进蜗牛般狭小的壳中。在粗糙的工厂世界，她还有小小的无所适从，她慌乱、紧张，想眺望壳外世界。我理解她，看到十多年前的自己。广州火车站，我们碰头，去湖南，她拖着沉重行李，装满各种年货，整整两大行李箱。上了火车，她待在座位上，默不作声。

二

　　过年回家的火车，车厢的气氛充满"年"味的兴奋。平日的火车上，彼此间少有交流，过年的车厢里，年味的喜悦冲淡了往日的戒备，过年成为了共同话题。它是中国人心灵深处最柔软的记忆，北方人回忆着童年的饺子、大雪、炮仗，南方人回忆着各种手工糍粑、年糕。没多久，车厢便熟络起来了。坐我们对面的中年人，在株洲下车。他1988年到广州，现已安家那里，他一人回株洲探望八旬老父，老父亲和兄弟一起生活，父亲生病了，他请假回来陪伴父亲。他说，不知还能陪父亲过几次年。他说起童年往事，说起过年时节大雪纷纷，说起如今各在一方的伙伴、同学。人到中年，忆起往事，不免伤感，但他正值人生最盛时，总会有骄傲之事，冲淡了些许中年的伤感。他的言论中没有暮年的沧桑，还有一颗中年的壮心。在车上，他谈得最多的是车票与几十年火车的变化。二十多年前南下广东的火车，车速慢，老式车窗，漏风，风直往车厢钻，冷，车内人多。车窗可推开，他第一次上火车，先把行李从车窗塞进去，人再随行李从车窗扒入。车少人多，座位票难买，他买的站票。车厢的过道都挤不下人了，他只好把纸铺在座位底下，再躺进去，蜷缩在下面，气味难闻，脚臭、汗臭等异味交杂混合，又有人呕吐了，他说到现在，多了一些感慨。

　　中年人的经历让我颇感兴趣，便与他交流起来。他说以前的火车一路晚点，又慢，那次他从株洲到广州花了三十多个小时。他本打算从广州坐车去深圳，当晚没有坐上去深圳的车，流浪在陌生的广州街头，他举目无亲，钱不多，又不敢投宿小旅馆，在公园露宿了一晚。在公园里，他遇到几个与他命运相同的人，从他们口中得知去深圳需要办理边防证等。当年的他，不知道边防证是什么。公园同伴说，没有边防证，被抓住，会送收容所，运气好会送回老家。他不想回老家，便留在广州了。二十多年了，在这里安家了。他谈论他的同学，说起父亲的病，也讲了女儿与妻子及这些年的经历，广州与株洲的房价。他对高房价不满，对社会现实不平，感伤却不迷茫。他是坚定要回株洲过年的，离除夕还有一周，他的妻子与小孩除夕那天从广州赶到株洲团聚。他担忧起重病的父亲，叹了口气："可能是最后一次陪老父亲过年了。"年味对他有另外一种含义，他想多尽人子之责，跟老父亲一起过人生不多的传统年节。过年，在老人心中是一种重要仪式。在老家，三十晚上一家人团聚守岁吃团圆饭，正月初一拜祭祖先，敬天地阎王，谢灶神司命……他的老父亲极为重视这些仪式。年近半百的他，对传统的仪式不如老父亲那般虔诚。说话间，我强烈地感受到老父亲带给他的影响，一点点不断地浸濡着他的内心，一代影响着一代，延续着中国的传统。

三

斜对面是一对年轻恋人，他们从东莞坐火车到广州东站，换地铁到广州站，在广州站上车去湖北，小伙子湖北人，女孩贵州人。奔波的疲惫掩饰不住他们的年轻与稚嫩，女孩十九，男孩二十一。她幸福地靠在他身上，男孩半捏半握着女孩的手，女孩眼里溢满兴奋，男孩兴奋中余有隐忧。在东莞一家工厂，他们相恋，在流水线上他们装配电子元件。我在工厂多年，熟悉流水线生活。断续的交流，他们小心翼翼，不愿与陌生人说话，漫长的夜行火车，常常忍不住接嘴。男孩十七岁到东莞，在厚街、虎门、东坑、桥头的工厂打过工，进过皮具厂、电子厂、五金厂、玩具厂，女孩一直待在东坑的电子厂。在东坑的电子厂，他们相遇相爱。女孩已怀孕三个月，他们商量后决定，先去男孩家里，见见其家人。年后，再坐火车回贵州见女孩家长。他们原本想早点回家，交了辞工书，拉线上的组长一直拖，腊月二十三才离厂。先没订到火车票，计划坐汽车回湖北，女孩晕车，又怀孕了，反应大，他们又等了一天，早上用手机软件抢到这趟车的车票，他们觉得好幸运。在车上，大多时，他们沉默不搭话。两人共用一部手机听歌，我问他们听什么歌，他说了声"为爱走天涯"，腼腆地笑了笑。窗外是寂静的黑夜，迷蒙的冷的旷野，车厢里，一对私订终身的恋人，女孩紧紧依偎着男孩，听那首"天已黑，夜很冷／孤单的我勇敢前行／似乎你就在我身边／给我你温柔的热情"。看着他们，我想起中国上个世纪二三十年代青年人挣脱旧藩篱的情形，恍然想起电影中的一些情节，为了爱情，为了梦想，走天涯。

火车穿越一个又一个喧嚣都市，进入一座又一座幽暗隧道和深不可测的夜幕，一座座城市在夜幕中跳跃，如同闪烁的街灯，转眼消失不见，不留一点记忆。小恋人没有一点睡意，女孩盯着窗外，单纯的眼神有茫然，也有坚定，不知她在想什么。也许，她的身体里有一辆爱情火车，湖北襄阳谷城也许是终点站。她选择去这个陌生地方。也许她曾听他说过很多这个地方的故事，因为爱，她有勇气跟随他去一个从来没有去过的地方，她有过挣扎，还是决定跟他一起前行。我想起诗人曾卓的诗句"没有我不肯坐的火车／也不管它往哪儿开"，惟一给她勇气的是那个·与她同样怀着爱情的他，她握住他的手，紧紧地。

我见过很多像他们这样的年轻人，十几岁离开家乡，到陌生城市打工。在单调的流水线上，像一只只无脚鸟辗转在一个个工业区的工厂，不停漂泊、迁徙，不知明天将在哪个工厂哪个工位。他们对未来有自己的梦，想过更美好的生活，现实往往不遂人意。如同对面的男孩，一年或半年换一家工厂，换一个行业，换一种工位，不知自己要什么，也不知自己能做什么，只能在工业区的工厂转来转去，漂泊，直至老去。只有爱情，让他们偶然在某个工厂待得更久，有了相爱的人，他们似乎找到留在某个工厂不再漂泊的理由。我看了看身边的工友，两年前，她也有一份这样的感情，也如同对面的女孩去过一趟广西，终究没有勇气跟随恋人到广西大山生活，她放弃了那份爱情，后来广西男孩去了苏州。我不知贵州女孩去了襄阳谷城后，会不会坚持这份爱情。他们听着音乐，一边低声唱，"一个人，一盏灯／香烟燃尽夜色渐浓／眼前闪现你的倩影／想你心情无法形容。"唱累了，他们停下来，在计划哪天从谷城去贵州，商量着火车的线路、车票。

四

车窗外，夜色中的湘南，将近岁末，天黑夜冷。坐在隔座的河南夫妻紧紧盯着行李，他们在驻马店下车，是驻马店确山人。这对"70后"夫妻一直在白云区一家鞋厂打工，丈夫是拉模工，纯粹体力活。数年前，我在鞋厂做过短暂的流水线工人，拉模工属塑胶成型车间，车间弥漫着塑胶味，闷热，夏天的车间气温高过50℃，拉模工不停地重复地拉动几十公斤重的模板。长年从事高强度重体力劳动，男人身体健壮。女人是鞋厂品检，鞋厂白夜班交替，长期昼夜混乱，如同所有流水线工人的脸一样，疲倦，暗黄，抽去了同龄人的活力。我熟悉这样的脸孔，能一下子分辨出哪张是长白班工人的脸，哪张是昼夜颠倒的工人的脸，哪些是工厂非流水线工人的脸。他们九十年代出来打工，先在深圳，后来到东莞，在东莞换了数个工厂后，进了现在这家鞋厂，在这家鞋厂工作了十五年。这家鞋厂先在东莞大朗，后又搬到番禺，现搬到了白云区，他们跟随这个工厂搬来搬去，一直没有离开这家工厂。他们两个小孩，大的17岁，小的8岁，在确山老家，跟爷爷奶奶生活，他们只有过年才能与小孩相聚。他们行李多，给父母的，给小孩的，往年都是坐汽车回家，长途汽车趁过年回家人多，票价比平常贵一倍多。没有办法，得咬紧牙，买票，回家，今年他们预订到了火车票。我想与他们多交流几句，他们像所有出来很久的工人一样，过度的老江湖，对我的问题有些戒备，男人有时想多说几句，女人偷偷地用胳膊碰了碰男人，男人便止住了。他们不愿过多谈论工厂，只是抱怨火车票难买，今年买到票是运气好，我听着，不再作声。但愿买到火车票会成为他们今年最美好的回忆。

这些年，很多身在异乡的人，"年"的味道不再是年夜饭、年货、饺子、蒸馍……而是一张小小的车票，如同家里的长辈们一进入腊月便准备年货，在异乡的人还没有到腊月，便计划着回家的车票。一张张小小的车票，有一个在车轮上奔跑的中国。

（原载《文艺报》2016年2月3日）

册页晚（外二篇）

◎雪小禅

册页，多么空灵的两个字。读出来有氤氲香气。似本来讷言女子，端坐银盆内，忽然张嘴唱了昆曲，她梳了麻花辫子，着了旗袍，她素白白的眼神，有着人世间的好。在她心里，一定有册页，她一页页过着，每一页都风华绝代。

车前子有书《册页晚》，这三个字放在一起更美，是天地动容，大珠小珠落玉盘。魏晋之风了。一个晚字，多么寂寥刻骨。人至中年，所有调子全轻了下来，喜欢守着一堆古书、几方闲章、几张宣纸、一方墨过日子了；MP4里放着的是老戏，钢丝录音的效果裹云夹雪，远离了圆滑世故，是一个人仰着头听槐花落、低着头闻桂花香了。

闲看古画，那些册页真端丽啊。八大山人画荷，每张都孤寂，又画植物，那些南瓜、柿、葡萄、莼菜……让人心里觉得可亲，像私藏起来的小恋人，总想偷吻一口。

册页是闺中少女。有羞涩端倪。不挂于堂前，亦不华丽丽地摆出来。它等待那千古知己。来了，哦，是他了！不早不晚，就是这一个人。

那千年不遇的机缘！册页，深藏于花红柳绿之后，以暗淡低温的样子有了私自的气息。

多好啊。最好的最私密的东西都应这样小众。

去友家品册页。

极喜他的书法。深得褚遂良真味。那书法之美，不在放纵在收敛，那起落之间，似生还熟，有些笨才好，有些老才好，有迟钝更好，最好的书家应该下笔忘形、忘言，浑然天成。

他打开册页刹那我便倾颓。

那时光被硬生生撕开了。似京胡《夜深沉》最高处，逼仄得几乎要落泪。

行书。柳宗元《永州八记》。

仿佛看见柳宗元穿了长袍在游走，他放歌永州，他种植、读书、吟叹……那册页被墨激活了，每一页都完美到崩溃。我刹那间理解李世民要《兰亭序》殉葬，吴洪裕只想死后一把烧了《富春山居图》，他们爱它们胜过光阴、爱情、瓦舍、华服、美妾……它们融入了自己的魂灵于《兰亭序》和《富春山居图》。

那自暴自弃有时充满了快意。

屋内放着管平湖的古琴声。茶是老白茶。屋顶用一片片木头拼接，像森林，老藤椅上有麻披肩。黄昏的余晖打在册页上。

要开灯么？

哦，不要。

这暗淡刚刚好。

这水滞墨染，这桃花纷纷然，这风声断、雨声乱，这杜鹃啼血。车前子说得对，册页晚。

看册页，得有一颗老心。被生活摧残过，枯枝满地、七零八落了。但春又来，生死枯萎之后，枯木逢春。那些出家的僧人，八大、渐江、石涛……他们曾在雨夜古寺有怎样的心境？曾写下、画下多少一生残山剩水的册页？

在翻看他们的册页。看似波澜不惊，内心银瓶乍裂——他们的内心都曾那么孤苦无援，只有古寺的冷雨知道吧？只有庭前落花记得吧？

满地黄花堆积，憔悴损，守着窗儿独自怎生得黑？

那册页，有金粉寂寞，簌簌而落，过了千年，仍闻得见寂寞。

他们把那些寂寞装订成册，待千年之后遇见知音把玩，也感慨，也落泪，也在纸墨之间看到悲欢、喜悦、落花、流水、光阴碎片。同时闻到深山古寺流水声、鸟语、花香，那古树下着长衫的古人面前一盘棋，我只愿是他手上那缕风，或者，棋上一粒子。足矣。

那泛黄的册页，被多少人视为亲人？徐渭的册页让人心疼。那些花卉是在爱着谁呀？疯了似的。没有节制地狂笑着，它们不管不顾了，它们和徐渭一样，有着滚烫的心，捧在手心里，然后痴心地说：你吃，你吃呀。

本不喜牡丹。牡丹富贵、壮丽，一身俗骨。怎么画怎么写都难逃。众人去洛阳看牡丹，我养瘦梅与残荷，满屋子的清气。

但徐渭的牡丹会哭哇。那黑牡丹，一片片肃杀杀地开，失了心，失了疯，全是狂热与激荡，亦有狠意的缠绵——爱比死更冷吧，他杀了他的妻。痛快淋漓。失了疯的人，笔下的牡丹全疯了，哪还有富贵？

金农的册页里，总有一个人。一个女人。一个人心里有暖，笔下才有暖。金农的哑妻是他的灵芝仙草，点染了他册页中的暖意。哦，他写的——忽有斯人可想。这句真是让人销魂，金农，你在想谁？谁知！

谁知！

这是黄庭坚在《山谷集》卷二十八《题杨凝式书》中夸杨凝式的——谁知洛阳杨风子，下笔便到乌丝栏。

此时，正听王珮瑜《乌盆记》，那嗓音真宽真厚，那京胡之声便是乌丝栏，约束着余派的声音，停顿之处，全是中国水墨画的留白。谁知白露写下册页晚？谁知晚来风急心平淡？

看册页要在中年后。

太早了哪懂人间这五味杂陈的意味，看晚了则失了心境。

中年看册页像品白露茶。

春茶苦，夏茶涩，及至白露茶，温润厚实，像看米芾的字，每一个字都不着风流，却又尽得风流。风樯阵马，每一朵落花他全看到此中真意，每下一笔，全有米芾的灵异。

翻看册页的秋天，白露已过，近中秋了。穿过九区去沃尔玛，人头攒动的人们挑选着水果、蔬菜，这是生活的册页，每一页都生动异常，每个人脸上表情都那般生动；身上衣、篮里菜，瓜菜米香里，日子泛着光泽，这生活册页更加可亲，一页页翻下去，全是人世间悲欣交集、五味杂陈。

走在新开路，总以为是那个冠盖满京华、斯人独憔悴的人，灯火阑珊处，猛一回头，看见斑驳的光影中，早已花枝春满。

在那一页写满我姓氏的册页里，我看到蒜白葱绿、红瘦黄肥，看到人情万物、雪夜踏歌，亦听到孤寂烟雨、禅园听雪，而我在一隅，忽有斯人可想，可怀。

此生，足矣。

归去来辞

午后，观黄庭坚《花香熏人帖》。这两句真好：花香熏人乱禅定，心情其实过中年。

彼时，七月半。鬼节刚过，沏了龙井茶和阿里山高山茶，给残荷洗尘，又洗了绿萝，窗外蝉鸣叫，但热烈减了很多，有了远意，阳光有了秋意，泛金属光泽。

我隐居于故乡小城。黄庭坚说得多好，心情其实过中年。我已是，中年后。人到中年，节奏慢下来，朋友在楼顶种花，梁姐花钱包了一分地，自己种园子，她每天早晨去种园子，中午回来时，采摘了黄瓜、西红柿、豆角、南瓜、玉米……还有月季花。她晒得黝黑。那些蔬菜没有农药，她自种自采，复返得自然。

苏东坡最慕陶渊明，其实也许本没有桃花源。桃花源在心里，归去来辞，此中有真意，欲辨已忘言。心灵的归来更重要。

闲时，我与韩姐聊天。看她做十字绣，有时我们包饺子，她包的饺子真好看，像小鸽子一样，也好吃——把木耳、韭菜、粉条、鸡蛋、茴香籽拌在一起，聊着天，说些家长里短，她说霸州比阳泉热太多了，又说阳泉的面好吃……她笑起来像个孩子。

我偶尔与父母发呆。父亲依然不闲着，或者如木匠一样做一些小物件，或挂在淘宝上买东西，他仍然研究宇宙，对世事不关心。母亲打麻将，热心帮助别人。院子里的晚饭花和马齿苋开得正旺。母亲说这里就要拆迁了，要赔两套楼房。她难过得很，住了一辈子这个院落，实在不要搬到楼房去住。何况还有猫。

猫更肥了。是侄女的最爱。她把猫养大，给它喂食、洗澡，和猫聊天。侄女已经从兰州大学毕业，备战研究生。仍然朴素得像个未谙世事的孩子。倔强、直率、纯粹。简直像五十年代的女子，保持难得的干净和天真。仍然是如我一样个子瘦高，一米七三，谈了两次恋爱，未果。她倒不急，只催着爷爷奶奶去办护照，她要带他们去游遍全世界。有一天她极郑重和我说：有一天猫死了，我便不活了。

侄女偷了我妈买的虾给猫吃，猫吃得极肥。我的母亲便责怪侄女，侄女便嘿嘿地笑——每次回家，父亲、母亲、侄女、猫，相依为命地活着，恬淡知足，只是粗茶淡饭，却有惊天动地的满足。侄女生日，父亲给她发短信：爷爷奶奶及猫祝贺。有一天侄女和我说：姑姑，我可怕爷爷奶奶死了……我没有说话，给她梳着长发，她的长发到腰际了，又黑又密又长。她说要养得和娇娇一样长。娇娇是她从小一起长大的朋友。快结婚了。

侄女说要离开霸州：越远越好。她的朋友全在北上广。我想告诉她，我年轻时也是这么想的，但年纪越长越想回到家乡，守着故土和爹娘，无论走得再远。

但我没说，因为我知道，小鸟儿要先飞出去再飞回来，那是她的生命历程，不可或缺的欢喜和疼痛。

《圣经·传道书》中说：万事都是虚空，都是捕风。在虚空之前，我们要捕风，要追风。及至倦了，及至中年后，归去来辞，辞了那些光阴，然后颔首，向命运臣服，繁华、富贵、寂寥……该去的总会要去。

这是每个人的归去来兮辞。

隐于小城而终老，这是我的归去来辞。

手　卷

人到一定年龄，是往回收的。收到最后，三两知己、一杯浅茶、一段老戏，或许再养条狗儿、猫儿，就着那中国的水墨，把生活活成自己的生活样。而这中国书法或绘画最好是手卷，那私密性极高的手卷。

多美啊！手卷！

中国式的大美，沉稳、安定、老到，散发出低暗无声的光芒。

高不过三十厘米，长度是任意的，十米、二十米，那里面，写满了一个人的心思，画满了一个人的心情……也许因为过长了，那舒展的意味更让人欢喜了。

最撩人心处便是一边打开一边卷起，最好是落雨的夜晚，一个人。哦，或者两个人吧。已经知己到不能再知己了，他们双双站立在迷幻的灯前，烛影正好，此时，他一寸寸打开手卷，像一寸寸打开她……都舍不得看了。连呼吸都停了，是一坨一坨的了。

他们不敢惊动了手卷，那里面藏着浮生六世的好。

他手持手卷的样子可真好。

那么娴熟地打开着手卷——只给她看。有些东西只能给一个人看。那是她们之间的孤意与深情。

那手卷，是被怜惜的处子，小心打开每一寸时，都有浓艳得化不开的情绪。

去友家，众人喧哗。欣赏着斗方、条屏甚至册页。

及至酒后，众人失散了。

她忽然小声对我说：你慢走一步。

我留下，与她饮茶。

女书家一般难逃小女儿态，但她有中性之姿，抽烟，盘腿，汉服，举手投足间，是汉人风范。

先喝白茶，又红茶，最后一泡是太平猴魁。

茶亦醉人。

她起身，去紫檀箱子中取东西。

是手卷。

"不给他们看。"她忽然露出小女儿态。

那手卷，是她用心写了的。

她抄写经卷《金刚经》《心经》《地藏菩萨本愿经》。

那一字字，全是一脉天真。人书俱老好，但人至中年有天真气亦好。

"写了十天才写完。"

那是多美多安静的十天呢。

她净了手，铺了陈宣，染了旧墨，一字字写。连佛教音乐和风的声音都写上了。那手卷里，有一个人的沉静似水，有孤意，有枯瘦，有欢喜。看多了这样的手卷，会多了些宽放的东西。一个女子，经过时光淬炼，对人世、方物有了审视与判断。她闻得到纸上的竹香、字里的孤独。她在一个人看手卷时有了自我的肯定与满足。

因为，我知道，有些东西宁可老死在其中，不能说，一说就破。因为有些方物，本身就有来路不明的美。

见过一卷残破手卷。被火烧过了，那残缺更添加了它的丰泽与骨感。纸张十分薄脆了，仿佛不堪一击，却与我魂魄相连。

有时觉得，那人生何尝不是手卷？一寸寸打开，不知未来。当身体的残山剩水和命挣扎时，其实已经看到了未来。

病入膏肓的Z，每天输血、输液。瘦弱到连说话都是艰难。因耻骨长了肿瘤，坐不了，亦躺不了，只能斜斜坐着，连眼神都是微弱的。

为她煲汤。马小强从青海带来的牦牛肉，放了枸杞、红枣、萝卜、核桃仁、薏米、小麦……她喝不了两口，便用力咳了起来，那纸杯里，是一口口的血。

她亦落泪——落泪亦费力，那眼泪似没有温度了。我与马小强几乎不当她面落泪，在走廊里放声号啕。

这人生的手卷已到了头。Z的眼神中，全是不舍——很多的时候，人生尽是不甘，那不甘里，有孤傲亦有认命。

临中秋了，超市里人头攒动。我买了水果和蔬菜往回走。Z问我，雪，你变了，你不再有从前那种一意孤行的生活了么？

我与Z说起了祖母，她们并不识字，一生幸福、安宁，寿终正寝。在每个春天来的时候，把榆钱夹到面里做成好吃的面食吃。

而萧红、张爱玲那样凄苦的人生于艺术是难得，于生活而言，是深不可测的悲凉。

我不要。

人至中年，我展开自己的手卷，愿意平淡富足，每一天都平淡似水，每一天都刻骨铭心。

管道局医院的太阳仿佛有重量，砸在Z的头上——她那么要强的人，已经多日不洗发，一件男士衬衣披在肩上，我坐在台阶上陪她晒太阳。说一些高兴的事。

M在结婚之前，我多次反对她结婚。她结婚之后，我又反对她生孩子，说她不适合做母亲。她做了母亲之后，我说，再生两个孩子吧，一辈子有三个孩子是幸福的。她开始穿裙子，母性之光蔓延得到处都是。在M自己的手卷上，开始的狂野、放纵、任性变得湿润、澄澈、明了、从容。"他叫我收余恨、免娇嗔、且自新、改性情，休恋逝水，早悟兰因……"蓦地想起《锁麟囊》中这句戏词，恰是收稍。

中秋去看姑姑。她拿出爷爷的书法赠予我。姑姑六十岁，瘦，身体不好。她还喜欢弹钢琴，穿漂亮衣服。她趴下，拉开柜子最后一个抽屉。在抽屉的最里面，她拿出了一幅书法作品。

那是爷爷唯一留世的书法。他本来不想留一个字，是父亲执意裱起来，爷爷去世前给了姑姑，只说，"留个念想"。

我家原本姓刘不姓王。祖籍山东济南。爷爷几岁时随母亲改嫁到霸州王家，遂姓王。这是我中年后才知晓的。只觉得隆重。

姑姑送我出来时落了泪。她是舍不得爷爷的这书法作品。她自然不懂书法，却想着这是父亲留给她的念想。

我在深秋的夜晚打开。

"华夏有天皆丽日，神州无处不春风。"这是爷爷唯一留世的书法作品。他写了一生，并无知己，沉浸在自我世界中，从不想自拔。

我忽然想落泪，又觉得眼泪多余。在爷爷一生的手卷中，尽是孤独。他无一个朋友，也不要。每日只是写字，字是他唯一情人。那延伸在血脉中的孤寂，早已蔓延给他孙女。

爷爷去世时八十。只对母亲说：我今日不吃饭了，不舒服。第二日，溘然长逝。我对这种离世方式，充满羡慕与向往。

老子说，知其黑守其白。人生手卷参差太多，涂涂抹抹亦多，山河岁月中，都寻找着圆满，却在支离破碎中找到花枝。

是夜，打开友送我的手卷。上面是一笔一画的《心经》，胡兰成有书《心经随喜》，随喜二字好。

色不异空，空不异色。

不生不灭。

乃至无老死，亦无老死尽。

这卷手卷，我看至天明。

（原载《北京文学》2016年第2期）

南极行客，星星的孩子

◎孙小宁

　　共同旅行的人，究竟得到哪一天才真正熟稔起来，或者说，开始有了深入了解对方的愿望。有一种说法是，第十二天前后。

　　南极回来，翻看我的南极日记，在上船的第十二天早上五六点，发现我在卫生间里记下了前日相遇一位画家的事。这已经是船上旅行的后半期，充满狂喜与发现的海上巡游、登岛活动暂告一段落，剩下的便是，船上的各种讲座、电影与分享会。不习惯群居扎堆的我，在这天下午逃离集体活动，来到四层甲板的咖啡厅，打算在这里消磨时光。咖啡厅的不同角落，坐着同我一样心思的散客，我一眼望见有过点头之交的一位画家，他热情、豪爽，且一口京腔，这多少让我有些亲切，所以就径直向他走过去。

　　起先，他身边还坐着几位同行客，但聊着聊着都各自散去，我的好奇害死猫的职业毛病又来了，开口问他作为画家的事。"来这里一趟，不想画一些南极主题画？"我知道这个问法很冒犯一个艺术家，但还是忍不住。"画什么？怎么画？"他脱口就反问了我一句，情绪似在井喷前一种极力按捺的状态。"南极这么壮观、奇特，你说它是能用文字描述，还是用照片拍下来？你看那些摄影家长枪短炮带着，我告诉你，没戏。南极的美是无法再现的。你怎样再现？"如果在另一种场合，我会觉得他有些画家的狂妄，但因为一同走着南极，我多少默认这个事实，所以我没有说话，静等着他情绪爆发。我能感到极地对艺术家那种特别的冲击，激情正在他体内燃烧，而这将带来什么，我不知道。

　　"走过德雷克海峡那几天，你上过六层的甲板没有？"又是突如其来一个反问。我诚实地答：没有。回想最初登船的那三天，我可是一直待在自己的房间，对巨大的海浪可能引起的晕船反应严阵以待。我们上船即被告知，这是海上航行最难挺过的三天，将要穿过的魔鬼海峡，船身会因巨浪而有大颠簸，人最好不要吃得太饱，不要四处乱跑，且永远腾空一只手，好随手抓住一些依靠。我大概是太听话的孩子，也不想让自己无谓的难受，所以基本没有四处走动。显然艺术家就是艺术家，面对有些东西，有那种拼死不顾的激情。看我很想知道，他开始描述。"我是凌晨四五点上到的外层甲板，不瞒你说，那浪直冲到七层甲板那么高，它简直就在我眼前，我就是这样……这样……抓着栏杆慢慢移动，生怕被浪卷走了。可也不舍得走。从没见到的壮观啊，那叫一个惊心动魄。还有冲到鼻子里的海的味道，此生都忘不了……"

被他这样描述着，我眼前真就铺开一幅画面，那是我们百十来号同行者大部分都无缘见到的南极巨浪图。我多少有些庆幸遇到了他，至少弥补了此行错过的最重要的景象。他紧接着做自己的结论："所以说，到南极来，最好别想着用文字，照相机、画笔也放下，连眼睛都不要用，你该用鼻子来感受南极。"

他说到鼻子，我的头脑里立马跳出一个孩子的面孔，那是船上与我们同行的六个孩子之一，一个问题孩子。船上曾经为六个孩子及家长做过少年营的分享会，我也在那里旁听。一半原因是，听说其间有这么个自闭症女孩。

女孩十四岁，是被母亲带出来旅行的。但在母亲的讲述中，她能做这次南极之行，倒是沾了女儿的光。原来组织这次旅行的杭州至尊国际度假的老总，对自闭症孩童一向关爱。之前就组织过这类孩子的关岛之旅，连带家长的费用全包。这对母女的南极之旅也带着这样的性质，她对此行深怀感恩之心。所以，活动中把抚育这样一个孩子的感受悉数道出，并说，这是有生以来第一次，对公众讲出与女儿的故事。

与其说我是被这辛苦而独特的生命经验吸引，莫如说被母亲的作为与说话语调打动。她介绍自己是学声呐学的，但在得知孩子是自闭症那天起，她就辞了职。看书、访医，甚至考下很多特殊儿童教育的资格证，都是为了进一步了解这类儿童的心理，把自己的孩子往正常孩子路上引一引。她还办了一个自闭症学校，呼吁社会关心自闭症儿童。说这些时，她从不激动，也不夸大里面的含辛茹苦。这份超然的平静与泰然，任何人再把视线移向她身边的孩子，都会心有所动。讲完要说的话，她和孩子退到一侧，正好在我的座位后面。我往回看时，她的孩子突然直直地就冲我奔过来，几乎和我要鼻尖相碰。我本能地往后闪了一下，她的母亲也赶紧往回拉。但我还是觉得我这样会引起误会，赶紧微笑着向她竖了竖大拇指。毕竟作为孩子中一员，她刚才勇敢地站在一群人中间，介绍了自己的名姓。

之后我们分手，后来在餐厅、在楼梯口相遇，都只做点头之交。作为同船的游客，大家对这个自闭症家庭都饱含同情，释放出最大的善意。我记得那个活动结束时，就有一位孩子家长在背后劝大家，以后别叫她自闭症孩子，这类孩子有个特定称谓，叫星星的孩子，这样家长听了好受些。

所谓星星的孩子，就是那些有视力不愿与你对视，有听力却听得不是跟你一样声音的孩子。他们不懂社会规则，不懂怎样与人交往。完全活在自己的内心世界之中，有如天上的星星，独自闪着生命的光。常识虽然了解一些，但是具体到行为，仍然搞不懂。比如她为什么直直地冲过来，又那么将鼻子凑近我。这个谜团，竟然是在我遇到画家之前的那天晚上解开的。那夜我上到外层甲板，纯粹是想观星。因为有次从餐厅碰到的极友口中知道，海上的星星也极其灿烂，便也不想错过在南极看星星的机会。当然海上风云变幻，星星也不是那么容易见到的。走向那道通向外层甲板的门时，就见上面贴着：今夜因为天气原因，取消观星。我不甘心，还是推门出去。就见六层甲板上，一群服务我们的美国探险队员正在烧烤。为不打扰到他们，我又往上迈了一层。在七层，我看到了自闭症孩子与她的妈妈。

我向那位母亲表达我那天后退一步的歉意，不想那妈妈却说，"其实大家都是好意，处处原谅她的行为。但我不希望这样，这样她会更不知道怎样做是对的。所以我会把她此行中的一些问题记下来，待回去慢慢教她。""随时发现随时教不行吗？""不行，她和正常孩子不一样。你说多了会造成她的压力，压力积攒多了就会爆发。比如失眠、发脾气。再说这是在旅行中，我不想给别人造成更多困扰。""事实上，这几天她又开始不睡了。"说着这样忧心的事实，女孩妈妈仍然语调平静。

可是，看身边那个孩子，并没有很焦躁啊。此时她正目不转睛地看着楼下吃烧烤的人。"你不能用正常人的反应来判断她。比如大家见到南极的美景，会兴奋地说哇——她也许会闷声低头，但这并不表示她不兴奋，而是表达方式不一样。自闭症孩子的生理与感知系统迥异于正常人。"这真是一个艰难的话题，我一时不知该怎样对话下去。但在这里看到那个孩子，我似乎有了另外的冲动，我对孩子说：来，我们一起转个圈吧。抓住她的手，她竟然也意会，很高兴地与我一起转圈。这是我小时候和伙伴玩过的游戏，而且能感到转圈越快，越有一种不可抑制的快乐。只是不知，这样的快乐，这个星星的孩子是否也能感受到。她转着笑着也叫着，这笑闹也感染到她妈妈。转到一定圈数，她突然又眉头紧锁，以为她头晕，我赶紧停下。没想到她又一次将鼻尖凑过来。而在下一次转圈开始时，她也先抓住我的手，嗅一嗅。她妈妈解释，这是她认识人的方式。也许我们每个人都经历过这个阶段，但很快会过去，但在她，这个阶段无限延长。

原来她是用嗅觉在记住一个人。刹那间我有些被触动。并且仿佛和她母亲的心贴近了一些。这时我终于敢向这位母亲，问出这样一个问题，"有的家长，会因有这么一个孩子，而想着再生一个。这样等自己老了，离开了，孩子间也好有个照应。"也许这样的建议她早已听过，孩子的妈妈并不觉得唐突："其实抚养这样一个孩子，就够耗掉所有心力的。还要生第二个？再说，生一个孩子只为让他照顾另一个，那对后来的孩子，公平吗？"不等我接着问下去，她继续说，"我现在想的只是，争取在有生之年，将她的自立性培养得多一些。这样以后即使我们走了，她进福利院，也还有能力照顾自己。"

"那她现在能做到多少呢？""基本的吃喝拉撒已可以了。以前我总是心急，几乎把她的学习时间排得满满的，恨不能随时给她脑袋里塞东西。但到她十一二岁，我发现她终于开始反弹，无缘无故发脾气，咬人也咬自己。这时我开始问自己，我这是不是真的爱孩子呢？她要是一直这样，我还爱不爱她？后来我明白了，真正爱的前提是接受。接受之后慢慢改进，这样才不会对她造成压力与伤害。"

生命中有些东西伪装不了，甚至包括说话的语调。我开始理解她的不疾不徐。那更像是与自己对话的方式，我相信在把这个女孩养到十四岁的艰难征程中，她就是这样一次次说服自己：接受，接受，再接受。作为母亲，接受的又何尝不是自己命运的一部分？我感到最终，她接纳了自己。

做过这样的交谈，我不想再向她说出，一般人都能讲出的"你真不容易"这样的话。因为说不好就成了廉价的同情。我能感到，她向我尽力道出的，其实是她个人从这个际遇里领悟到的东西。甚至包括外人难以感同身受的与孩子一起成长的快乐。

我不能说这些我都一一领会到了。但在和孩子疯狂转圈的时候，我又似隐然触到了一些。尽管它转瞬即逝。后来我仍与这一对母女在各个场合相见，无论我怎样热情地打招呼，这孩子都没有表现出格外认得我的样子。一次共同的游戏，并不能创造奇迹。

但我还是深深地记住了她真切地嗅我的样子。如果画家所说成理，也许此行真正领略南极之美的，是这个孩子。在南极的夜空中，我终没有看到星星，但遇到这个星星的孩子。我想说自己是幸运的。这种感受，照样无法向人描述。

写于2016年4月2日

第九个世界自闭症关注日

（原载《文汇报》2016年4月18日）

写给大理古城里的一位老太太

◎王国平

前方是莽莽苍山，身后是悠悠洱海，你一步一步地把这条老街丈量。

时序四月，乍暖还寒，你头戴纯黑无檐帽，扎着小辫，头发蓬乱无序无光泽，厚棉衣紧紧地裹着娇小、瘦弱的身躯，后背饰有一朵小花，白色的线块连缀不起来，中间都脱落了，稀松，只留下花的轮廓。牛仔裤有着不匀称的肥大，让你走起路来显得拖沓呆滞。背着的帆布挎包属于新潮一款，但上边点缀着滑腻、乌黑的脏。通观你的全身上下，有着更为显著的不协调，与厚棉衣搭配的是深蓝色凉拖，鞋帮缀有一道淑红，不着袜子，铜黑色的皮肤发出淡淡幽光。赤裸的右脚踝缠有纱布，一横一竖地重叠，呈扭曲的十字形状。

你倚着一个小型手推车，四轮，箱体，应该是手工制作，改装的。你轻缓地推着，间或用脚在底部蹬一下，正一正方向。手握麦克，咿咿呀呀地唱——也就是说，手推车里边藏有扩音器——你唱的应该是民歌吧。进一步说，应该算不上唱吧，沉闷嘶哑，断断续续，飘忽不定，慵懒乏力，含混无着。

这里是大理，民歌一箩筐。印象中的大理民歌，有着嘹亮、欢欣、清澈的调子，如汩汩细流，冲刷倾听者心头的积垢，弥散花瓣芬芳。

如果你是大理人后裔，你就完全把祖宗留下的招牌性传统糟践了。

我臆测，你遭遇生活困境，向路人直接伸手吧，显得笨拙，又难为情，或许效果还不尽如人意。现在什么都讲一个"附加值"，往往附加的反客为主，冲到前头，当了先锋，真正的意图藏匿着，成了顺带的存在，成了捆绑、搭售的"赠品"。就说这个月饼——写此文时恰逢中秋佳节——看似主体是月饼，但那几块甜腻不由人、粘牙不商量的烘焙食品，是退居次席的。月饼不只是月饼有其传统。相传朱元璋起兵之际，朝廷戒备森严，信息传播渠道都给把控了。军师刘伯温献出锦囊，命下属将一纸条藏入月饼中，上书"八月十五夜起义"，分发给一众的"志同道合者"。朝廷怎么也想不到，这些在眼皮底下自由来回穿梭的月饼，却成了直捣皇帝老儿老巢、改朝又换代的"杀伤性武器"。到了当下风靡一时的豪华月饼，月饼依然是个陪衬，外表看来金碧辉煌、煞有其事的精美盒子里，羞羞答答，神不知鬼不觉，碰巧不经意地摆放着的情侣表、金银首饰、银行卡、按摩卡、超市卡，才是主角，才是真正的"心意"。

这个道理本身无对错，用好了就是智慧，就有正向能量的迸发；用不好就是歪理，荒唐，无趣，面目可憎。不知你是在模仿人家，还是有人善意提醒，反正你操持起简易的装备，唱起来，沿街游走。或许路子是对的，只是这个唱劣质了一些，缺少叫人喝彩的煽动力。

于是，你走得孤独、单调、乏味、艰涩，人来人往，无涉你的存在。

大家有更重要的事。墙上张贴着一张"寻狗启示"。说来奇怪，"启事"二字，几乎鹊巢鸠占，让位给了"启示"。于是，"鸠"大受追捧，"颜值爆棚"，如鱼得水，畅行无阻，俨然成了"正宫"。想想也对，一则好的"启事"，面上的段落大意深远，中心思想深刻，还有暗功夫，运用象征手法，话里有话，有引申义，给人以"启示"。这则现成的，就意味深长："大理的亲们帮忙：我家德烈、五个月大萨摩耶走丢。狗狗遗失的时候脖子上有蓝色脖绳。请各位亲看到小狗通知下。拜托大家了。找到有重酬。"这些字是淡红色的，随后附上的11位手机号码是宽黑色的，字号还要高大、粗壮不少。

"有一种宠物叫别人家的狗狗。"一个女孩刚在微信朋友圈里慨叹，缀上的是垂涎欲滴的表情符号。

一辆电瓶巡逻车驶过，两个警察左瞄右瞅的，在寻找什么。一妙龄女子花花绿绿，身材玲珑紧致妖娆冶艳，双肩小背包上缀有"满屏"的"钻石"，称职、卖力地发出耀眼的光，肩部一排密集的椭圆形镂空，白皙的皮肤顽强地漾了出来，妆容主打"有态度的白"，红唇微启，一声"看车！"也是娇嗔百媚。

又遭遇一则"狗事"——她的宠物狗试图与巡逻车亲密接触。

与你擦肩而过，我几步就与你拉开了距离，回望，你的脸上堆满了悲苦，一双眼睛如两口沉寂的枯井，没有色彩，没有生气，世界将你遗忘，你也在面容上决绝地与之撇清。

人到暮年，鹤发童颜，时光在躯体上沉淀下来的刻痕闪烁着精神的伟岸，即便是坐在那里，不着一字，尽得"风流"，空气中的粒子也规矩了，平顺、温和、自然。整个景象，是画，也是禅。

诗意的美好到你这里失灵了。你的面容，诠释着一种沟沟壑壑的褶皱里储藏着岁月锋利如刀的苦，一种历经生活重压捶打备受摧残"厚积厚发"的苦，一种漫无边际看不到亮光呼吸闷窒不通透的苦，一种撼人心魄脑袋发蒙又让人两手发麻不知所措进退失据的苦。

我愿意掬出捧出我的同情。我又发现，同情是无力的，甚至是虚幻、伪善的。

你恰好路过一座学堂。门口张贴的对联，红纸张已泛白，破碎不堪，留下的"念亲情""扬鞭策马""上征程""思己任""展卷挥毫""书壮×"高亢，激昂，字有着金色质地，饱满，酣畅。'对联合围的铁栅栏上，悬有铁制告示牌，长方形，黄底黑字，警告"严禁将管制刀具及危险物品带入学校"。

你嘶哑、绵软的哼声，被校园里的喇叭声声掩盖了。一个成年男性的声音占据着喇叭的每一道纹路，往学生的耳朵里灌：……不要到水边游泳，防止溺水事故发生……要维护好大理的形象，维护好学校的形象……与陌生人交往时要有礼貌，也要保持警惕，防止上当受骗……

与"扬鞭策马""要有礼貌"共时空的，是厉声的当头一喝，伴之苦口婆心的训说与劝诫。就是这样，有左就有右，有横就有竖，有起就有落，有天坛就有地坛，有日坛就有月坛，左右对称，不偏不倚。

到你这里，并不是各占百分之五十的配给。生活于你，是倾斜的。你似乎哪里也不沾，"我在大理"与"我不在大理"是等量的。

可是，有的人总是以意料不到的方式被惦念。你眼前的"读诗吧"更址启事，刻在长形木板上，底是原木色，字漆黑。2014 年 1 月 12 日，"读诗吧"开办，尽管"简陋"，但聚集过上百位艺术家、诗人、作家和学者，"他们或在此读诗谈艺，或饮茶聊天，让这间小小的斗室蓬荜生辉，也使'读诗吧'成为人民路上一处闪亮的文化地标"。择其要，罗列了五十六个名字，其中的一个刻错了，用淡绿色胶布打了个补丁，正确的名字赫然挺了出来，成为整则启事的焦点。

"读诗吧"乔迁了，名字顺之更改为"天问读诗书院"。我后来问"五十六贤达"中认识的朋友被这般牵挂有何感想，答：不会吧？我的名字有那么管用？

我不知道你的名字。知道了又能怎么样呢？名字，终究不过是一个符号而已。曾经相遇一位出租车司机，车厢里的告示牌上说他叫"宫殿臣"。不禁感慨这个名字好，大气。师傅冷冷地来一句：好什么好？还不是给你开车！我倒霉就倒霉在这个名字上了！

有人的名字再普通也不打紧，厚厚的附加值让其被反复擦亮，星光闪闪。此时你手推车碾过的，恰是女性内衣专卖店的门前。易拉宝广告上铺满了三个字，浓如重墨，一位来自台湾的"国际巨星"。她的整个身体粉嫩狐媚娇滴滴，从上到下晶莹剔透。由于是内衣广告，胸部当然要受到贵宾级别的礼遇，夺人眼球，感官喂养无遮挡，视觉刺激零障碍。"45℃呵护微托，小清新美胸绽放；新的内衣新的你，8小时持久集中，藏不住的深V诱惑"，文字之魅，搭建起迷魂阵，撩人，爪子朝心坎上挠痒痒。双管齐下，你想血压升高几度就几度。

这一切与你不相干，"国际巨星"只活在广告画上。生活终究是粗粝的，再精细雅致的饭粒，也冷不丁跳出沙砾点点，硌牙，搅乱美味的递进与持续。经过"人品豆腐坊""丫眯鲜花饼""糖的逻辑""往里走60米高考补习班"和"家蕊玫瑰"，你来到眼镜店前。门口外八字排开的墨镜，惹起你的兴致。你拿起其中的一副，扣在耳朵上，径直地往天空打望。我在身后，没有看到你此刻的表情，想必镀着一层金属薄膜笼罩下的世风万物，因其模糊、单一，让你内心瞬间变得纯净而放肆，碧蓝的天、洁白的云，上关风、下关花、苍山雪、洱海月，大理好风光，世界共分享……

店主正在躺椅上舒坦，左手执牙签，在左侧的牙齿下端部位卖力地捣捣捣，再撤下牙签，上右手，大拇指和食指并肩作战，冲着同一牙齿部位揪揪揪。施工暂告一段落，撤出手指这等设备，放在眼下验证成果，很遗憾，几乎一无所获。嘴边闭上，腮帮鼓起，又使劲地嗷嗷嗷。一番折腾，也不知战绩几何，反正先是疲了，叹了叹口气，定了定眼神，才发现你的存在。刚刚平息下来的心情遭遇断崖式破坏，狠狠地叨咕了几声，表情严峻。你急切地将眼镜摘下，放回原处。手推车重新启动，你又顿住了，回望，掠过一丝的眷恋。继续走，不再回头。

前方是售卖鸡肉凉米线的路边摊。你颤颤巍巍地从口袋掏出四个五角。中年妇女拾起一次性圆纸碗，给你盛了一碗。你顺着薄膜塑料袋打了一个死结，掀起箱体盖子，将午餐抑或早餐轻轻放入四轮手推车的肚子里。由于有新的成员莅临，你将家当重新洗牌，让它们更为妥当地各就各位。

——只是，这个时节，吃凉饭凉菜，胃可否承受得了？

四个五角是苍白的。摊子上明码标价：小碗7元，中碗8元，大碗10元。或许你是常客，你们无需多少言语交流，彼此心照不宣，一板一眼地按照既定程序走。这就是平常的力量，潜流默默，温热一束淡淡的暖。

应该是填饱肚子的事定下来了，心安妥了，于外在的言与行上有了投射。或许是又多了一笔开支，散了出去，囊中又羞涩了四个五角，前路茫茫，亟待"扬鞭策马"。总之，你哼唱的力度足了一些，也宽了一些。有改善总是好的。你端正地清了清嗓子，想给它找寻一个合宜的位置。这个过程短促又漫长，让人翘首以盼，生发出新期待。短促说的是也就那么几下子轻轻的咳，漫长在于即将爆发的是一辈子累积的重量。大提琴演奏家王健曾经分享过自己印象中最为震撼的一次演出：主角是一位德高望重的长者，铁杆乐迷从各个角落风尘仆仆而来，西装革履，礼服优雅，亲临现场，聆听划时代的告别盛宴。由于年事已高，这位长者状态欠佳，找不到感觉，一直在挣扎，很艰苦，甚至唯唯诺诺、缩手缩脚，很窝囊。终于，天降甘霖，世界豁然开朗，"突然来了一击，一下将你打倒，像触电了一般，你会替他开心，一辈子都难以忘怀。你可以看到人的艰难，人的坚持，人的追求。不要以为这一击是凭空而来的，而是有很多的铺垫，一步一步地递进"。

自然，此类高雅艺术的灵光乍现是奢望，是在另一个层面甚至是另一个世界遵循另一套逻辑运行的另一个故事。你的自觉调整收效甚微，没有带来什么改观，甚而变本加厉，麦克不争气，出了点状况，可能是接触不良，时而能扩音，时而失灵。你用手拍了拍，有了。接着唱，又没了。玩儿捉迷藏呢，这是！于是，你的唱成了一惊一乍，纯属噪音。

一个小男孩坐在婴儿车里，被麦克的声音吸引，又似乎受到了惊吓，闪亮亮的眼睛直愣愣地盯着你。路过他身旁时，你心血来潮，拿着麦克朝他嘴边送，逗他一逗。你笑了，将悲苦暂时搁下、分解，将幽闭的内心世界洞开放逐。风筝终究飞不了太远，悲苦如线，是制约是牵绊，更是沉厚的背景，何况被笑稀释了的悲苦依然还是悲苦。小男孩"哇"的一声，泪水混杂着委屈，溢满粉嫩的面庞。这超出了你的既定想象与承受范围，你似乎被吓着了，推车行走的速度明显长了一截。正在店里左挑右拣的妈妈碎步紧跑了出来，抱起小男孩，"啊啊啊，宝宝乖"地哄。此时，你已经走了一丈开外，并且将面部元素重新归位，恢复了悲苦，"哦哦——嗷嗷——啊啊——"地哄着问题成堆的麦克风。

麦克出问题的桥段，似曾相识，高中时期就遭遇过一桩。那天，学校在大操场上开会，县领导背着双手，标准装束，款步而来。会议中途，麦克时好时坏，先是老师去拍，后来校长亲自去拍，也不给面子。会议就这般在磕磕巴巴间结束了。县领导依然背着手，迈着领导特有的招牌性步子，坐上了小轿车。眼睁睁地看着此等情景在身前上演，我心血澎湃，当日写下周记，向县领导发出愤青般的责问：老是挂在嘴巴上说教育多么多么重要，说是来帮助师生解决问题的，现在麦克出了问题，怎么就袖手旁观、扬长而去了？是不是还抱怨接待不周，龙颜大怒了？再说了，那个车子可以换多少个麦克？退一步说，少开几天省个油钱总行了吧？

"关起门来，你很有见地。"语文老师在文末的批语，我记忆犹新。当时还专门翻查词典，了解"见地"何意。

这是近二十年前的事了。现在有些事无须"关起门来"，而是无敬无畏地招摇。你边冲着麦克"喂喂喂"，边朝前喁喁而行。路过的一家衣店门口晾着一条粉色女性内裤，直白，坚决，拙劣，蛮横。旁边衬有一块木板，上边写着"女内裤特价5元一条10元3条"。

随缘书店里的图书在"跳楼价"打折，音像店门口也提示来往的路人走过路过千万别错过："转向经营，全场清零。"

一家小店在"WIFI""No Smoking""Music"标识下方，挂起"休息中 Closed"的"免战牌"。玻璃门上贴着"营业时间"——

正常开门：10：00

睡过头了：11：00

旅游去了：不开门

佳人有约：不开门

正常打烊：22：00

朋友驾到：23：00

如遇关门：电话联系

TEL：151××××7715

　　隔壁，一个女孩在手鼓店里和着音乐有节奏地忘我表演，白裙飘飘，气质婉约，长发顺滑有光芒，别着的蝴蝶结在轻快地跳跃、欢舞。几个小伙子擎起手机冲姑娘拍照，脸上笑意充沛。姑娘沉在音乐的世界里，无动于衷。

　　你适时地收起行头，在斜对面的长椅上坐了下来，取出杯子，喝了口水，坐着，枯坐着，无悲无欢地坐着，眼神里注满空蒙，坐着坐着，你把自己坐成一株植物。

　　我走入随缘书店，心不在焉地滑过书脊上那些五彩斑斓、呼之欲出的书名，一边眼瞅你的动静。我举起一本问老板娘。她的眼睛迅疾从iPad上移出又移回。

　　"六五折！"她低着头，像是自言自语。

　　整个书店飘荡着电视剧《甄嬛传》的对白。

　　我手中拎着的是余华的杂文集——《我们生活在巨大的差距里》。

（原载《中国作家》2016年第4期）

残院之内　黄昏之后

◎吴佳骏

一

这是一幢旧楼。

尽管墙壁上新刮上去的石灰层洁白耀眼，却仍难以掩藏岁月馈赠的斑驳裂痕。据当地人讲，它原先是一个化工厂，倒闭后，一直闲置，荒草丛生，蛇和蜥蜴等动物时常出没其间，附近居民都不敢靠近。后来，政府搞新农村建设，便有阔绰之人将此工厂规划翻新，改造成了如今的敬老院。

或许是临近黄昏的缘故，若隐若现的光照笼罩着整幢大楼，朦胧中更添了几分幽静。院坝里几个老人拄着拐棍，伛偻着身子在慢慢移动，仿佛晚风中晃动着的几根苍老的树枝。更多的老人则坐在大厅里，呆望着墙壁上那个大大的电子显示屏。屏幕上正在播放一部时下炒得很热的爱情剧。剧中的人物卿卿我我，哭哭啼啼，甚至被所谓的爱情折腾得风生水起，惊天动地。但他们貌似深情的表演却并未使这群垂暮的观众受到感染——一个个表情呆滞，目露凄楚，有的还打起了瞌睡，如雷的鼾声淹没了剧中轰轰烈烈的爱情。

我刚步入大厅，有个银发老人忽然从人群中向我扑来，抓住我的衣袖，又打又骂。情绪的失控使她那焦黄的面孔愈加狰狞可怖。虽然，我听不清楚她到底骂的什么。只依稀从她那张漏风的嘴里，听出两个字：你滚，你滚……声音颤抖，带着某种宿命的抗争。我站在老人身前，无言以对。不知是该做一番解释和安慰，还是转身迅速离开，像惊慌失措的人逃离正在逼近的危险。正在我犹豫不决之际，老人发疯般用头朝我胸膛上撞。我用力握住她那干枯如柴的手，她几次试图挣脱，吓得我连连后退。我退一步，老人紧逼一步。我想，她一定是把我当成了自己年轻时的一个爱人，或晚年时的一个仇人。惟有爱和恨，才能让人刻骨铭心，到死都不能忘怀。我索性呆立不动，任凭老人顶撞。

那一刹那，我好似看到老人的灵魂，正在飞出她的体内。

而其余的老人则远远地看着，毫无反应，仿佛一群看客正在观看某场情景短剧。当然，他们也可能对眼前发生的一切，早已经习以为常了。麻木跟衰老一样，都是生命的腐蚀剂。最为淡定的人，要数靠左面墙壁下那两个瘫在轮椅上的老者。他们脖颈上挂着毛巾，口水不断从嘴角流出，却仍举起抖动的手臂，讨论如何延长生命的话题。人对付死亡最好的办法，大概就是不停地幻想活着的事情。想着想着，就把死亡给吓跑了。就像一个不想长大的孩子，在拒绝成长的过程中，却不知不觉长大了一样。

或许是老人的喧哗惊动了护理人员，一个腰上拴着白围裙的中年妇女火速从侧旁的小屋跑出来，将老人拽住，狠狠地吼了一声：你干啥？吼声严厉，像风中呼啸而过的箭镞。老人听到这吼声，条件反射般松开手，安静下来，变得乖乖的，像个犯了错的小学生。继而，中年妇女笑着对我说：没吓到你吧？老太婆脑子恍惚了，把外面来的男人统统认作她儿子。

我没多说什么，倒是站在身后的岳母嘀咕了一句：像这样的人，让我今后怎么伺候啊？惊魂初定，一个胖胖的男人从楼梯上走了下来。他见到我们，径直走过来说：你们是来报道的吧，我是这里的负责人。我赶忙伸手相握，并说了一通客套话。他见我态度诚恳，挺直腰板询问了岳母一些基本情况。然后，又以领导者的身份和口吻，重申了一遍纪律和注意事项，就扬长而去了。

根据护理组长的安排，我将岳母领到二楼指定的房间，帮她铺好床，将换洗的衣服放入衣柜，又去走廊尽头接来一盆凉水，用毛巾将床头柜上的灰尘擦干净。我在做这一切时，岳母的脸上始终愁云密布。看得出，她还在生她那儿子儿媳的气。岳母认为，要不是他们，自己也不会在年过半百之际，被迫来这家敬老院做护工。命运总是充满了诸多变数，你永远都搞不清楚你的下一刻钟将面临怎样的厄运。就像你搞不明白，跟自己最亲近的人，为何一夜之间，竟变成了仇人。鸦不反哺，虎欲食子，徒唤奈何？

疼痛是必然的。你只有面对，孤立无援地面对。

二

时间回转到一年前的深秋，那是个空气潮湿的午后，一场预告的秋雨迟迟不肯降临。山坡上万物萧索，时而有一阵冷风吹来，让人脊背发麻。整个村庄被一层荫翳笼罩着，几条黄狗在崖畔上来回狂吠，苍凉的声音，愈发增添了几分阴沉和恐怖的氛围。

不远处，一场葬礼正在锣鼓和唢呐声的伴奏下热闹地举行——亡人要赶在暴雨来临前入土为安。否则，他很可能被曝尸旷野，灵魂永世不得超生。然而，就在吉时已到，抬棺人正要把棺材放入圹穴时，我的岳母却手握钢叉，孤注一掷地冲向抬棺人。这突如其来的变故，使八个抬棺人六神无主，战战兢兢。要不是村支书眼疾手快，顺手操起一根竹竿朝岳母挥去，将之掀翻在土沟里，这场丧葬或许就会变成一场闹剧，使之雪上加霜。

风呼呼地刮着，地上的枯草随风摇摆。村支书怒不可遏地一边控制住岳母的咆哮，一边用眼神暗示抬棺人赶快下葬。一时间，唢呐高奏，锣鼓齐鸣，一阵手忙脚乱之后，亡者终于被一堆泥土掩盖。道士手拿魂幡，绕坟三匝，宣布葬礼完毕。村支书见大功告成，仰头面对天空长长地舒了一口气。我岳母见此情形，感到棺盖土落，回天乏术。她费尽心力阻止的葬礼，最终还是没能成功。这一铁定的事实，让她深感绝望，一种强烈的挫败感瞬间击中了她的心脏——一个活人被死人打败了。

喧嚣的锣鼓沉寂了，唢呐也像生了锈，发不出声响。整个山岗上，看热闹的人逐一散去。只留下阴风簌簌地刮着，仿佛来自另一个世界。村支书用手掸掸衣服上的泥土，掏出一支烟点燃，淡蓝色的烟圈像是坟前燃着的檀香一样，带着水汽向空中弥漫。岳母仍旧坐在坟堆不远处的草丛里，蓬首垢面，茅草划破了她的脸。血珠顺着脸颊往下游走，像一颗颗露珠在寻找春天的讯息。村支书挺直腰板，步履从容地从岳母面前走过，脸上流露出一个胜利者的欣喜。而且，他刚走了几步，还故意回过头来，朝岳母干咳几声。那咳声，像几个响亮的炸雷，从田野上空滚过，使岳母心尖发颤。

风继续吹。我岳母左手死死地抓住地上的泥土，五根指头，像五把锋利的刀刃，扎进大地的肉里。她明显感觉到大地在颤抖和痉挛。而她的右手则紧握着一块石头，石头都快被她捏出水了。也就在刚才，当村支书的干咳声响起时，岳母几次举起手中的石头，试图向那充满霸气和嚣张的声响砸去。那石头棱角分明，仿佛有着千金重量。若是砸出去，定会使声音销声匿迹，变成个永久的哑巴。但没想到的是，岳母只要一举起石头，石头的重量就先把她给压垮了。后来，她还是拼尽全力将石头扔了出去，朝着干咳响起的方向。这时，富有戏剧性的一幕发生了。岳母怎么也没料到，那块石头自己会转弯。她明明砸的是村支书，可石头砸中的却是走在村支书旁边的道士。其实，道士也没砸中。石头真正砸中的，是道士手里提着的那面铜锣。那声脆响，好似并不是岳母制造的，而是亡者从土里醒过来，用拳头狠狠砸了铜锣一下，埋怨道士手艺没做好。

岳母砸道士也许是对的，要不是道士帮忙，村支书也不会那么顺利地让他这个意外亡故的亲戚长眠九泉。而且，还是葬在岳母家的土地上。按乡村规约，只有本村人死后才能葬在本村的土地上。外乡人的骨质若想占用本村泥地，那就像过去背叛家族之人幻想进入宗氏祠堂一样困难。可在这个人世间，即使再难的事，也有人能化险为夷，如履平地。他们活在阳光下，也活在阴影里。能翻手为云，覆手为雨。他们似一只蛙，水陆两栖；又似一只鸢鸟，在大地上觅食，在苍穹上舞蹈。

我岳母最痛恨这类人，就像她痛恨村支书的小舅子霸占了她的土地。尽管，在内心深处，她对这个亡故的年轻人尚存有几分同情和惋惜。此人死时还不到四十岁，据说是一次在县城跟人清洗玻璃外墙时不慎掉下去摔死的。本来，村支书一直对其怀有成见，只因他父母早逝，自幼被姐姐带大。作为姐夫，加之来自老婆的压力，他不得不被迫将其尸体搬回村里安葬。起初，村支书的做法遭到全村人的反对，男女老少义愤填膺。但渐渐地，大家也都睁只眼闭只眼，只在背地里谈谈。一旦见了村支书，又个个满脸堆笑，百般奉承。

最有傲骨的，是村中的道士。当大家都当缩头乌龟的时候，唯有他坚持原则，要求村支书改变主意，别破坏了规矩。道士的强硬态度，让村支书骑虎难下。对其他村民，村支书完全可以置之不理，但对待道士，他不能不引起重视。他能管理活人，却无法管理死人。阳间的事，他说了算；可阴间的事，只能听道士的。离开了道士，他小舅子的尸体只能喂虫子。这就叫魔高一尺，道高一丈。

但道士也是人，是人就有软肋。真正的傲骨是没有的，有人看上去很有傲骨，其实不过是傲气罢了。村支书看穿了这一点，故能如鱼得水，左右逢源。在找道士谈过几次话之后，道士的态度大变。像寒冰遇到烈火，气球碰到钢针，转眼间就化了，泄气了。不但如此，他还转而主动答应承担安葬村支书小舅子的法事任务。欲望永远是自己最大的敌人，它比死亡还可怕。一个善于捉妖降鬼的人，就这样最终被他人降伏了。

道士回报村支书恩赐的第一桩事，便是为其小舅子找块风水宝地。他带着罗盘，爬坡上坎，东瞅西望，脸上带着幸福的笑容。他正在做的，仿佛不是替他人寻找归属地，而是为自己建造宫殿。那宫殿金碧辉煌，雕龙画凤，一旦住进去，便可一劳永逸。经过一天时间的奔波，道士终于找到了那个宫殿。它就坐落在我岳母的一块菜地里。

我岳母本也是个厚道人，良善朴实，凡事不予计较，在村里有口皆碑。但唯独在这件事上，她毫不让步。她在自家的菜地里劳作了一辈子，她爱那片土地。她在那块土地上迎接过日出，也送走过日落。经过风，见过雨。那块土地，是她的一个梦。她在上面哭过，笑过，沉睡过，奔跑过……现在，有人要占她的地，她死也不答应。她要等到某一天，把自己埋进土里。然后，变成庄稼长出来，重新守着这个村庄，守着那让她既熟悉又陌生的爱恨交织的土地。

农民就是这样，她的爱永远如针眼那般狭小，又永远如海水那般深刻。可如今，村支书和道士的合谋，让我岳母这个老农妇的爱受到了严重伤害。她唯一能做的，也许就是赤手一搏，再干吼几声，掉几滴眼泪。最后，还得让风来把她的眼泪擦干。

我岳母的儿子儿媳倒是深明大义，他们在镇上做小买卖，虽然不再干农活，但也没有脱离土地。照理，自己的母亲受了委屈，他们应该去安慰几句，宽宽她的心。谁知，他们得知此事，回乡劈头盖脸朝母亲一通臭骂。我岳母的伤口上，无故又被撒上了几把盐。疼痛像毒蛇一样盘踞在她心里。

生存素来是严峻的，谁也没有资格说我岳母的儿子儿媳不孝。对于岳母这个活了大半辈子的人而言，她可以活得不管不顾，刚愎自用。但对于尚还年轻的儿子儿媳来说，他们这辈子还有很长的路要走。他们绝不希望看到自己未来的人生之路上布满了荆棘和陷阱，泥潭和乱石。这样说来，我岳母那儿子儿媳的咒骂，貌似也就变得合情合理。

但我岳母这个人，没想到脾气那么倔。她可以忍受别人的欺辱，忍受儿子儿媳的咒骂，可就是无法接受拉下老脸，去向村支书道个歉的结局。故当她儿子儿媳提出这个要求时，岳母宁死不屈。无奈之下，她不得不找到我这个女婿帮忙，替她在敬老院找了个差事。

一个平凡得像草一样的老人，在本该享受天伦之乐的年龄，就这样以逃离的方式，把自己逼上了孤立和绝境。

三

敬老院无疑是死亡的边界，在这里，时间是静止的。尽管那一排排看起来温馨的房间，门都敞开着，进出最多的，仿佛只有轮椅和拐杖。而作为房间的主人，他们大多数时间是沉默的。每天早晨，如果天不下雨，阳光便从窗户外面照进来，投射到躺在床上的老人们皱纹密布的脸上，有一种扭曲的沧桑感。精神状态稍好些的老人，会梳理一下头发，眯着眼盯住阳光看。那一束束光线，仿佛贯穿起了他们的一生。那稀薄的阳光，会多少照亮他们落寞的晚景。而对于另外那些神志恍惚的老人来说，哪怕再明亮的阳光，也是一匹黑纱，把他们裹得严严实实，像蚕困在自己的茧中。

按规定，每个护工照管五个老人。我岳母接管的五个老人中，有两个是一对老伴，膝下有一儿两女。儿子在政府部门供职，两个女儿，一个是学校的教师，一个自主创业，在城里开了家茶楼。他儿子本想让老人跟着自己过，可老两口跟儿媳妇关系不和，便主动要求到敬老院生活。而且，他们在敬老院的一切开销，均不花儿女一分钱，用的都是自己的退休金。足够的资金保障了他们拥有自由生存的权利，以及做人的尊严。还有一个老人，条件也比较好，大家叫他黄叔。黄叔的儿子是个包工头，工程做得很大，常年在外游走，很少有时间回来看老人。他解决问题的方式就是钱。他只要一次性把全年的护理费交给敬老院，就百事大吉了，父亲也不再是他的父亲。剩下的两个老人，一个姓余，一个姓张。余大爷没有儿子，只有五个女儿。女儿们都不愿照顾父亲，便商量将老人送往敬老院，护理费一人负责一个月。情况最糟糕的是张婆婆，她是个孤寡老人，由政府送到这里来的。虽然吃穿不愁，最难熬的是举目无亲的凄楚。一个人，当她在这个世界上，活到只剩下自己的时候，这个世界对她而言，也就没什么意义了。

岳母到底是把生活的好手，短短的时间，她便适应了这份工作。而且，干得一丝不苟，对每个老人都照顾仔细，唯恐出现纰漏，对不住这些桑榆之人。每天，除了规定的清洁次数外，她总要多拖一遍地板。尽量让房间通风，把卫生搞好。特别是张婆婆和余大爷的房间，由于他俩都大小便失禁，屋内老是臭烘烘的。岳母刚把尿不湿给他们换上，不多一会，裤子上还是会沾满粪便和尿液。遇到这种情况，岳母就耐心地给他们洗衣裤。洗涤衣裤的过程，也是洗涤她自己的过程。她已经深深地融入了这群老年人的生活。之前在村里发生的所有不快，早已经烟消云散。我的岳母，一个热爱土地的农妇，已经将她的注意力，从关注土地本身，转移到了关注土地上的人和生命本身上来。这群老人，打开了她生命的另一扇窗，丰富了她的情感和内心世界。

我每次去敬老院看望岳母，她都要跟我讲那些老人的故事。讲到动情处，她会热泪盈眶；讲到伤心处，她会肝肠寸断。仿佛里面住着的每个老人，都是她的亲人，或者是她生命的一部分。我猜想，岳母一定是从那群老年人的身上，体察到了自己将来的处境——忧伤与彷徨，困顿与寂寥，疾病与抗争，冷暖与眷恋，痛苦与死亡……

在敬老院里，岳母最羡慕的，是她接管的那对老伴。每天清晨和黄昏，他俩都要手牵手去楼下的花园里散步。老头每次下楼，头发都梳得一丝不苟。偶尔还会戴个帽子，脖子上围条毛巾。看上去，仪表堂堂，很儒雅，酷似一个旧时代的知识分子。老太婆也很讲究，衣服纽扣从来都扣得整整齐齐。下楼之前，还要对着穿衣镜照了又照，好像他们不是去散步，而是去赴一个朋友的宴会。

花园里栽种了许多花草，每逢花开时节，香气扑鼻。尤其是那几株月月红和水仙花，开得煞是艳丽。老两口大概都是爱花之人，他们在花朵前流连忘返。叙旧，谈笑，回想年轻时的事情。远远看去，就像一对情侣，在品尝属于他们的爱情。岳母说，这对老伴是让她最省心的两个人。他们从来都把自己的生活过得井井有条。被子叠得方方正正，餐具摆放得整整齐齐，衣服洗得干干净净。岳母唯一要做的，是每晚去查两次房。有一次深夜查房时，岳母瞧见老头子正在给熟睡中的老伴盖被子。俨然一个老父亲，在照顾自己的孩子一样细心。

与这对老伴形成鲜明反差的，是黄叔。自从岳母到敬老院工作后，从来就没看见他儿子来过。时间长了，大家都忘记了他还有个儿子。黄叔唯一的嗜好，是酒和烟。敬老院禁止饮酒，他就偷着喝。有一次，他喝醉了，爬在房间地板上破口大骂。主要是骂自己，从少年时一直骂到中年，又从中年骂到年老。他试图借助酒精的力量，要对自己做一次釜底抽薪似的清算。那晚，可把岳母吓坏了。为此，岳母还被院领导扣了工钱。从那以后，岳母便将黄叔盯得很紧。

没了酒喝，黄叔就使劲抽烟。每天两包或三包。只要一走进他的屋子，里面像刚刚发生了火灾，烟雾弥漫，呛得人流泪。可黄叔喜欢这种被烟雾包围的感觉。抽烟可以让他忘记自己，忘掉活着的悲伤。岳母经常看见他一个人站在走廊尽头，嘴上叼支烟，目光望着远处，像在盼望着什么。直到烟蒂快烧着他的手指了，他都没回过神来。

余大爷可以说是五个人中最幸运的一个，又是最不幸的一个。说他幸运，是指他那几个女儿隔三差五地跑来看他。每次来，都不忘提点水果或饼干之类的东西。这让诸如黄叔那样的老人羡慕不已。只要余大爷的女儿一到，敬老院保证热闹非凡。她女儿喊爸的声音，以及嘘寒问暖的关怀之声，整幢楼的人都能听见。这时，黄叔准会从房间里走出来，朝余大爷的房门张望。尽管，他对这一夸张的声音早已心生厌倦，可依旧喜欢瞅这貌似其乐融融的亲情画面。只是，不知道余大爷自己能否真正感受得到那份亲情的存在。

说他不幸，是指余大爷的女儿每次来看望他之后，都会发生不大不小的口角纠纷。纠纷的核心，无一例外都牵涉到钱。原来，他们全都怀疑余大爷藏有私房钱。理由是余大爷未住进敬老院之前，他的三女儿一次在家为父亲擦洗身子时，发现他在腰杆上用绳子拴了个布口袋，里面装有两万块钱。此消息一出，余大爷的几个女儿就像蜜蜂一样，整天围着他转。而且，她们料定，老头子一定还藏有现金。个个都想套他的话，试图使其说出藏钱地方。可余大爷自此恍恍惚惚，闭口不语。只睁大眼睛，看着这几个自己含辛茹苦养大的孩子，像看着另一个陌生的自己。

如此看来，还是张婆婆每天高枕无忧。她饿了吃，吃了睡。没有谁想到来看她，她也不想见任何人。有时，即使岳母前去叫她换衣，她也爱理不理。仿佛她压根不是躺在床上，而是睡在时间的长河里。哪怕死，都伤害不到她。

岳母的讲述，让我有恍若隔世之叹。她的讲述呈现给我的，不仅是一个个老人的故事，而是一颗颗活着的悲怆的灵魂。

也正是因了岳母的讲述，我每次看望她后，都习惯性地围着敬老院走一圈。我还想看看那些岳母没有讲到的老人们的状态。在这座青瓦灰墙的楼房里，总共住着一百多个老人。他们虽然来自四面八方，来自不同的家庭和环境，却最终都走到了同一条生命轨迹上来。这是巧合，还是宿命？是现实，还是梦境？

我仿佛看到了一座流动的房间，房间里关着的，不是一个个血肉之躯，而是一道由生和死构成的巨大的时光深渊。

四

我原以为，岳母见惯了老人们的喜怒哀乐，冷暖甘苦之后，可以就此消泯内心深处隐藏的恨。但哪知道，那恨就像一颗定时炸弹，埋伏在她的心房里，随时都有引爆的可能。其实，我应该预料到，这颗恨的种子，早已经生根发芽。因为，我曾听岳母跟我说，她在敬老院经常做梦。梦见自己蹲在菜地里收获萝卜和大豆，高粱和红薯。梦见有人抢她的地，还梦见儿子儿媳指着鼻子在骂她。每次醒来，她都虚惊一场，背脊上冷汗直冒。

真正使岳母恨意重生，是在她到敬老院工作半年之后。那时，张婆婆刚刚去世不久。这个睥睨死神的老人，在与死神交战无数个回合之后，终于筋疲力尽，衰竭而亡。她以死的方式战胜了死，抵达了恒久的慢慢长夜。因无后人，张婆婆的出殡显得有些草率。没有祭幛和花圈，没有锣声和鼓声。在院方人员的见证下，几个护工用毯子将其兜住，轻轻一抬，就将她那轻飘飘的躯体送进了殡葬车。殡车开走之后，才有两个胆小的护工流下几滴心慈的眼泪，为其送行。

送走张婆婆的第二天，敬老院就恢复了常态。在这里，死亡如同吃饭、睡觉般正常。最开始，护工们见到有人老去，还会议论纷纷。见多了，也就麻木了，甚至连谈论的兴趣都没有。正如一个闯荡江湖之人，看惯了刀光剑影；一个落魄不羁之人，经多了冷月秋风。

我岳母是个心细如发之人，张婆婆离去后，她总觉得老太太还在。每次走进那个虚空的房间，她都会产生幻觉。好似看到张婆婆还躺在床上，与时间斗争，没有丝毫和解的意思。然而，一周时间不到，另一个新来的老人，即住进了张婆婆曾睡过的房间，开始了另一场更为复杂的斗争。这个老人就是前面提到的道士，那个曾受了村支书恩惠并最终使得岳母的命运发生改变的道士。我岳母一见到他，即怒火中烧，仇恨的火苗瞬间被点燃。那一刻，岳母的记忆又回到了一年前那个凄风苦雨的下午。风在天边呼啸，大雨将至未至。唢呐声搅得她心烦，手中抓住的石头，是她唯一的救命稻草……

那一刻，岳母的拳头重又拽得紧紧的，仿佛那颗被掷出去的石头，又飞回到了她的手中。道士见到岳母后，更是惊慌失措。尽管中风使他的左半边脸已经僵硬，但仍可从他的右半边脸上看出抽搐的动静。好在，他们彼此都心照不宣。道士或许在想，这里是敬老院，量你也不敢对我怎样。而我的岳母也在心里盘算，报应啊，你个老东西也有今天。

佛教里有业障之说，而我的岳母和道士之间，好像生来就彼此是彼此的业障。在敬老院这个物质的，隐喻的"六道轮回"里，他们在彼此博弈，彼此阻止对方消除业障，抵达"人道"。岳母无疑是兴奋的，在"服侍"道士的过程中，她心中淤积已久的仇恨终于得以发泄。如决堤之水，滔滔不绝。洗衣时，她故意不洗干净；送饭时，她故意在碗里撒上盐。总之，岳母想尽各种办法，欲让道士倍受折磨之苦。道士知道岳母存心报复他，敢怒不敢言。如今，他已是病残之躯，人为刀俎，他为鱼肉，若公然反抗，他担心会遭到岳母更为严厉的报复。

道士感到几分恐惧，又似有几分忏悔。他也曾是乡里一个风光体面人物。自他十七岁那年，跟着师傅传承道业以来，便受到村民尊敬。他曾亲自把村里一些德高望重的老人送往西方极乐，也曾亲自把个别意外夭折的生命归还给大地怀抱。他见证了村庄的荣辱兴衰，一辈子都在跟死亡打交道，却无法参透活人之谜。道士共生有一男一女，这在乡村，算得上是福禄双全了。但他命运多舛，福禄皆薄。女儿本来嫁了个好人家，却不幸死于难产。剩下唯一的儿子，也在前几年被病魔夺去了生命。白发人送黑发人，向来是人世间最为悲痛之事。可就是这种悲痛，却相继在道士身上上演了两次。他的老伴不堪重负，气得疯疯癫癫。每天啥事都做不了，只知道坐在村头的槐树底下，呼喊儿子的名字。就在他决定来敬老院的前两个月，他老伴去镇上赶集，再也没有回来。道士拄着拐棍去镇上找过，无任何下落。回去后，他坐在院子里左思右想，觉得自己罪孽深重。他埋葬过无数别人，却最终把自己的亲人也一个个给埋葬了。有人说，道士落得如此惨景，皆缘于他接触死人太多，被阴魂所困。道士不信这种说法。他说，人死如灯灭，哪有啥魂不魂的。人死了，就啥都没有了。话虽这么说，但道士还是偷偷地在一个月黑风高的夜晚，将伴随自己一生的道袍、令牌、锣鼓等法器，挖个坑悉数给埋了。埋完后，他还念了三天的经，又躺在床上痛哭了一场。哭着哭着，就睡着了。醒来，他发现自己的嘴巴竟然歪了，左半边身子也失去了知觉。好在，他埋了一辈子的人，积攒了几万块钱。他不想把这些钱带到阴曹地府去用，于是来到了敬老院。可谁知，他到来后，却遇上了我岳母这个克星。

道士毕竟是道士，他虽然没了法器，道行却依然在。他觉察到我岳母不会轻易放过他，表面上不动声色，却背地里大肆宣扬我岳母虐待老人。很快，此事传到了院领导耳朵里，院方正式找岳母谈过话。并警告她，若再不改正，就辞职走人。

来自院方的压力使岳母心情郁闷。那段时间，她的这一复仇心理还殃及到其他老人。她对黄叔和余大爷的态度也很不好。若是遇到余大爷的女儿们来轮番吵闹，她也会发脾气，言语里满是抱怨。抱怨这个世道不公，抱怨自己时运不济。而且，她对那相敬如宾的老两口，也不再心生感动。每当他们去楼下花园散步时，岳母会觉得他们是在演戏，简直是在预习死亡。一切美好的东西，在她眼中，都如水中月，镜中花。留存在她心里的，只有虚空，以及比虚空更大的幻灭感。

尤其是一天凌晨，当黄叔也在她的眼皮底下死去后，这种幻灭感更像个逐渐胀大的气球，充塞了岳母的胸腔。黄叔跟张婆婆一样，死时都无人送终。但死后的结果却霄壤之别，张婆婆上路时悄无声息，黄叔上路时却热闹异常。他儿子一接到噩耗，庚即从外地赶了回来。一到敬老院，不问青红皂白先对院领导一通斥责，继而骂我岳母没有照顾好老人。然后，随即请来一个响器班子，在敬老院里就吹打开了。那阵仗，那架势，仿佛要把其沉睡的父亲震苏醒过来。有钱人就是逍遥，想法也大胆。若不是有人劝阻，他竟要掏出真钱来充当买路钱，一路挥撒。可唯有黄叔置身事外，任何的热闹和喧腾都与他无关了。

　　我岳母站在敬老院楼上，看着黄叔被他儿子雇来的人簇拥着，哭哭啼啼地越走越远，心里浮起一股难言的酸楚。她又想到张婆婆，那个先黄叔而去的老人。虽然，她在离开这个世界的时候，没有享受过如黄叔那样隆重的葬礼，但他们到底可以在另一个世界里相聚了。在那个永恒的世界里，他们根本不需要那么大的排场。他们带走的，是人活一辈子都未必能参悟透彻的东西。

五

　　人活一辈子都未必能参悟透彻的东西，到底是些什么呢？我每次走进敬老院，都会引发无限的联想。特别是当我洞悉了岳母的内心世界，以及熟知了敬老院里的老人们的生存故事之后，这种联想和追问变得尤为强烈。后来，我隐约觉察到，那些让人参悟不透的东西，或许都有这样一些：大地上的阳光、空气和水分；一朵花盛开和凋谢时的秘密；冬天失踪的鸟和下坠的雪花；太阳底下被阴影掩盖的部分；藏在身体里的寒冷和温暖；一个人皱纹里的记忆；唢呐和锣鼓声中的颂歌；两个老人的一次牵手；一个道士的罪与罚；张婆婆和黄叔临终前的眼神；余大爷女儿们的白天和黑夜；我岳母的爱与恨……这一切，构成了人的巨大困惑。它们像蛛网一样，纠缠着活着的每一个人。不同的是，有一部分人挣扎着从网里面走出来了，自己拯救了自己。而更多的人，则永远困在网中央，执迷不悟，越陷越深，直至筋疲力尽。

　　值得庆幸的是，我的岳母最终从那张网里走了出来，成为那少部分人中的一个。至于是什么原因促使她放下了心中的屠刀，我不得而知。或许是那些老人们的生老病死，改变了她对待生命的态度；又或者是仇恨本身，让她领悟到了爱的奥义。当然，也可能什么原因也没有，她突然就这样了。像一棵树，长着长着，就褪去了浮华和沧桑，成为鸟儿们歌唱的绿荫；像一条河，流着流着，就涤净了混浊和清浅，成为鱼儿们欢乐的海洋。这一转变最直接的体现，是她对待道士的态度。她不再像过去那样，处处刁难人，处心积虑给道士苦果子吃，而是百般照顾，细心呵护。岳母的突然转变，让道士很不放心。他不知道岳母唱的哪出戏，葫芦里卖的什么药。因此，他时刻提防岳母，睡觉都睁着眼睛，唯恐岳母在背后给他来上温柔一刀。就像一个长期被侮辱、歧视惯了的人，突然获得了别人的尊重，他反而会失去自我，而活在一种心惊胆战的不安之中。

我岳母见道士心存芥蒂，不知如何是好。她怨恨他的时候，道士防她；她同情他的时候，道士也防她。爱和恨都是一道难题。我不由得想起陪岳母去敬老院报到那天，那个跑出来拽着我衣袖大骂的银发老人。我想，有一天，道士会不会落得跟那个老人一样的下场。恨或者爱，都能使人发疯。岳母说：道士可怜啊，埋了一辈子的人，到头来，却无法安葬他自己。

岳母是明智的，她知道只有自己离开敬老院，道士才能彻底心安。况且，出来打工一年多了，她也累了，想回家去。她不想自己今后变成敬老院里的任何一个老人。在我的精心安排和劝慰下，岳母的儿子儿媳也原谅了她，同意其回家共同生活。到底是血浓于水，岳母收拾东西离院那天，她儿子儿媳都来了。我们一起把她接回家。

走出敬老院大门时，那对相濡以沫的老两口，竟然手挽手，拄着拐棍来送她。一张皱纹纵深的脸，憨态可掬。慈祥中，透出宁静。那一刻，岳母泪如雨下。我背转身，抬头看天，天上云淡风轻。秋深了，几只南归的大雁，重又飞回了久违的故乡。

（原载《天涯》2016年第2期）

英伦十二日 (节选)

◎徐小斌

2016.4.9

闹钟上到7点，6点半就醒了。最后收拾了一下，九点去机场，十一点半登机。

英航的机餐好极了：一大块烘焙三文鱼，微辣的酱，奶油甜点，粗粮饼干，还有红酒和冰淇淋，服务甚佳。总之，比加航的头等舱都好，下次有可能还坐英航。

十一个小时到伦敦。T先生来接我。奇怪的是英国网络覆盖与很多国家不同，一般是你只要开通漫游，舍得花钱便畅通无阻，而英国，即使你用的是苹果6s，打开4G，照样杳无音讯。

还好顺利与T先生会面。T先生是英国巴来斯蒂亚出版社的社长。早年他攻读天体物理，是物理学博士，果然与文科出身的人的作风大相径庭。他安排的酒店是Novotel，一家联锁酒店，与Best westem档次差不多。此时已是北京时间凌晨两点，伦敦的风非常凉，寒冷困顿。T先生问我想吃什么，我说只想喝一点点热汤。侍者十分热情，说按我们的要求来做，果然是两盘热腾腾的土豆泥汤，飘浮着几粒炸面包丁。外面寒风呼啸，很多人还穿着羽绒服。室内却很暖，我穿着薄毛衣，T先生却只穿一件蓝色衬衫。他告诉我，我的翻译Nicky已经在等着我，明天下午请我吃下午茶。关于如何宣传书的事他只字未提，谢天谢地。

2016.4.10 （周日）

早上睡到当地时间九点多。昨夜醒了两次，吃了很厉害的药才睡着。我的失眠症愈演愈烈，真不知怎么办。

酒店的早餐还算丰盛。英国人果然比美国人细致多了。要问房间号，还要查住房记录，当然，态度十分绅士。

T先生十二点来接，去大英博物馆。坐地铁，英国的地铁是用颜色来区分线路的，紫色灰色红色褐色蓝色。与我居住的 Wembley Park 联接最紧的是灰色线 Jubilee Line。英式地铁内外都很干净，乘客井然有序。每个坐着的人手中都拿着一本书或者一份报纸，阅读。细细观察一下，没有一个拿手机的。哦，只有一个——我。而我看手机也纯属假模假式的习惯性动作，因为我只能看到已经打开的微信，地铁上没有讯号。但是英国地铁显然比美国地铁有序得多。美国纽约地铁脏、乱、有涂鸦，从不报站名。而英国地铁有一条永远发亮的小屏幕不断闪过"next"（下一站）的站名，让人头脑清晰。

说实话，大英博物馆并没有给我多大惊喜，总体格局比起大都会博物馆来还是差了一些。埃及的墓葬与神像比较多，因为去过埃及，所以也并无惊艳之感。——倒是有一尊塑像引起了我极大的兴趣，青铜色，但非青铜，表面枯涩多棱，似被石材包浆，而整个的造型，像是连在一起的两个W，一条弯曲的蛇，两边昂起的蛇头，血红的眼珠，愤怒紧张的姿态，玛雅文化的气质——天哪！这不是羽蛇吗?!我立即把T先生叫过来，经他辨认英文说明：果然是羽蛇！是远古时期亚洲太平洋地区最高的阴性神灵羽蛇！这大约是我参观大英博物馆最大的收获了！——可是，为什么这个羽蛇形象竟是双头蛇呢？难道她同时也是希腊神话中的双头蛇，可以向任一方向前进？

中午，我请T先生吃饭，西方人午餐简单，晚餐隆重。几个吃饭的地方我让他选，他只点了英国最日常的煎鱼配炸薯条，搭了一款番茄汤。英国饭真够简单也真够难吃的，后来我才知道，他们翻来覆去就那几样，简直乏善可陈。所以中国人来此，无一不是"胃比心爱国"。

但话说回来，一个不注重吃的民族，却是真心诚意地拥抱着精神世界：他们无比热爱阅读，无比尊重书与写书的人，从他们的行为方式与眼神交流中，能清楚地看到另一种思维方式与价值观。

下午五点，去Nicky在伦敦的家，非常漂亮的房子，有一点黑色的哥特风。Nicky准备了丰富的果品和茶。年轻的女作家颜歌也在这儿，她嫁给了一个爱尔兰人，她笑说她好久没和讲国语的人交流，快得抑郁症了——爱尔兰那里比伦敦还冷。寒冷、黑暗，真是抑郁的根源。想起访北欧五国时的道听途说，——三季寒冷，一季白夜，难怪抑郁症人那么多，最近的微信群中传出世界最宜居城市，北欧俨然排在最前列，显然微信的制造者还并不真正了解北欧。

晚上，我和T先生到中国城吃饭。我的眼睛瞟向那些海参鲍鱼，手却指向最便宜的滑牛汤面。滑牛汤面做得也并不好吃，但起码是热乎乎的，能抵御一下外面肆虐的狂风。

2016.4.11

National Gallery——伦敦国家美术馆，是我流连忘返的殿堂级美术馆！

万万没想到，那么多我热爱的画家真迹竟藏匿于此！T先生看了一会儿就走了，——书展明天开幕，他要布展。而我早已养成独自观展的习惯。独自观展，体悟会更多。从中世纪到现当代，画作极其丰富。最有趣的，是我用自己衰退的视觉记忆和脑洞中所剩无几的英文单词辨别出我心仪的画家时，其内心简直不是激动竟是狂喜了！譬如透纳，譬如康斯太勃尔，譬如委拉斯开兹，最费思量的是一幅似曾相识的名画，放在修拉（点彩派代表画家）旁边，拼那个英文名字，却怎么也想不起他是谁。Camille Pissarro是谁呢？我转了一圈又回到画作前，突然灵光一闪——毕沙罗！绝对是毕沙罗！哈哈，就是那位被骄傲的高更称为老师、点彩派的鼻祖毕沙罗！

出乎意料地，还看到了伊丽莎白·勒布伦夫人的自画像。勒布伦是我在国家开放大学讲西方美术史时选入的女画家，她的那一讲叫做《美丽与哀愁》，这位货真价实的美女的一生就是一部悬念迭出、步步心惊的大片！——她是真的美，是那种丰若有肌，柔弱无骨，"唇不点而含丹，眉不画而横翠"的天然女性美，近看她的画作，竟然连眼窝处的淡青色毛细血管也是如此清晰！

2016.4.12（周二）

今天书展开幕，但T先生大发慈悲，允许XL上午陪我去看白金汉宫的每日皇家卫队操练。对此我怀有强烈长久的好奇心。早在小时候五六岁没上学时，便在电影《三剑客》中听到了白金汉宫这个名称，一直觉得神圣不可侵犯。如今终于近在眼前，觉得与其他欧洲国家的皇宫差不多，没什么特别出彩的。不一样的便是皇家卫队的每日晨练。他们是分批出来的，第一批是戴白色高帽的，红衣白裤，高头大马。第二批每人一顶高高的黑色裁绒帽，身着红色戎装，黑色长裤，这一批人数最多，随着音乐的节奏踏步前行。第三批是乐手，吹着长号出来，更有一种庄严中略带谐谑的欢乐色彩。观者如山。警察一直在维持秩序。警察表情庄重而温和，其帅其酷可以做好莱坞一线明星。最令人印象深刻的是那些身材高大的女骑警，每当换场的时候，她们就会在场地中转来转去，威风凛凛。

伦敦的中国人非常少，因此我们似乎特别醒目，还有人专门过来问："Where are you from?"

XL拿着她的高档相机转来转去，不时拍上一张，她是T先生的雇员，八零后。涂了粉底和深黑色的眼线，眼角处如戏装般用黑眼线挑起来，平时沉默寡言无表情，但笑点很低，一旦笑了，脸便生动起来，她会很用力地笑，因为弱，好像是陡然间用了全身的力气。她说，她好像很久没这么笑过了，几乎我每说一句话她都会笑，北京人谁不会说几句俏皮话儿？可这位新加坡出生的姑娘好像是头一回听。她的性子好慢啊，就连极慢性极耐心的T先生也抱怨说XL的慢性子让他受不了。有点像《疯狂动物城》中的树懒，虽慢得可怕让人急得吐血，却也依然善良可爱。

XL是昨晚赶来的。她说，她的房间号是824，我记在了手机备忘录中。晚饭时我电话她，想约她一起吃饭，电话里却是奇怪的声音。我决定去找她。8层空无一人，暮色笼罩中，我听着自己空蒙的脚步，发现824根本不存在。823之后就是829，再没有中间的数字了。想不明白为什么连一先令都算得很精的伦敦人却放弃了这一串数字？长长的走廊里映着我的影子，恐惧袭来，突然觉得这一切十分吊诡，似乎走入了一个悬疑惊悚的影片之中。

下了楼，暗淡的灯光中嵌着XL疲弱的影子，她在餐厅喝一杯柠檬水。"我说的是823哪徐老师"，她如往常那般用力笑着，我迷惑了。

当晚回到房间，看到手机备忘录中一条：XL住824。

2016.4.13

今天换了两次地铁，来到书展。

最关心的当然是中国出版集团的展位——最上方是"感知中国"，白底红字，下面赫然挂着汤显祖和莎士比亚两位先贤的巨幅画像。东西方两位戏剧大咖的头像一摆，颇显得高大上。昨日开幕式，中国出版集团曾经召开规模很大的发布会，可惜我未能恭逢其盛，惜哉！

下午四时四十五分是我新版英文书的发布会，有我一个演讲。T先生和Nicky都说，因为下午五点钟有个大活动，希望我能够用演讲把读者抓住。因为T先生行动太晚，书展的英方活动已经排满，所以能争取到一个Conference（发布会）已经很不容易了。

临时找到一位年轻的女翻译米雪儿，非常不错。我大致讲了下自己的写作。回忆了一下1996年第一次到海外讲女性文学，正好是二十年！那一次是美国杨百翰大学邀请，紧接着邻居科罗拉多大学邀请，然后是宾夕法尼亚州立大学、马里兰大学，我讲的题目是《中国女性文学的呼喊与细语》。科大是葛浩文发的邀请。在与老葛的谈话中，发现东西方文学真的存在一条深深的鸿沟！而填补这条鸿沟的只有翻译，我讲到我去世的老翻译John和这次翻译我英文版的Nicky。最后引用了获诺奖的英国女作家威廉·高登的一段话："'无论你给一个女人什么，你都会得到她更多的回报。你给她一个精子，她给你一个孩子；你给她一个房子，她给你一个家；你给她一堆食材，她给你一顿美餐；你给她一个微笑，她给你整个的心！'——如果是这样，希望你们给我信任，你们会发现我的书给予读者的是十二万分的诚意！"

可能是最后这段话给了点力，所有在座的都留下来了。读者们纷纷购书，有两位印度读者印象深刻，他们的打扮像是印度的瑜伽行者，其中一位对我说，喜欢我的声音，像唱歌一样，另一位说，我说话像念诗，尽管不懂汉语，但似乎能听得懂我的意思。这当然令我开心，谁不喜欢赞扬？他俩说了又说，万分真诚，以至于耽误了不少签名的时间，等他们走了好久。T先生和Nicky才反应过来："为什么不和他们谈谈印度语的版权呢?!"

但在此时，版权的事已在我脑中弱化，甚至连自己的书也顾不上了。——因为我忽然发现了一个展位，犹如在一片海洋中突然发现了一座美丽的岛屿，一个叫做 Art gifts press 的展位展出的书，简直就是我眼中的视觉盛宴，只能在神界中才能看到的绚烂华美，蓦然出现于凡间，其震撼程度之大，简直非语言可以形容。我痴迷其中无法自拔。良久，态度决绝地对那个站在柜台前的女孩说，我要买这几本画册，那个女孩生得十分美丽，与那些华丽的书十分谐调，大眼睛和自然卷曲的长睫毛，脸色有些苍白，一脸倦容，又披着朴素的紫色头巾，看上去像个伊斯兰女孩，一问，却是道地的英国人。她用疲惫的微笑面对我的热情："明天才可以卖。"她说。

我继续翻阅恋恋不舍。总觉得周围有双眼睛藏在隐秘处，终于一个声音很近地响起："嗨，你好。"

怔了半晌，不是认不出，是惊奇。情境立即闪回到2011年中国作家团赴澳参加论坛，每位作家要朗诵一段自己的小说，译文打在屏幕上，我朗诵完"羽蛇"的一小节回到座位上时，有一位长发、身着疑似麂皮装的先生在一旁把手伸过来："认识一下吧，我叫Jason。"

是比较地道的普通话，在澳大利亚那样的地方，实属难得。暗淡的灯光下，我判断不出他那身松垮服装是麂皮拼接还是丐帮服，但是对于长发披肩的中老年男子，或许是多年来的误读吧，我历来不想多言。

他倒是滔滔不绝，讲了什么我都忘了，但是在2013年澳方回访时再次见到他，却是一个颇不愉快的回忆。当时正巧是库切主持的第一场，由我与澳方作家卡斯特罗先生对话，对谈下来在休息室里，澳方的周思正向库切介绍我，忽然之间Jason插了进来，对周围的人说："我觉得她的脸很有特点"，说这话的同时竟然毫不经意地点了一下我的腮帮子！——除了疯子之外我不知道还有什么人能做出这样无礼的动作！我又惊又怒，运用半日内功才没发作，幸好他动作飞快，没有太多人注意到这个细节，但我仍怒火难耐，与库切客气了几句就走了，再没露面，此次伦敦书展上见，十分意外。

他说，想和我谈谈我的作品，我说，不好意思，我还想转转其他的展位。

晚上T先生请客，吃的波斯饭，我要的烤羊肉和黄米饭，他们要的烤鸡肉和面条。回宾馆后，没来得及洗一头栽到床上就睡着了。天呐，这可是十年来第一次没有吃药的睡眠，有里程碑式的意义！

2016.4.14（周四）

今天当然还要去书展，即使仅仅为了那几本美丽的画册也得去！

刚到展会，Nicky便过来把我领走了，说是一位L先生请吃午餐——所谓午餐，原来就是三明治加饮料。看他们吃得津津有味，我却觉得难以下咽，只好与身边的Helen说话——她正是曹文轩《青铜葵花》的翻译。Helen的中文发音非常标准，人也生得可爱可亲。她的翻译，被公认为会为原作添彩。

我和Helen聊得投机，早已忘了T先生的嘱咐（让L了解我的写作情况），直到下午三点，Nicky要回她郊外的家，聊天才结束。

我火速奔向那个神话般的展位，还好，那个美丽而疲惫的女孩还在，她微笑着指了指她身边的一摞画册——哦，原来她竟已把我喜欢的几本画册都记下来了！大喜，赞颂了一遍她的美貌，掏出准备好的英镑拍给了她，旁边那个大概是她的老板，四周的英国人似乎对我的付款方式瞠目结舌，她们是几个先令也要精心算计的。买东西时的迟疑，完全可与《疯狂动物城》中的树懒媲美！而貌似大款的我，其实是倾囊而出。有些深爱之物，若遇见，是不必犹豫的。

且那些价位每册二十英镑的画册如换算成人民币需要几何级数的增长，因此，非常值。特别是其中一个日记本——简直就是美神的馈赠：每一页都有奇妙的画，女人的装束颇似西亚北非女子，色彩极为丰饶艳丽，大红大绿配在一起，饰以金银箔，不但不难看，反而有一种极度的奢靡与华丽，这简直就是我正在绘制的全彩绘本的理想模版！

2016.4.15

书展结束，与T先生一起去了Nicky介绍的那个文化中心：Shouth Bank Centre。全天都在下雨，伦敦的天气真是糟透了，T先生一直很绅士地为我撑着伞。很可惜，美术馆关门装修，艺术活动中心有一年轻人在演奏吉他，台下观众不少。

　　冒雨去看了Big Ben、泰晤士河……一切都笼罩在茫茫雨雾之中，但这样的味道，似乎更像想象中的伦敦。历经百年的大本钟，每一砖每一石都古旧得呈现出低调奢华。泰晤士河似乎本就是那一条灰色河流，如同人生一般，浑浑噩噩，每一个人不过是河流中的一粒灰色水分子——这才是伦敦的原色！

　　艺术中心周围摆了各国美食摊位，为了怕T先生再点那些可怕的三明治，我冲进雨雾中点了两份墨西哥玉米饼，现烙的，又热又香，且旁边有奶油拌的鹰嘴豆。T先生似乎受我感染，也出去买了一大份咖啡鸡饭，当然，需要对商家说：No spicy, No cheese（不加辣，不加奶油）。

　　雨天适合聊天。一向不爱多言的T先生谈起了一些往事。他说在北京工作过两年，与郭沫若的小儿子郭汉英曾经是同事。郭汉英人非常聪明，但是很受打压，郭虽与他走得很近，但却从不提家里的事，T也不问。我立即想起若干年前我曾经与郭平英（郭沫若之女）一起开过几天会，受好奇心驱使，很想了解她的哥哥、在"文革"中死亡的郭世英，然而她却讳莫如深，且对哥哥之死十分淡漠。

　　T先生对中国社会的"汰优"印象颇为深刻。

2016.4.16

　　今天没有安排任何事，躺在床上读刘仲敬的民国纪事。直到午餐时，突然想慰劳一下自己，想到附近找个中餐馆，谁知刚出去就被寒风刮回来了。四月中旬的天气北京早已回暖，花开，春意盎然，这里却是凄风苦雨，难怪英国人那么爱谈天气。一些上了年纪的人在寒风中瑟瑟发抖，鼻头冻得通红，突发奇想：难怪很多英国人的鼻头都是红的，原来是冻的呀呵呵。只好选择我最不爱吃的简餐：牛肉汉堡。5.5镑，中间夹了那么大一块牛肉，边嚼边想，英国人那么优雅，为什么在食物方面如此粗糙呢？

　　没嚼完那块牛肉就接到大堂电话，说是有人找我。

　　坐在大堂椅子上等我的竟然是Jason。

　　第一个念头便是：快点把他打发走，但是几句话之后，话密了起来，竟然聊了数小时之久。

他第一句话说的是："我想谈谈你的小说"。原来，他早在八十年代便读过我的小说，与很多人不同，最初打动他的一篇小说是1983年我在《收获》上发的《河两岸是生命之树》。他说他当时还在大学，七八届，是学校年龄最大的学生，读到这篇小说，他落泪了。

"作者名字明明是个男的，可那种细腻的程度，我想应当是个女作家。"他说，"而且，河两岸是生命之树，是圣经里的一句话，后面是'月月结果，其叶可治万邦之疾'，那个时代居然有人引用圣经，也吓了我一跳。那个时代都习惯煽情，可是这篇东西隐忍不发，反而触到读者的泪点。"

然后他谈起《对一个精神病患者的调查》《迷幻花园》《银盾》《蓝毗尼城》《蜂后》《美术馆》《双鱼星座》《缅甸玉》《玄机之死》《末日的阳光》……他的话很密，密不透风。我承认我完全被惊住了：首先是我的每一篇小说他都看过，且记得比我还清楚……

"《海火》其实是你非常重要的一本书，"他严肃地说，"我甚至认为这是中国文学史当中漏掉的一部重要的书。在这本书的写法上，你是中国作家里第一个用了魔幻现实主义的手法，而且还特别自然。可惜……"

"可惜什么？"

"可惜你这个87年的长篇，89年才发表。89年大家都关心别的事去了，谁还关注你的小说？不过我还是注意到有个人为你写了一篇评论，评价很高，好像姓林吧。"

他竟然还记得林为进？——林为进是过去作协创研部的，已经故去多年。

"人家不是为我写的评论，是个大评论，里面有一段提到《海火》。"

"你的文运不怎么好。"

"不光文运，我所有的运气都不好。"我笑。

"可是那一阶段的文字，实在像是如有神助，我看过有的男作家说上帝握住他的手在写，我没这感觉，我倒觉得，那时上帝握的是你的手。"

"谢谢。唉，就算是天使长握住我的手吧，我可不想和别人争上帝的手。"

"不对，不是上帝就是魔鬼，你这人跟天使没什么关系！"

哦？我心里紧了一下，神情专注起来了。

"《末日的阳光》，我反复看了两遍半，那些才华横溢的长句式，很让人妒嫉！是的，很让人妒嫉！！"

"您过奖了。"我摸不清他的来历，只好客气地敷衍。

"不过在那篇小说里，我也发现了你一个秘密……"

"什么?"

"……这个，以后有机会再谈吧。"他换了个姿势，眼睛越过我，看着我身后的墙壁，"到《羽蛇》，我惊了，但是糟糕的是，《羽蛇》太复杂了，翻成英文，味道都没有了，那些象征，隐喻，那些复调叙事，时空错位，都没了，很吃亏。《羽蛇》如果翻译好，不会次于西方的经典小说。……我是说真的。我在想，如果西方翻译家像中国翻译家那么优秀就好了。中国很多翻译家翻的西方作品，太优秀了！譬如桂裕芳翻的莫里亚克那个《爱的荒漠》，那种句子，真是给原作增色啊!"

"是，我也这么想。"

"可是你的问题在于，你太爱求变了。当然变化是好的，可是一个成熟的作家，风格固定下来就最好别变来变去了，你变得太厉害了，《羽蛇》之后的《德龄公主》《炼狱之花》，都不像是一个人写的。……对不起，我这么说，你不会介意吧?"

"当然不会。我最近很想听真话。"

"可能你有你的道理，但是在我看来，《炼狱之花》顶多显示了你的想象力，那种东西，可以改成一个蒂姆波顿式的动画片。当然，你也有你的意思在里面。但是总觉得那不是你。"

"唉，我也觉得。我让我早期的一些读者挺失望的，每换一种风格，就会流失一批读者，但是怎么办呢，我这人就是兴趣一会儿一变。"

…………

2016.4.17

今天天气美妙极了。

刚刚醒来便给T先生发信，想去剑桥转转。T先生马上说，十一点半来接我。

真没想到剑桥那么远，要开上两个多小时的车！

T先生在路上说，2000年时霍金与人打赌，说据他预测，天体某处有黑洞存在，那人不信，霍金说那好，赢了你赠我一年的免费《阁楼》。阁楼是色情杂志。结果那人输了，霍金赢得了一年免费阅读。我笑出声儿来——霍大师实在太可爱了！

我是在看了电影《万物理论》之后喜欢上霍金的——很早便读过《时间简史》，也见过他歪在轮椅上龇牙咧嘴的照片，当时并无什么感觉，——可见影像直观对人的影响之深！我真的看了三遍，如果是我们的电影，一定会按照某种模式处理成励志片，但是这个电影，怎么说呢，他让你不能不落泪，不是为了所谓励志或者"正能量"，而是感慨于某种复杂得多的东西，也是拜小雀斑演技所赐——连霍金本人看了片子都说，有时会分不清小雀斑和自己是不是一个人。

小雀斑，英国演员埃迪·雷德梅尼。皮肤苍白、满脸雀斑，有一双极有表现力的大眼睛，为演霍金减重三十磅，身材瘦削。《万物理论》即将上映时，还有很多人认为他想凭这部影片冲击奥斯卡根本没戏，但事实证明，小雀斑这个学霸的小宇宙一爆发，完全无人可挡！从金球奖、美国演员工会奖再到奥斯卡，成为货真价实的影帝！

英国演员太多学霸。憨豆先生是牛津硕士；休·格兰特毕业于牛津文学系；豪斯毕业于剑桥，艾玛·汤普森和他是同班同学；唐顿"大表哥"也来自剑桥，卷福是曼彻斯特大学毕业，连扮演赫敏的艾玛·沃特森也是"常春藤联盟"布朗大学里的女学霸啊！而小雀斑先后在伊顿公学和剑桥大学三一学院就读，上学的时候就已经在国家青年剧院表演莎翁剧，从十二岁起就在伦敦西区登台演出，这样的男神的智商简直要把好莱坞一线男星碾成渣了。

《万物理论》的功德无量还在于，它的放映让霍金与前妻和好了。看到曾经的那种坚定不移的神话一般的爱情，他们有什么理由拒绝回忆呢？

坚持到剑桥，潜意识中当然有昨天那个怪人关于偶遇霍金的说法。但是很遗憾，大师前两天刚刚应小扎的邀请去了纽约。扎克伯格也是我非常喜欢的，也是始于看过电影《社交网络》之后。两位的相遇不知能演变出什么样的奇迹发生。

转了转校园，有粉红色的樱花盛开。天空像蓝宝石，牛顿窗外的那棵苹果树居然还活着，开着美丽的花……

2016.4.18

今天与XL一起去了格林威治。

与剑桥相比另一种风格的美。整个的色调是英国水彩画那种淡淡的灰色。

灰色中偶尔会透出一抹亮色——我怀疑透纳那些风景是在这里画的。

有一只仿真巨轮静静地停泊于斯。转了几个圈儿才找到门。里面有各种小商品。XL看中了一顶非常漂亮的小帽子，深咖与钻蓝相间，她戴上很好看，7镑，但她舍不得买。"我要攒钱去美国读书，拿个艺术学博士。"我想帮她买了，她坚辞不让，只好请她吃中饭，牛肉面，6.5镑一碗。很罕见的一个华人餐馆"大碗面"。大海碗，牛肉给得很多，看看旁边那位黑人同胞点的那份海鲜饭，足够三个人吃的。侍者的态度十分冷漠，和英国侍者没法比。且结账时为西方人在桌边结账，却让我们去柜台结账，掩饰不住的冷漠口气，但我心里在谅解他们——在这里生活创业一定非常非常不容易。

小博物馆里，装饰着形形色色的彩塑人物，倾斜而下，像是要倒下来似的，色彩非常绚丽。还有一面墙是各国国徽，放在一起从大到小也很漂亮。最奇怪的是挂在墙边的一幅画，画面前景是三个人，都是古装打扮。左为中国人，右为西方人，中间是个日本人。中国人把一支灵芝和一本药典放在桌上，身着和服的日本人，右手腕上缠着一条小白蛇，拿一把折扇，西方人则戴着深棕色小卷假发，手里拿一本画着解剖图的书。画的背景是熊熊燃烧的东方宫殿。背景上三组人物显然也分为中国、日本与西方。日本人皆为相扑体形，似乎在用汽油助燃火势，中国人在一边用很小的扑火用具在作无用扑救；而西方人则用最早的自动灭火设施救火。署名是"江汉司马骏写之"，并无任何关于年代的介绍。

历史上是有司马骏这个人的，是司马懿的第七子，据说早年聪慧，五岁能书写，在宗室中是最有威望的一位。少年好学，能写出自己的论述，颇有文采，同时也是一位能征善战的将领。但是没有任何记载说他会画画呀，再说，这幅画似乎旨在夸赞西方人的重视科学，反讽东方人的迷信愚钝。画风明显是仿古，百分之九十以上是赝品，但是究竟出自谁之手呢？把它放在这样一个世界标志性报时的重地，究竟意义何在？百思不解。

2016.4.19

今天十二点多出去转了转，刚发现附近有家希尔顿。

但是里面没有任何吸引我的东西。只买了朋友托买的巧克力，出乎意料地贵。

不禁想起1996年我第一次赴美，看到什么东西都新鲜，都想买，那些卖家无比善意地走过来，问你的需要，你告诉她，"I'm Just looking, Thank you."（我只想看看，谢谢）她就微笑着走开，即便你看了很久却什么也不买，她也会微笑着向你表示感谢。而绝不像中国的很多售货小姐那样，如同水蛭一般牢牢贴着你，嘴里不断地说着各种急于兜售的语言。

二十年，我们的经济确实腾飞了，现在看到西方什么东西也没太大兴趣，但是，怎么就像在我十八年前一部小说中男主人公说的那样呢？他说："……过去的十年把所罗门的瓶子打开了，魔鬼钻出来，就再也回不去了。经济的、物质的、都会有的，会腾飞，会赶上、超过世界上的先进国家，可是形而上的、精神的、人的一切……会一塌糊涂，这是最可怕的，这比贫困还要可怕。"不幸的是，在十八年之后的今天，这部小说中所有的预言都应验了！

中午想找个像样的餐馆，转了半天，只找到一家冒牌粤菜馆，点了个牛肉蒸饺和炸春卷，做得都不怎么样。

太阳很好，索性回到Novotel门前晒太阳。一边继续读刘仲敬的民国纪事。晚上，想了一下明天的演讲。对，明天的利兹大学演讲。

2016.4.20

今天一早八点四十五分T先生来接我。要赶九点半的火车。原来这火车站名便是鼎鼎大名的King's Cross Station！——哈利·波特的九又四分之三月台就在这里！旁边，还有他的小推车呢！

我是哈谜。感谢人文社的赵萍女士，送过我全套的哈利·波特，我竟然认认真真地读完了，连"八五后"的儿子也没我这么有兴趣，可见有时真的不能从年龄来判断一个人。哈利·波特令我脑洞大开，曾经雄心勃勃地想写一部中国版的哈利·波特，但是写出来的《炼狱之花》，却连自己也无法满意。尽管我们的绳索已经松开，但写的时候，依然备感束缚，看来被捆过和没有被捆过的就是不一样。

一个名叫甲男的中国姑娘来车站接我们。她可是真正的英国通了，介入《战马》的创作，聪明过人，反应灵敏，在下午的现场翻译中表现极佳。

中午吃的中国饭——在一个叫做"Home"的餐馆，终于吃到了一次地道的中国饭。在座的有利兹大学方面的负责人弗朗西斯和莎朗。弗朗西斯的眼睛是蓝灰色的，很美，而莎朗更是个典型的英国美女。两位都是研究《聊斋志异》的专家，且都是女权主义者。饭吃了一半的时候Nicky赶来了，她从很远的地方赶来，穿花毛衣，戴红珊瑚项链，很漂亮，Nicky是非常优秀的翻译，翻过不少中国小说，现正在翻贾平凹的一部作品。

下午三点开讲，下面坐了不少人，且有书店老板现场卖书。

在弗朗西斯的主持下，演讲从一开始便成为问答式，很新颖，我准备的稿子一点没用上，反而舒服。譬如一开始的问题："你为什么要写作？"就足够我讲半天的。演讲进行了两个小时，我以一首诗作为结束语，是美国女权主义诗人艾德里安娜·里奇写的：

　　　我一生始终都站立在那

　　　布满一组集中的笔直大道上

　　　那是宇宙中传送最准确又是最无法破译的语言

　　　我是一片银河的云彩

　　　那么深奥　　那么错综复杂

　　　以至于

　　　任何光束都要用十五年才能

　　　从我这里穿过

我是一个仪器

赋在女人的身形中

试图将脉搏的跳动形象化

为了身体的解脱

为了灵魂的拷问

最后大家提了几个问题，总体效果不错。书店老板说这是演讲以来书卖得最好的一次。我暗自庆幸：总算对得起T先生了。

还有，都说是讲得最有趣的一次，连坐在后面的T先生都听得津津有味，像听故事似的。竟然忘了拍照了。莎朗也反复对我说："太有趣了！"——有人曾经问过我：为什么我会说"时间把历史变成了童话"？可不就是吗？我在黑龙江受的那些难以忍受的苦，如今都变成了有趣的故事。更遑论"文革"，已经半个世纪，今天的年轻人，不会也把它变成童话吧——那可就太可怕了！

2016.4.21

在小G的指引下，我和T先生来到古董市场淘宝。

市场很大，摊位很多，可入眼的却很少。或许，是我已经过了"狂购期"？

T先生倒是有收获，买了一幅英国女权主义作家的画。最早的叫价600镑，后来因为残损严重，降到了150镑。T先生犹豫半日，我坚决要他继续压价。其间，我们去吃越南米线，我说如果他压到50镑，对方肯定不干，可能会以100镑售之。最后果然如此，吃完饭再到那里，不到一盏茶的工夫，T先生兴冲冲地拿了个大袋子出来了，里面装着那幅画，真的以100镑成交。

我们共同看中的只有一件东西，是一本大书，装在一个大木头盒子里，那书巨大，仅面积便相当于九本普通的书，印刷极尽精美，每隔一两页便有一幅画，最初猜是圣经，但是细细一看，是俄文，画也并非圣经故事，也非中世纪那种画，很怪异。再看那个卖东西的，明明长着一副俄国人的面孔。"是不是东正教的画啊？"我说。T先生点头说有道理，价格一点不贵，才一百多镑。可就是太大没办法拿。

晚上本来T先生要为我践行的，可外面风太大，只好在酒店里吃饭。这个酒店的饭真是难吃之至。点了个意面，但是难以下咽。T先生说，他开车去中国城打个包回来，我说算了吧，想早点休息。

回到房间继续读刘仲敬，总算读完了。说真的并不像八十年代读孙隆基《中国文化的深层结构》时有那种惊艳之感。

2016.4.22

下午四点半的飞机。准备一点半走。

T先生十一点二十分到宾馆时，我还在给手机充电。急匆匆到外面吃了点东西。聊了聊书的事。一点半左右开车直奔机场，半路上知道飞机将会晚点两个小时，OMG！本来十几个小时的飞机就够我扛的，现在又多加上两个多小时！与T先生挥手作别时，登机门都还没有确定。

时间还早，我找了个安静的地方看我买的画册。有一本是波斯细密画，很合我的趣味，突然想起几年前见到帕慕克，问及他那本红里面描述的有关波斯细密画的事，他竟然说，他其实对那个没啥兴趣，是小说的临时需要，顿时对他的印象分大减。但是现在看到这些美丽的画，依然会对帕慕克心存感激，若不是看他的小说，我还不会去关注这种画。波斯细密画是中世纪艺术的一个重要部分。是在手抄经典或民间传说中，和文字配合的一种小型图画。始于《古兰经》边饰图案，早期画风受希腊、叙利亚等艺术影响，色彩美丽，富于装饰性，后来又吸收了中国绘画的一些方法。把中国画、拜占庭艺术、伊斯兰教艺术元素融合起来，越发的有特点了。我买的这本是赫拉特画派的代表人物毕扎德的，很典型的波斯风格。

忽然有人跟我打招呼，是乘客休息室中的一位美丽的服务员，跟我说了语速很快的一串英文，我用英文对她说，抱歉，我没听懂，她非常耐心地放慢速度，又说了一遍，然后轻轻拉着我，指向大屏幕，我这才明白，原来她是提醒我，不要误了飞机！天哪，这时我才发现，我的这趟飞机已经在登机了！我边走边向她连连道谢。在国外，常常会遇见这种感人至深的人与事，一个细节就可以看出一个民族的素质。

赴京的英航，完全没有了去时的美食与服务，这时我才反应过来，原来去的时候坐的是"高级经济舱"，介于公务舱与经济舱之间的。而回来坐的是普通经济舱——差别好大呀！

十几个小时的飞行，终于回到北京了。

这回，亲爱的北京真给面儿，没有雾霾，晴空万里。

（原载《长江文艺》2016年第9期）

敬　告

由于编选时间仓促、工作量大，未及与所选作者一一取得联系，请见谅。

现仍有部分作者地址不详，为及时奉上稿酬，请有关作者与责任编辑赵维宁联系。

地址：沈阳市和平区十一纬路25号

邮编：110003

电话：024—23284306

E-mail：249972579@qq.com

辽宁人民出版社

2016.12